헤르만 헤세(Hermann Hesse, 1877~1962)

소설가, 시인, 화가. 독일 뷔르템베르크 칼프에서 태어나 어린 시절 대부분을 이곳에서 보냈다. 1891년 마울브론 수도원 신학교에 입학했지만 7개월 만에 시인이 되기 위해 도망쳤고 시계 공장과 서점 등에서 일하며 글을 써나간다. 1898년 첫 시집 『낭만적인 노래들』을 출간하며 작품 활동을 시작했고, 1904년 『페터 카멘친트』로 문학적 성공을 거두면서 전업 작가가 된다. 이후 『수레바퀴 아래서』 『크눌프』 『청춘은 아름다워라』 등을 발표했다.

헤세는 1914년 일차대전이 일어났을 때 전쟁 포로를 위한 책과 잡지를 발표하며 독일의 애국적인 전쟁문학을 공개적으로 비판했는데, 이 일로 여러 작가들과 대중으로부터 비난을 받았다. 1919년에 스위스로 이주한 그는 『데미안』 『황야의 이리』 『나르치스와 골드문트』 『유리알 유희』 등을 발표하며 활발한 작품 활동을 펼쳤다. 이차대전 중에는 헤세의 작품 다수가 독일에서 불온서적으로 분류되어 유통되지 못했다가 종전 뒤인 1946년부터 다시 판매되었고, 이해에 노벨 문학상과 괴테상을 수상했다. 그는 생애 마지막까지 스위스에서 살며 활동했고, 1962년 뇌출혈로 세상을 떠났다.

헤세는 음악 예술에 대한 애정이 특별히 깊었고, 그의 문학 세계에는 '악보 없는 음악'이라 불릴 정도로 깊게 음악의 정신이 흐르고 있다. 『헤르만 헤세, 음악 위에 쓰다』는 이러한 면모를 유감없이 드러낸, 그가 일평생 음악에 대해 쓴 글을 묶어낸 책이다. 각각의 글은 별자리처럼 아름다운 형태를 완성하는 한편, 헤세의 문학에 은은하게 일렁이는 음악의 그림자를 또렷한 시적 형체로 드러내준다.

헤르만 헤세, 음악 위에 쓰다

헤르만 헤세, 음악 위에 쓰다

헤르만 헤세

김윤미 옮김

Musik
Hermann Hesse

북하우스

일러두기

1. 이 책은 Hermann Hesse, *Musik* (Suhrkamp Verlag, 2019)을 번역 저본으로 삼았다.

2. 본문 속 각주 중 독일어판 편집자 주는 ● 모양으로, 옮긴이 주는 ✱ 모양으로 구분했다.

3. 본문 중 [ ]는 옮긴이가 보충한 것이며, ( )는 원서의 표기를 그대로 살린 것이다.

4. 본문에 나오는 인물 설명은 인명 찾아보기에 실었다.

5. 단행본 등은 『 』로, 시, 단편, 평론 등은 「 」로, 예술 작품, 정기간행물 등은 〈 〉로 구분했다.

차례

1
"완전한 현재 안에서 숨 쉬기"
사색과 시

우리 삶에 음악이 없다면! …누군가 나나 그럭저럭 음악적이라 할 사람에게서 바흐의 성가곡을, 〈마술피리〉나 〈피가로의 결혼〉의 아리아들을 빼앗고 금지하고 기억으로부터 떼어놓는다면, 우리 같은 사람에게 그것은 몸의 장기 하나를 잃는 것과도 같을 것이며 감각 하나를 반쯤 또는 전부 상실하는 것과도 같을 것이다.

고음악

내가 사는 외딴 시골집 창문 밖으로 스산한 비가 그칠 기미 없이 집요하게 내렸다. 또다시 장화를 신고 저 먼 지저분한 길을 따라 시내까지 갈 마음은 들지 않았다. 하지만 나는 혼자였고 오랜 작업으로 눈이 아팠다. 서재 벽에는 온통 묵직한 질문과 의무를 짊어진 금빛 장정 책들이 늘어서서 견디기 어려울 만큼 나만 쳐다보고 있었고, 아이들은 이미 침대에 누워 자고 있었다. 작은 벽난로 불은 다 타서 사그라졌다. 그래, 나는 나가기로 마음먹고 연주회 입장권을 찾아낸 다음, 장화를 신고 개를 매어놓고 방수 코트를 걸친 채 축축하고 지저분한 길로 나섰다.

공기는 상쾌했고 쌉싸름한 향이 났으며, 구붓하고 큰 참나무들 사이로 난 거무스레한 들길은 이웃의 땅을 제멋대로 둘러가며 이어져 있었다. 한 건물 관리인의 집에서 불빛이 잔잔하게 새어나왔다. 개 한 마리가 컹 소리를 내더니 점점 더 사납고 우렁차게 짖어댔고 그러다 스스로 감당이 안 돼 제풀에 뚝 그치고 말았다. 검은 덤불 너머 시골집에서 피아노 소리가 울려왔다. 이렇게 저녁에 혼자 들판을 걸으며 외딴집에서 나오는 음악을 듣는 것만큼 아름다운 일도 그리움 가득 차오르는 일도 없으니, 이 순간에는 온갖 선하고 사랑스러운 것의 정취가 깨어난다. 고향과 등불의 정취, 조용한 공간 속 장엄한 저녁의 정취, 여자의 손길과 오래된 가정 문화의 정취가.

어느새 첫 가로등, 조용히 창백한 도시의 전초가 보인다. 다시 가로등. 가까이에서 깜빡이는 도시 외곽의 합각머리. 조금 더 가서 담 모퉁이를 돌면 불쑥 눈이 시리도록 환한 아크등 아래 트램 정류장이 나타난다. 긴 외투 차림으로 기다리는 사람들, 물방울 뚝뚝 듣는 모자를 쓰고 담소 중인 차장들. 젖은 코트 위로 희미하게 빛나는 제복 단추. 트램이 쿠르릉 소리를 내며 도착했다. 차량 아래에 푸른 섬광이 번쩍인다. 널찍한 유리창이 있는 밝고 따뜻한 차다. 나는 올라탄다. 우리는 출발한다. 밝은 유리 상자 안에서 넓고 황량한 밤거리를 내다본다. 모퉁이 곳곳에서 우산을 쓰고 우리가 탄 차를 기다리는 여자가 보인다. 이제 좀 더 환하고 약동하는 도로가 나온다. 불현듯 높은 다리 저편에서 시가지 전체가 창문과 가로등의 저녁 불빛으로 빛난다. 다리 한참 아래쪽 멀리 강 골짜기에는 물이 어둑하게 반사되고 하얀 포말이 방죽에 부딪친다.

이제 내려서 어느 골목의 아케이드를 통과해 성당을 향

해 간다. 성당 앞 작은 광장의 물기 젖은 포석에는 서늘한 가로등 불빛이 가물가물 비치고 있다. 테라스 위로 밤나무들이 살랑이고, 불그스레 밝혀진 정면 입구 위로는 끝이 보이지 않을 만큼 높이 뻗은 고딕 첨탑이 촉촉한 밤 속으로 자취를 감추었다. 나는 빗속에 서서 잠시 기다리다가 시가를 던져버리고 높은 첨두아치 속으로 들어간다. 젖은 옷차림의 사람들이 북적이고 불 밝힌 유리창 뒤에 매표원이 앉아 있다. 남자에게 입장권을 보여주고 성당 안으로 들어간다. 손에 모자를 들고. 들어서자마자 희미하게 밝혀진 거대한 둥근 천장에서 기대에 찬 성스러운 공기가 불어온다. 작은 조명들이 둥근 기둥들과 다발 기둥들에 소심한 빛줄기를 올려보낸다. 잿빛 돌덩어리에 부딪치면 사라지고 위쪽 높은 아치형 천장에는 따스하고 부드럽게 스며 흐르는 광선이다. 신도석 벤치 군데군데에 사람들이 다닥다닥 앉아 있다. 다른 신도석과 합창석은 거의 비어 있다. 나는 발끝으로 조심조심—그렇게 해도 발소리가 나직하게 웅웅 울린다—커다랗고 엄숙한 공간을 지나간다. 어두운 합창석에는 등받이에 조각이 새겨진 낡고 육중한 나무 벤치들이 기다리고 있다. 나는 접혀 있는 좌석 하나를 내린다. 의자 소리가 석조 천장에 둔탁하게 울린다.

흡족한 기분으로 널찍하고 깊숙한 의자에 앉아 프로그

램 책자를 꺼낸다. 하지만 읽기에는 너무 어둡다. 곰곰 새겨보지만 연주 목록을 정확히 기억해낼 도리가 없다. 지금은 고인이 된 어느 프랑스 대가의 오르간 곡이라고 공지되어 있었다. 그리고 옛 이탈리아 작곡가의 바이올린 소나타 작품. 누구 작품이면 어떠랴. 아마도 베라치니나 나르디니, 아니면 타르티니일 테지. 그다음은 바흐의 프렐류드와 푸가일 테고.

어둑한 형체 두엇이 합창석으로 살금살금 들어와 앉는다. 각자 다른 사람에게서 멀찍이 떨어져 낡은 의자에 푹 파묻힌다. 누군가 책을 떨어뜨린다. 내 뒤에서 여자아이 두 명이 속삭이는 소리가 들린다. 자, 조용히 해주세요, 조용히. 멀리 조명이 밝혀진 칸막이 위, 두 개의 둥근 램프 사이, 서늘하게 빛나는 높은 파이프오르간 앞에 한 남자가 서 있다. 그는 눈짓하더니 의자에 앉는다. 기대에 찬 숨결이 이 소규모 회중에 감돈다. 나는 오르간 쪽을 보고 싶지 않다. 몸을 뒤로 젖혀 높이 천장을 올려다보며 침묵하는 성당의 공기를 호흡한다. 이런 생각이 든다. 사람이 어찌 일요일마다 대낮의 밝은 빛 속 이 거룩한 공간에 서로 바짝 붙어 앉아 설교에 귀 기울일 수 있단 말인가. 이 높은 신전에서 설교는 아무리 근사하고 명석하다 한들 그저 메마른 울림이며 실망스러울 수밖에 없는 것을.

이때 오르간의 강렬한 고음이 울린다. 오르간 음은 점

차 커지면서 어마어마한 공간을 채우더니 음 스스로가 공간이 되어 우리를 온전히 휘감는다. 음은 자라나 편안히 쉰다. 다른 음들이 합류한다. 별안간 모든 음이 다급히 도망치며 추락하고 몸을 숙여 경배하며, 문득 치솟다가 제지되어서는 조화로운 베이스 음 속에 꿈쩍 않고 머문다. 이제 음들은 침묵한다. 휴지부는 뇌우 전의 미풍처럼 홀 안에 나부낀다. 장중한 음들이 다시 깊고 황홀한 열정으로 일어서더니 격정적으로 팽창하며, 소리 높여 헌신하는 자세로 신께 저들의 탄원을 부르짖는다. 그렇게 한 번 더. 더욱 통절히, 더욱 우람하게. 그러다 뚝 그친다. 음들이 다시 일어선다. 이 대담하고 무아경에 빠진 대가는 자신의 막강한 목소리를 신을 향해 들어올리며 애원하고 간구한다. 그의 노래는 음을 휘몰아치며 원 없이 펑펑 운다. 다시 고이 머물면서 몰입해 경외와 위엄의 성가로 신을 찬미하고, 높고 어스름한 곳에 황금빛 둥근 천장을 만들고, 둥근 기둥들과 소리의 다발 기둥들을 높이 들어 올리고, 자신의 경배로 성당을 지어 올린다. 마침내 성당이 완성되어 고요히 서 있다. 음이 다 사그라들었을 때도 성당은 여전히 고요히 서서 우리 모두를 감싸고 있다.

　나는 이런 생각을 하지 않을 수 없다. 우리는 삶을 얼마나 너절하게 변변찮고 형편없이 영위하고 있는가! 우리 중 대체 누가 이 대가가 하듯 신과 숙명 앞에 나설 수 있을까. 저렇게 탄원과 감사를 외치며, 뼈저린 존재를 내세워 저렇게 위대하게 항거하면서. 아, 우리는 다르게 살아야 하리라. 다른 모습이어야 하리라. 좀 더 하늘 아래 나무 아래 거해야 할 것이며, 좀 더 묵묵히 혼자 아름다움과 위대함의 비밀에 다가가야 할 것이다.

오르간이 다시 일어선다. 깊고 낮은 소리, 길고 고요한 화음 하나. 화음을 벗어나 바이올린 선율이 솟아오른다. 환상적으로 차근차근, 탄식도 질문도 없는 듯, 그렇지만 남모르는 은총과 비밀을 가득 품고 노래하고 떠다니면서, 고운 소녀의 발걸음처럼 아름답고 가뿐하게. 선율은 반복되고 변화하고 휘어진다. 닮은꼴들을 찾아내고, 유희하는 수백 절의 고운 아라베스크를 찾아내고, 좁디좁은 오솔길들 위로 굽이치더니, 고요하고 청명한 감정이 되어 다시 시원하고 정화된 모습으로 나타난다. 여기에 위대함은 없다. 절규도 깊은 고난도 없다. 드높은 외경심도 없다. 오로지 기쁘고 자족한 영혼의 아름다움이 있을 뿐. 이 영혼이 우리에게 하고자 하는 말은, 세상은 아름다우며 신의 질서와 조화로 차 있다는 것이니. 아, 그 어떤 전언이 이 기쁜 전언보다 더 희귀할 것이며, 그 어떤 전언이 이보다 더 필요하단 말인가!

보지 않아도 느껴진다. 지금 이 큰 성당 안 많은 얼굴에 미소가 흐른다. 즐거워하며 해사하게 미소 짓고 있다. 더

러는 이 소박한 고음악을 다소 순진하고 뒤떨어진 것이라 느낀다. 그러면서도 웃음을 머금고 이 수수하고 또렷한 흐름을 기뻐하며 함께 따르고 있다.

그런 마음들이 휴식 시간에도 느껴진다. 이런저런 소리와 두런거림, 신도석 벤치에서 자세를 고쳐 앉는 소리가 명랑하고 활기 있다. 다들 즐거워하며, 자유로운 기분으로 새로운 장관을 향해 간다. 다시 장관이 벌어진다. 거장 바흐가 크고 자유롭게 움직이며 자신의 사원에 들어와 신께 감사 인사를 올리고, 경배의 분위기 속에서 몸을 일으키고는 성가의 가사에 따라 자신의 경건함과 일요일의 분위기를 즐기려 한다. 그러나 음악을 시작하는가 싶더니 약간의 공간을 찾아내 화성들을 보다 깊이 몰아가며, 감동적인 다성부 선율들을 엮고 화성들을 맞부딪친다. 그리고 음의 건축을 떠받쳐 세우고 마감하여 교회를 한참 벗어나 고귀하고 완벽한 체계의 우주 공간을 만들어낸다. 마치 신은 잠자리에 들었고 그에게 지휘봉과 망토를 넘겨주었다는 듯. 이윽고 뭉게구름을 야단쳐 다시 빛의 공간을 환히 열더니, 행성들과 태양을 득의양양하게 끌어올린다. 그는 한낮 중에 느긋하게 쉬며 서늘한 저녁 소나기를 때맞게 불러낸다. 그런 뒤 석양처럼 찬란하고 웅혼하게 곡을 마치며, 소리가 사라진 자리에 광휘와 혼신으로 가득한 세상을 남겨놓는다.

나는 조용히 이 고귀한 공간을 통과해, 잠들어 있는 작은 광장을 지나, 높은 강 다리를 평화로이 건너고 줄지어 선 가로등을 지나쳐 도시로 나간다. 비는 그쳤다. 일대를 온통 뒤덮은 무시무시한 구름 사이로 달빛과 수려한 밤빛이 드문드문 느껴진다. 도시가 사라지고, 들길에 선 참나무들이 상쾌한 미풍에 흔들린다. 느긋하게 마지막 비탈을 올라 모두가 자고 있는 집에 들어서니, 느릅나무가 창문 너머 말을 걸어온다. 이제 나는 기쁘게 쉬러 간다. 다시 한동안 삶을 살아가며 그 운명에 기꺼이 농락당해도 괜찮으리라.

오르간 연주

탄식하듯 둥근 천장에 퍼지고 다시 우르렁대며
오르간 연주 울리니, 경건한 신도들이 듣는다.
얼마나 많은 목소리가 굽이치는 합창에
동경, 슬픔, 천상의 기쁨을 실어 노래해
음악이 차곡차곡 정신의 공간이 되는지를.
복된 꿈에 젖어 무아지경으로 너울거리는지를.
울림의 별들로 하늘을 지어 올리는지를.
금빛 둥근 별들은 서로의 주위를 회전하고
서로 감싸고 가까워지다 멀어지고
계속해 움직이며 태양을 향해 여행한다.
세상이 구석구석 밝아진 듯 보일 때까지.
수정, 그 청아한 망 안에서
신의 환한 정신이 가없이 순수한 법칙을 따라
스스로를 수백 겹으로 지어 올리고 있다.

음표로 가득 찬 종이에서

이토록 울림 가득하고, 정신이 환히 빛나는
그런 세계와 별들의 합창이 생겨날 수 있다니,
오르간 파이프의 합창 하나에 이런 소리가 들어 있다니,
비할 데 없는 기적 아닌가?
건반을 누르는 연주자
한 인간의 힘으로 그런 소리를 감싸 안는다니?
듣는 이들이 그 소리를 이해하다니,
함께 비상하다니, 울리다니, 빛나다니,
함께 나부끼며 떠올라 소리의 우주로 들어가다니?
긴 시간에 걸친 노동과 결실이었다.
열 세대가 지어 올려야 했다.
수백 명의 장인이 경건하게 준비해야 했다.
수천 명의 제자들이 동행해야 했다.

이제 오르가니스트가 연주하자
둥근 천장에서는 세상을 떠난
신실한 장인들의 영혼이 귀 기울인다.
자신들이 기초하고 세운 건물에 둘러싸여.
그 정신, 푸가와 토카타 속에
숨쉬는 정신은 한때 대성당을 측량한 이들을
돌에서 성인상을 만들어낸 이들을
사로잡았기 때문이니.

성당을 짓고 돌을 깎기 전에도
많은 신실한 이들이 살고 생각하고 괴로워했고
성령이 지상으로 올 수 있도록
민중과 성전을 일으켰다.
수백 년의 의지는
음의 맑은 철썩임으로
푸가와 시퀀스의 건축으로 형상화된다.
바로 여기서 창조의 정신이
행동과 고통의 경계를
육체와 영혼의 경계를 섭리한다.
정신이 가지런히 세어놓은 박자 속에
인간의 수천 가지 꿈이 완성되었다.
그 꿈, 목표는 신이 되는 것이었다.
그 꿈, 그중 어느 것도 지상에서
실현되어선 안 되었다. 하지만 꿈들의 절실한 합일은
계단이 되어, 인간 존재는 이 계단에 올라
곤궁과 비천함을 벗어나
신적인 것, 치유에 이르렀다.
음표의 마법이 깔린 오솔길에서
음자리표와 음악 기호의 잔가지 위로
오르가니스트의 손발을 지배하는 건반 위로
신과 정신을 향한 지고의 노력이 흘러나오고

이 노력이 통과한 고통이 음 안에서 화사하게
높이 빛난다. 훌륭하게 계산된 진동 속에
갈망은 해방되어 천국의 사다리를 오른다.
인류는 곤궁을 부수고 정신이 되고 명랑해진다.
모든 대지는 태양을 향하고
어둠의 꿈은 빛이 되는 것이기에.
오르가니스트는 연주하고, 청중은
기쁜 마음으로 해방의 감동을 느끼며
천사가 이끄는 안전한 섭리의 율법을 따른다.
성스러운 공모자 되어 타오르듯
함께 날아오른다. 기뻐하며 성전을 향한 채
경외의 시선으로 신을 바라보며
아이처럼 순수하게 삼위일체에 동참한다.
그렇게 음 안에서 자유로워져, 교구는
성체 안에서 하나 되고 성스러워진다.
육체 없이, 신과 하나 되어.
그러나 완전한 것은 이 지상에서
지속되지 않는다. 평화에는 전쟁이
그리고 아름다움에는 쇠락이 은밀히 깃들어 있다.
오르간은 울리고 천장은 반향하고
새로운 방문자들이 들어온다. 소리에 이끌려
잠시 쉬며 기도하려고.

하지만 옛 음의 건축이
파이프의 숲 밖으로
신실함과 정신과 기쁨에 차서 울려 나오는 내내
밖에서는 이런저런 일들이 일어나
세상을 바꾸었다. 영혼도 바꾸었다.
지금 오는 이들은 다른 사람들이다.
또 다른 젊은이들이 나타나고 있다. 그들에게는
경건하고 굽이치는 이 선율의 성부들이
그다지 익숙하지 않다. 그들 귀에는 구식이고
장식음이 과하다. 얼마 전까지도 신성하고
아름다웠던 것이. 그들의 영혼을 지배하는 건
새로운 충동. 그들은 더 이상 시달리고 싶지 않다.
이 백발성성한 음악가들이 만든
엄격한 규칙에는. 그들 세대는 바쁘다.
세상은 전쟁이다. 기아가 창궐한다.
이 새로운 손님들은 그저 잠시 머문다.
오르간 소리를 들으면서 너무 고이 모셔진 무엇 같다고
그들은 생각한다. 너무 장중하고 엄숙한
음악이라고. 아무리 아름답고 심오하다 해도,
그들은 다른 음을 원한다. 다른 축제를 즐긴다.
어느 정도 부끄러운 예감 속에 느끼기도 한다.
이 풍성하게 짜인

장중한 오르간 합창의 달갑지 않은 경고를.
요구가 너무 많은 경고를. 인생은 짧고
인내심을 발휘해가며 어려운 연주에
자신을 헌신할 때가 아니다.

여기서 귀 기울이고 함께 산 많은 이들 중
대성당에 남아 있는 사람은 거의 없다.
계속해서 누군가는 이 세상을 떠나고
구부정하게 걷고 나이가 들고 고단해지고 작아진다.
젊은이들에 대해 이야기할 때 배신자 말하듯 하고
환멸에 침묵하며 아비들 곁에 몸을 누인다.
대성당에 들어서는 젊은이들은
성스러움을 느끼기는 하나, 이제 기도하는 것도
토카타를 듣는 것도 관례가 아니다.
사원은 남아 있다. 한때 도시의
핵심이자 중심이던 것. 거의 버려진 채로.
붐비는 골목 사이에, 태고의 세계처럼 덩그러니.

그러나 여전히 건물의 들보 사이로
음악은 천상의 속삭임으로 숨 쉰다.
꿈꾸며, 입가엔 미소를 머금고
점점 더 부드러운 음역을 연주하는

노년의 음악가가 앉아 있다.
여러 성부의 넝쿨 장식과 푸가 건축의
계단식 오솔길에 몰입한 채.
그의 연주, 점점 더 부드러운 손길로
금실을 엮는다. 점점 더 가늘어지는 실로
대담하게 장식물을 만들어낸다.
가뿐한 소리 직물을 환상적으로
점점 더 간절하고 달콤하게
엮어나가니. 감동적인 성부들이
천국의 사다리를 오르듯 움직이더니
저 위에서 행복해하며 떠 있다가
저녁 장미 구름처럼 서서히 소멸한다.

그는 슬프지 않다. 교구 공동체와
학생, 장인, 신앙인, 친구가
사라졌다 해도. 성마른 젊은이들이
율법을 모른다 해도. 음형의
짜임과 의미를 거의 감지하지 못한다 해도.
음이 그들에겐 더 이상
낙원의 기억과 신의 흔적이 아니라 해도.
이젠 열 명, 아니 한 명도
이 울림 천장의 신성한 아치를

정신 속에서 따라 지을 수 없다 해도. 에전에 습득한 신
비를
짜나가는 일에 의미를 부여할 수 없다 해도.
젊은이들은 도시와 시골 사방에서
폭풍 같은 삶의 행로를 열망한다.
하지만 사원 안에서는 유령 같은 노인이
(젊은이들에게 반은 전설이고 반은 조롱감인 노인이)
연주석에 고독하게 앉아
신성해진 기억을 직조한다.
성스러운 손길로 장식을 마저 해나간다.
오르간 스톱을 움직여 점점 더 나지막한 음향을 낸다.
성사聖事에 맞추어 푸가를 연주한다.
성사에는 그 한 사람만이 귀 기울일 뿐,
다른 이들은 그저
과거의 속삭임을 느낄 뿐,
바스러질 만큼 낡은 커튼 주름이
조용히 사르륵대는 소리를 느낄 뿐. 다발 기둥
우중충한 돌 틈새로 힘겹게 부푸는 커튼 주름의 소리를.

아무도 모른다. 지금도 옛 대가가
안에서 연주하는지. 공간을 맴도는
부드럽고 나지막한 음의 짜임이

잔류한 정신의 유령에 지나지 않는 건 아닌지.

다른 시대의 잔향이고 망령인 건 아닌지.

하지만 이따금 누군가 대성당 옆에서

귀 기울이며 멈춰 선다. 살며시 문을 연다.

멀리서 들리는 음악의 은빛 흐름에

무아경에 빠져 귀 기울인다. 유령의 입에서 나오는

아버지들의 밝고 진지한 지혜의 말씀을 듣는다.

음악으로 감동한 마음을 품고 길을 나선다.

친구를 찾아가 속삭인다.

그곳 성당 안 꺼진 초의 향기 속에서 보낸

황홀한 시간의 체험을.

그렇게 땅속 같은 어둠 속을

거룩한 강이 영원히 흐른다. 때로

강바닥으로부터 음악이 반짝이니

이를 듣는 자는 신비의 섭리를 느끼며,

신비가 달아나는 걸 본다. 신비를 붙들 수 있기 바라며

마음은 향수로 불탄다. 아름다움을 예감하기 때문에.

음악

또다시 연주회장 소박한 구석 자리에 앉아 있다. 내 뒤로
아무도 앉을 수 없어 좋아하는 자리다. 다시 잡다한 소리
가 나직이 들려오고, 관객으로 가득한 실내의 풍성한 빛
은 나를 향해 부드럽고도 유쾌하게 반짝인다. 연주를 기
다리는 동안 프로그램 책자를 읽으면서 감미로운 긴장을
느낀다. 이제 곧 지휘자가 지휘봉을 두드리며 이 긴장을
최고조로 끌어올릴 것이며, 곧이어 오케스트라가 물오른
첫 울림으로 이 긴장을 한껏 분출하고 해소할 것이다. 오
케스트라 화음은 7월 한여름 밤 곤충들의 춤처럼 고음에
맞춰 유혹적으로 윙윙대려나? 호른들과 함께 밝고 기쁜
소리로 시작하려나? 숨죽인 저음을 내며 둔탁하고 숨 막
히듯 호흡하려나? 알 수 없지. 나는 오늘 나를 기다리는
음악을 알지 못한 채 추측과 탐색의 예감으로, 어쩌면
하는 바람과 설렘으로, 아주 근사하리라는 확신으로 가득
한 상태다.

넓고 하얀 홀 앞쪽에 대형이 갖추어졌다. 키 큰 더블베

이스들은 반듯하게 서서 기린 같은 목을 가만가만 흔든
다. 첼리스트들은 고심하듯 얌전하게 자기 악기의 현 위
로 몸을 숙인다. 튜닝은 거의 끝났다. 클라리넷 하나가 마
지막 점검을 하며 내는 소리가 득의양양 흥분한 듯하다.

바야흐로 매혹적인 순간이다. 지금 지휘자는 검은색 복
장으로 꼿꼿이 서 있고, 홀의 조명은 일순 숙연히 꺼졌
다. 보이지 않는 램프가 지휘대 위를 강렬히 비추는 가운
데, 하얀 총보가 유령처럼 빛난다. 우리 모두가 사랑하는
고마운 지휘자, 그가 지휘봉을 두드리고는 양팔을 펼치더
니 금방이라도 몰아칠 태세로 팽팽히 긴장해 비스듬히 서
있다. 고개를 뒤로 젖힌다. 그 눈의 야전 사령관 같은 번
쩍임이 뒷모습에서까지 감지된다. 그가 양손을 날개 끝자
락처럼 움직인다. 그러자 홀과 세상과 내 심장은 금세 짧
고 날렵한 바이올린 파도에 뒤덮인다. 대중도 연주회장도
지휘자도 오케스트라도 사라지고 없다. 온 세상이 사라져
가라앉았다. 내 오감 앞에 새로운 형태로 재창조되기 위
해. 지금 기대에 찬 우리에게 작고 볼품없는 세계를, 신빙
성 없고 억지로 궁리해낸 거짓 세계를 지어주려 드는 음
악가에게 화 있을지니!

하지만 아니다. 거장이 연주하는 중이다. 그는 카오스의
공허와 침몰 상태에서 파도 하나를 일으킨다. 크고 힘 있
는 몸짓으로. 파도 위로 벼랑 하나가 서 있다. 삭막한 섬,

세계의 심연이 내려다보이는 위태로운 피난처가. 그리고 벼랑 위에 한 사람이 서 있다. 그 사람이. 무한 속에 고독하게. 그의 심장박동은 혼을 불어넣는 탄식과 함께 무심한 황야에 울려 퍼진다. 이 사람 내면에 세계의 의미가 숨 쉬고 있고, 형체 없는 무한이 그를 기다리고 있으며, 그가 고독한 목소리로 텅 빈 광야에 대고 물으니, 그 물음이 사막에 마법을 걸어 형체와 질서와 아름다움을 만들어낸다. 여기 한 사람이 서 있다. 거장이기는 하나 격심히 동요한 상태로 회의하며 심연 앞에. 목소리에는 전율이 실려 있다.

하지만 보라, 세계가 그 사람을 향해 울린다. 선율은 창조되지 않은 것 안으로 콸콸 흘러들어가고, 형식은 카오스를 뚫고 안착하며, 감정은 무궁한 공간에 반향한다. 예술의 기적이 벌어진다. 천지가 다시 한번 창조되고 있다. 목소리들은 고독한 질문에 답한다. 시선들은 헤매는 눈을 향해 빛난다. 황무지로부터 설렘과 사랑의 가능성이 몽롱하게 비치며 솟아난다. 그리고 최초의 인간은 젊은 의식의 여명 속에 의욕에 찬 대지를 움켜쥔다. 자부심이, 환희에 찬 깊은 감격이 그의 안에 만발한다. 그의 목소리는 높아지고 지배하며 사랑을 선포한다.

침묵이 감돈다. 1악장이 끝났다. 또다시 우리는 그를 듣는다. 그 존재와 영혼 속에 우리가 스며 있나니. 천지는 자신의 자리를 찾아가고 있다. 투쟁이 일어난다. 고난이

닥쳐온다. 시련이 돋아난다. 그는 서서 우리 심장이 떨릴 만큼 탄식하고 있다. 그는 응답받지 못한 사랑으로 괴로워하며, 깨달음으로 인해 지독한 고립을 겪고 있다. 음악은 신음을 토해내며 고통을 헤집고, 호른 하나가 최후의 궁지에 빠진 듯 처량하게 울린다. 첼로는 부끄러움으로 울고 있다. 많은 악기가 어우러진 울림으로부터 비애감이 오싹하게 엉겨든다. 활기도 희망도 없이. 이제 선율이 격랑의 밤으로부터 피어오른다. 지나간 행복의 기억이. 하늘의 낯선 성좌처럼 슬프도록 서늘하게.

  하지만 마지막 악장, 혼탁함 속에서 위로의 금빛 실을 잣는다. 오, 오보에가 솟아올라 원 없이 울다 가라앉는 저 모습! 투쟁은 해소되어 투명한 아름다움이 되고, 볼썽사납게 탁하던 것들은 녹아내려 돌연 조용히 환하게 빛나고, 고통은 몹시 무안해하며 구원의 미소 속에 숨어버린다. 절망은 숙명에 대한 깨달음으로 온화하게 변모하고, 환희와 질서는 고양되어 한층 전도양양한 모습으로 귀환한다. 잊힌 매력과 아름다움이 자태를 드러내 새로운 윤무로 어우러진다. 만물이, 역경과 환희가 하나 되어 위대한 합창을 이루며 높이 더 높이 자라난다. 하늘이 열린다. 축복의 신들은 인간의 갈망이 몰려 올라오는 모습을 위로하듯 굽어본다. 천지는 자리를 잡아 안정되고 평화를 이루어 감미로운 한순간 둥실 떠 있다. 여섯 마디에 걸쳐,

흡족한 완성에 행복해하며, 내적 행복과 완성의 순간! 끝이다. 우리는 여전히 압도된 채 박수갈채를 쏟아내 가벼워지려 한다. 손뼉 치는 몇 분 동안 정신 없는 와중에 깨닫는다. 스스로의 힘으로, 다른 사람의 힘으로, 우리는 저마다 선명히 알게 된다. 우리가 무언가 위대한 것, 찬란하게 아름다운 것을 체험했음을.

몇몇 '전문' 음악인들은, 청자가 연주 내내 풍광, 사람, 바다, 너우, 시간, 계절 등의 심상이 보인다고 하면 잘못 들었다고, 딜레탕트 같은 감상이라고 단언한다. 너무 문외한이어서 곡의 조성조차 제대로 식별하지 못하는 내게는 심상이 보이는 게 자연스럽고 좋다. 우수한 전문 음악인들도 그렇게 감상하는 것도 이미 보았다. 물론 오늘 연주회 때 모든 청자가 나와 똑같은 심상을 봤어야 하는 건 전혀 아니다. 거대한 파도, 고독한 이가 있는 낭떠러지 섬, 그 모든 것을 말이다. 하지만 내 생각에 이 음악은 틀림없이 모든 청자의 가슴에 똑같이 조화로운 성장과 존재의 심상을 불러일으켰을 것만 같다. 생성, 투쟁, 고난, 그리고 마침내 승리의 상을.

산을 잘 오르는 사람이라면 위험이 잔뜩 도사린 긴긴 알프스 등정 이미지를 눈앞에 떠올렸으리라. 철학자라면 의식의 눈뜸을, 감격스럽고 무르익은 긍정에 이르기까지 겪는 성장과 풍랑을 떠올렸으리라, 독실한 이라면 한 구도하는 영혼이 신으로부터 멀어졌다가 더욱 위대하고 정화된 신에게 돌아가는 길을 떠올렸으리라. 하지만 서로 다른 심상을 보았어도 열심히 경청한 이라면 그 누구라도 이 형상이 극적으로 그려낸 만곡을 잘못 들었을 리 없다. 아이에서 어른으로, 성장에서 존재로, 개별적 행복에서 우주의 의지와 화해하기까지 이르는 그 길을.

풍자소설이나 해학소설 혹은 문예란에는 연주회장을 찾는 이들 중 딱하고 유감스러운 유형을 조소한 대목이 더러 나온다. 〈에로이카〉의 장송행진곡이 울리는 동안 유가증권을 생각하는 사업가, 장신구를 보여주고 싶어 브람스 연주회에 가는 부유한 부인, 모차르트의 음악이 울리는 틈에서 혼기 앞둔 딸을 결혼 시장에 데려다 놓은 듯 앉아 있는 어머니, 또 무엇 무엇 하는 누구들. 그런 사람들이 있다는 건 의심할 나위가 없다. 그렇지 않고서야 작가들이 그런 장면을 그토록 자주 묘사하지는 않을 것이다.

그런데도 나는 그런 사람들이 있다는 것이 내내 믿기지 않았고 끝내 납득할 수 없었다. 사교 모임에 가듯 혹은 공식 석상에 가듯 연주회에 간다는 것, 다시 말해 심드렁하고 무딘 신경으로, 또는 사욕을 꾀하며 계산속으로 앉아 있거나 허영심에 우쭐해하며 앉아 있는 것, 그건 이해할 수 있다. 그런 건 인간적이며 웃어줄 만한 일이다. 나 자신도, 내가 직접 음악회 날을 정할 수 있는 게 아니다 보니, 경청할 마음가짐과 좋은 기분으로가 아니라 곤하거나 화가 났거나 아프거나 걱정을 잔뜩 안은 채 연주회에 간 적이 있다. 그러나 지휘봉이 춤추고 음의 파도가 넘실대기 시작했는데도 베토벤의 교향곡을, 모차르트의 세레나데를, 바흐의 칸타타를 감흥 없이—영혼의 아무 변화 없이, 충격과 도약 없이, 공포나 수치감이나 비탄 없이, 애통함이나 환희의 전율 없이—듣는 사람들이 있다는 것, 그건 도무지 받아들일 수 없다. 기교 문제에 대해 나보다 이해력이 현저히 덜한 사람은 있기 어렵다. 나는 악보도 거의 못 읽으니 말이다! 하지만 위대한 음악가들의 작품을 접한다면 더없이 고귀한 인간의 삶이, 나와 당신과 만인에게 더없이 진지하고 중요한 것이 다루어지고 있다는 것을 마땅히 느낄 수 있을 것이다! 아주 한심한 문외한이라도 말이다. 그것이야말로 음악의 비밀이다. 음악이 그저 우리의 영혼만을 요구한다는 것, 하지만 오롯이 요구한다는 것 말이다. 음악은 지성과 교양을 요구하지 않는다. 음악은 모든 학문과 언어를 넘어 다의적 형상으로, 하지만 궁극적인 의미에서 항상 자명한 형상으로 인간의 영혼만을 끝없이 표현한다. 위대한 거장일수록 그가 관조하고 체험한 바의 효력과 깊이는 무제한적이다. 또한 순수한 음악적 형식이 완벽할수록 우리 영혼에 끼치는 영향은 직접적이다. 거장이 거장 자신의 영혼 상태에 대한 가장 강렬하고도 예리한 표현을 추구하건, 자기 자신을 벗어나 순수한 미를 꿈꾸건, 그의 작품은 곧장 이해되고 직접적으로 영향을 줄 것이다. 기교적인 것은 훨씬 나중 이야기다. 베토벤이 어떤 곡에서 바이올린 성부의 핑거링을 제대로 고려하지 않았는지, 베를리오즈가 어디에서 호른을 투입하며 이례적으로 대담한 시도를 했는지, 이 대목 저 대목의 막강한 효과가 페달 포인트에 기인하는지, 약음기를 낀 첼로의 음색 덕분인지, 또 무엇 무엇 때문인지, 그걸 아는 건 멋진 일이고 유익하다. 하지만 그런 지식은 음악을 향유할 때 없어도 괜찮다.

나는 때에 따라서는 음악가보다 문외한이 음악에 대해 더 제대로 더 순수하게 판단한다는 생각까지 한다. 문외한은 듣기 편하지만 대수롭지 않은 연주라고 생각하고 대단한 인상 없이 흘려듣는 반면 정통한 이들은 그 능수능란한 기교에 잔뜩 매료되는 때가 제법 있다. 우리 작가들 역시 그런 식으로 순박한 독자에게는 하등의 매력도 없는 시문학 작품을 더러 높이 산다. 그러나 내가 아는 한 진정한 거장의 위대한 작품 치고 전문가에게만 영향력을 발휘하는 작품은 없다. 나아가 우리 문외한들은 부분적으로 결함 있는 공연에서조차 아름다운 작품을 깊이 즐길 수 있어 참으로 행복하다. 우리는 젖은 눈시울로 일어서며 영혼의 터진 구석구석이 진동하고 경고받고 비난받고 정화되고 화해한 것을 느낀다. 전문가가 템포 문제를 두고 논쟁하거나 정확하지 못했던 연주 시작 타이밍 때문에 기쁨을 전부 잃어버린 반면.

물론 그 대신 전문가는 뭘 모르는 우리가 도달할 수 없는 쾌감을 누린다. 그런가 하면 지식이 있고 없고를 떠나 섬세한 귀는 희귀하고도 음악적으로 최고 기량을 발휘하는 것들, 이를테면 아주 귀한 오래된 현악기 사중주단의 소리, 진귀한 테너의 달콤한 매력, 비범한 알토의 따뜻한 충만함, 이 모든 것을 지극히 자연스럽게 감지한다. 그것을 알아차리는 것은 감각의 예민함 문제이지 교양의 문제가 아니다. 물론 감각의 향유 또한 훈련할 수 있는 것이긴 하지만 말이다. 지휘자의 역량 문제도 유사하다. 가치 높은 작품이라면 결과물의 수준은 지휘자 자신의 기술적 대가다움만으로 결정되는 게 결코 아니다. 그보다는 그가 지닌 인간으로서의 섬세한 감수성, 영혼의 크기, 개인의 진지함이 훨씬 결정적이다.

우리 삶에 음악이 없다면! 꼭 연주회에 가야 하는 건 아니다. 대부분은 한 번의 피아노 소리면, 고마운 휘파람이나 노래나 흥얼거림이면 족하다. 아니면 잊을 수 없는 몇 마디를 소리 없이 떠올리는 것만으로도 족하다. 누군가 나나 그럭저럭 음악적이라 할 사람에게서 바흐의 성가곡을, 〈마술피리〉나 〈피가로의 결혼〉의 아리아들을 빼앗고 금지하고 기억으로부터 떼어놓는다면, 우리 같은 사람에게 그것은 몸의 장기 하나를 잃는 것과도 같을 것이며 감각 하나를 반쯤 또는 전부 상실하는 것과 같을 것이다. 우리 자신이 속수무책일 때, 하늘의 쪽빛과 총총한 별밤이 우리에게 더 이상 기쁨을 주지 못할 때, 시인의 책조차 없을 때, 그럴 때 얼마나 자주 기억의 보물 창고에서 슈베르트 가곡 하나, 모차르트 한 소절, 미사곡과 소나타가—우리가 언제 어디서 들었는지 이젠 알 수도 없는 그것들이—울려와 환히 빛나며 우리를 흔들어 깨우고 우리의 고통스러운 상처 위에 사랑의 약손을 얹어주는가… 아, 우리 삶에 음악이 없다면!

3성부 음악

밤에, 한 목소리가 노래한다.
밤에, 그 목소리가 두려워하는 밤에
노래한다. 두려움과 용기를.
노래로 밤을 길들인다.
노래하면 다 괜찮아.

두 번째 목소리가 노래를 시작해
다른 목소리와 발맞추어 걷고
다른 목소리에 응답하고 웃는다.
둘이서 밤에 노래하면
기쁨이 솟아나니까.

세 번째 목소리 들어와
조화로이 춤추고 걷는다.
밤에 함께. 셋은
별빛이 되고

마법이 되고.

서로를 잡는다. 서로를 놓는다.
서로를 피한다. 서로를 붙든다.
밤에 노래를 하면
사랑을 깨우고 기쁨을 주니까.
별이 총총 뜬 밤하늘 마법으로 열어내면
그 하늘은 또 하나의 하늘을 품고 있으니
서로 보이고 서로 숨고
서로 보듬고 서로 놀리고…

세상은 밤이고 두려움이니
너 없다면, 나 없다면, 너 없다면.

소나타

헤트비히 딜레니우스 부인은 부엌에서 나와 앞치마를 끌러놓은 다음 씻고 머리를 빗었다. 그런 뒤 응접실로 가서 남편을 기다렸다.

그녀는 뒤러 화집을 서너 장 뒤적이다 코펜하겐 도자기 미니어처를 장난하듯 잠깐 만지작거렸다. 근처 탑에서 정오를 알리는 종소리가 들리자 그랜드피아노를 열었다. 그녀는 반쯤 까먹은 선율을 되새겨 건반을 몇 번 누르며 현들이 빚어내는 조화로운 여음에 한동안 귀 기울였다. 진동이 미세하게 잦아들다 가녀려지고 현실감을 잃더니, 음의 잔향이 이어지는 건지 귓전의 이 섬세한 자극이 그저 기억에 불과한 건지 알 수 없는 순간이 왔다.

그녀는 연주를 멈추고 양손을 무릎에 둔 채 생각했다. 더 이상 예전의 시골 고향 소녀 시절처럼 우스꽝스럽거나 심금을 울리는 자잘한 사건들을 생각하지는 않았다. 실제로 일어났거나 체험한 것은 그중 절반도 채 안 되던 사건들을. 그녀는 얼마 전부터 다른 것들을 생각하고 있었다.

그녀 자신에게는 현실 자체가 비틀거리고 미심쩍은 것이 되어버린 상태였다. 아련하고 꿈결 같은 소망으로 들떴던 소녀 시절, 그녀는 언젠가 결혼해 남편과 자기 삶과 살림을 갖게 될 거라고 생각하곤 했다. 그리고 이 변화에 대해 많은 걸 기대했다. 애틋함, 온기, 새로운 사랑의 감정은 물론 무엇보다 안정과 확실한 삶을. 시련과 회의와 부질없는 소원을 막아주는 아늑히 보호받는 상태를. 그녀가 아무리 공상하고 꿈꾸는 걸 좋아했다 해도 그 동경은 언제나 현실을 향해 있었다. 든든한 길을 밟으며 흔들림 없이 걸어가기를 바랐다.

  그녀는 다시 곰곰이 새겨보았다. 삶은 그녀가 그려보았던 것과는 다르게 흘러갔다. 남편은 이제 약혼 시절 보던 그 모습이 아니었다. 그렇다기보다 당시 그녀는 어떤 조명을 환하게 받은 그를 보았던 것이고 그 조명이 지금은 꺼진 것이다. 그녀는 그가 자신과 대등하다고, 좀 더 나은 사람이라고, 그가 때론 벗으로 때론 안내자로 그녀와 함께 걸어갈 수 있으리라고 믿었다. 그런데 지금은 그를 과대평가했다는 기분이 자주 든다. 그는 반듯하고 정중하며 살가웠고, 그녀가 자유를 누리게 해주었고, 집안의 자잘한 염려거리들을 덜어주었다. 하지만 그가 그녀에 대해, 그 자신의 삶에 대해, 일하고 먹고 조금씩 즐기는 것에 대해 만족해한 반면, 그녀는 이 삶이 만족스럽지 않았다. 그녀 안에는 요정이 살고 있어 장난치고 춤추고 싶어했고, 몽상가 정신이 살고 있어 동화를 지어내고 싶어했다. 노래나 회화에서, 아름다운 책에서, 숲과 바다의 폭풍우 속에서 울리는 웅장하고 멋진 삶과 매일의 소박한 삶을 엮고 싶은 갈망이 끊임없이 일었다. 그녀는 꽃은 꽃일 뿐이고 산책은 산책일 뿐이라는 데 만족할 수 없었다. 꽃은 요정이어야 하고 아름답게 변신한 아름다운 정령이어야 하며, 산책은 의무적으로 하는 소소한 단련과 휴양이 아니라 미지의 것을 예감하는 여행, 바람과 시냇물의 집에 놀러 가는 일, 말 없는 사물들과의 대화여야 했다. 훌륭한 연주회를 다녀온 뒤면 그녀는 한참을 낯선 정령계에 머물렀다. 반면 남편은 진작에 슬리퍼 바람으로 돌아다니다 담배를 피우고, 음악에 대해 살짝 이야기하고는 어서 잠자리에 들고 싶어했다.

그가 그런 사람이라는 것에 대해, 그에게 이제 날개가 없다는 것에 대해, 그녀가 내면에서 우러나온 이야기를 하려고 하면 봐주듯 미소 짓는 행동에 대해, 그녀는 얼마 전부터 그런 그가 꽤 자주 놀랍고 의아했다.

그녀는 화내지 않기로, 인내심을 갖고 상냥하게 대하기로, 남편을 남편의 방식으로 편안하게 해주기로 거듭 다짐했다. 피곤한가 보다. 맡은 일 때문에 괴로운가 보다. 그 일로 그녀까지 신경 쓰게 만들고 싶지는 않은가 보다.

그녀는 그가 참으로 원만하고 다정했기에 고마웠다. 하지만 그는 더 이상 그녀의 왕자, 그녀의 벗, 그녀의 가장, 형제는 아니었다. 그녀는 다시 근사한 추억과 공상의 길을 혼자서 갔다. 그 없이. 길은 갈수록 어두워졌다. 그 끝에 가도 신비로운 미래 같은 건 없었기에.

종소리와 함께 현관에서 발소리가 들리더니 문이 열리고 그가 들어왔다. 그녀는 그에게 가서 그의 키스에 응했다.

"잘 있었어, 내 사랑?"

"응, 그럼. 당신은?"

그들은 탁자로 갔다.

"여보," 그녀가 말했다. "저녁에 루트비히 와도 돼?"

"당신이 원한다면 물론이지."

"루트비히한테 나중에 전화하면 되겠다. 있잖아, 이젠 못 기다릴 지경이야."

"뭘?"

"새 음악 말이야. 루트비히가 얼마 전에 말해줬거든. 새 소나타 곡들을 익혀서 이제 연주할 수 있다고. 아주 어려운 곡들이래."

"아, 그거, 새 작곡가의 작품, 맞지?"

"맞아, 레거라는 작곡가야. 묘한 음악임에 틀림없어. 너무너무 궁금해."

"그래, 들어보면 알겠지. 현대판 모차르트야 아닐 테

고.”

“그럼 오늘 저녁으로 할래. 루트비히에게 식사하러 오라고 할까?”

“당신 좋을 대로.”

“당신도 레거의 곡 궁금해? 루트비히가 완전히 열광하면서 이야기했거든.”

“그야 뭐, 새로운 걸 듣는 건 언제나 좋지. 루트비히가 매우 열광적인 데가 있긴 하지만. 안 그래? 하지만 루트비히가 나보다 음악에 대해 잘 아는 건 분명하니. 하루의 반을 피아노만 치는데!”

헤트비히는 블랙커피를 마시며 그에게 오늘 공원에서 본 두 마리 푸른머리되새 이야기를 들려주었다. 그는 호의적으로 귀담아듣더니 웃었다.

“당신 상상력이란! 작가가 될 수 있었겠는데!”

그런 뒤 그는 사무실로 돌아갔다. 그녀는 남편이 가는 모습을 창문에서 바라보았다. 그렇게 하는 걸 그가 좋아했기 때문이다. 그녀도 일하기 시작했다. 지난주 지출을 가계부에 기입하고, 남편 방을 정리하고, 관상식물을 닦아주고, 바느질감을 집어 들었다. 다시 부엌일을 할 시간이 될 때까지.

여덟 시쯤 남편이 왔고 곧이어 그녀의 남동생 루트비히가 왔다. 그는 누나에게 악수를 건네고, 매형에게 인사한

다음 다시 한번 누나의 두 손을 잡았다.

저녁 식사 때 남매는 활기차고 즐겁게 이야기를 나누었다. 남편은 여기저기서 한마디씩 끼어들며 장난으로 질투하는 시늉을 했다. 루트비히는 그걸 잘 받아주었다. 하지만 그녀는 아무 대응도 하지 않고 상념에 잠겼다. 그녀는 그들 셋 사이에서 정말 남편이 이방인이라는 것을 느끼고 있었다. 루트비히는 그녀와 같은 부류였다. 그는 생각하고 행동하는 방식이나 정신이 그녀와 같았고, 추억을 공유하고 있었다. 그는 그녀와 같은 언어로 이야기했고 이해했으며 어떤 소소한 놀림도 맞받아 응했다. 그가 와 있으면 고향의 공기가 그녀를 감싸면서 모든 게 다시 예전과 같아졌다. 그러면 그녀가 고향 집 시절로부터 담아와 내면에 간직한 것이자 그녀의 남편이 정답게 받아주되 응하지는 않으며 근본적으로는 아마 이해하지 못할 그 모든 것이 다시 진실하고 생생해졌다.

함께 한동안 레드 와인을 마시다가 헤트비히가 본론을 상기시켰다. 그들은 응접실로 갔다. 헤트비히는 피아노를 열었고 초에 불을 붙였다. 남동생은 담배를 내려놓고, 악보를 펼쳤다. 딜레니우스는 팔걸이가 있는 낮은 안락의자에 느긋이 앉았고 담배 탁자를 자기 옆으로 가져다놓았다. 헤트비히는 그와 떨어진 창가에 자리 잡았다.

루트비히는 새 음악가와 소나타에 대해 몇 마디 했다.

그런 다음 잠깐 정적이 흘렀다. 그는 연주를 시작했다.

헤트비히는 처음 몇 마디를 주의 깊게 들었다. 음악은 생경하고 묘한 감정을 자아냈다. 그녀의 시선은 루트비히에게 고정되어 있었다. 촛불에 간간이 반짝이는 검은 머릿결의 루트비히에게. 하지만 이내 강렬하고도 섬세한 정신을 낯선 음악에서 느꼈고, 그 정신에 사로잡혀 날개를 달고 벼랑과 난해한 대목들을 벗어나 작품을 이해하고 체험할 수 있었다.

루트비히가 연주하는 동안, 그녀는 긴 호흡으로 출렁이는 장대하고 어두운 수면을 보았다. 크고 억센 새 떼가 날개를 푸드덕대며 날아왔다. 태초의 세상처럼 음산하게. 폭풍우가 둔중하게 휘몰아쳤고 거품 이는 물마루가 한 번씩 솟구쳤다가 산산이 부서지며 작은 구슬 더미로 쏟아졌다. 파도와 바람과 거대한 새의 날개 소리 속에 비밀스러운 무엇이 함께 울리고 있었다. 때론 파토스 넘치게 때론 아이의 고운 목소리로 노래하며. 그윽하고 사랑스러운 선율이었다.

새까만 구름은 갈기갈기 찢겨 날리고 있었다. 그 사이사이로 경이로운 눈빛들이 높은 황금빛 하늘로 올라갔다. 냉혹하게 생긴 바다 괴물들이 거대한 물결을 타고 달리고 있었다. 반면 잔물결 위에서는 귀엽고 통통한 팔다리에 아이 눈망울을 한 꼬마 천사들이 곱고 감동적인 윤무를 추고 있었다. 사랑스러운 것이 마법의 힘으로 자라나 소름 끼치는 것을 제압했고, 장면은 중력에서 자유로워진 사뿐한 중간 영역으로 바뀌었다. 여린 요정들이 달빛을 닮은 자신만의 빛 속에서 공중 윤무를 추었으며, 그에 맞춰 수정 같고 깨끗한 무형의 목소리들이 축복의 가벼운 음, 시름 없이 나부끼는 음을 노래했다.

문득 시점이 달라지더니, 하얀 빛 속에서 노래하며 떠다니던 이가 더 이상 천사 같은 빛의 요정이 아니라 이 요정들에 대해 이야기하거나 꿈꾸는 한 사람인 듯 변했다. 묵직한 한 방울의 동경과 달랠 길 없는 인간의 고난은 더할 나위 없이 아름답고 정화된 세상으로 흘러들어갔다. 낙원 대신 낙원에 대한 인간의 꿈이 생겨났다. 이전 장면 못지않게 빛나고 아름다웠지만, 달랠 길 없는 향수의 사무치는 소리가 실린 꿈이었다. 그렇게 아이의 갈망이었던 것은 인간의 갈망이 되었다. 구김살 없는 웃음은 사라졌다. 하지만 공기는 더욱 내밀해지고 고통스러우리만큼 더욱 감미로워졌다.

요정들의 우아한 노래는 다시 막강하게 부푼 바다의 육중한 소리에 밀려 서서히 사그라졌다. 투쟁의 포효, 정열, 생의 충동이 일었다. 끝내 마지막 높은 파도가 밀려나며 노래가 끝났다. 피아노 안에서는 서서히 잦아드는 나직한 반향 속에 밀물의 여음이 이어졌다. 음이 그쳤다. 깊은 적막이 감돌았다. 루트비히는 숙인 자세로 귀 기울인 채 앉아 있었고, 헤트비히는 눈을 감은 채 잠을 자듯 의자에 기대어 있었다.

마침내 딜레니우스가 일어나 주방으로 가서 루트비히에게 와인 한 잔을 가져다주었다.

루트비히는 일어나서 고마움을 표하며 한 모금 마셨다.

"자, 매형," 그가 말했다. "어땠어?"

"음악 말이야? 응, 흥미로웠어. 자네는 이번에도 굉장하게 연주했고. 어마어마하게 연습했을 거야."

"곡은?"

"있지, 그건 취향 문제야. 나는 새로운 거라고 해서 무조건 다 반대하는 사람은 아니잖아. 하지만 이 곡은 나에게도 과도하게 '창의적'이네. 바그너만 해도 견딜 만한데—"

루트비히는 대꾸하려 했다. 이때 누나가 그에게 다가와 팔에 손을 얹었다.

"그냥 있어, 응? 정말로 취향의 문제인 거잖아."

"그렇지?" 하고 그녀의 남편이 반색하며 외쳤다. "우리가 뭘 다투겠어? 처남, 시가 피울 텐가?"

루트비히는 다소 당혹스러워하며 누나의 얼굴을 보았다. 이때 그는 그녀가 음악에 감명받았음을, 그리고 그것에 대해 이야기가 더 오가게 되면 그녀가 고통스러워하리라는 것을 알아챘다. 동시에 처음으로 알게 되었다. 그녀가 남편을 감싸줘야 한다고 생각하고 있음을. 그녀에게는 꼭 필요한 것이자 타고난 무엇인가가 남편에게는 없기 때문에. 그녀가 슬퍼 보였기에 루트비히는 떠나기 전 그녀에게 넌지시 물었다. "헤데, 무슨 문제 있는 거야?"

그녀는 고개를 저었다.

"그 곡 조만간 다시 나를 위해 연주해줘야 돼. 나만을 위해서. 해줄 거지?"

그런 뒤 그녀는 다시 흡족한 기색을 보였다. 루트비히는 마음을 놓은 채 집으로 갔다.

그날 밤 그녀는 잠을 이룰 수 없었다. 그녀는 남편이 자신을 이해하지 못한다는 것을 알고 있었고, 자신이 그 사실을 견딜 수 있기를 바랐다. 그러나 자꾸만 "헤데, 무슨 문제 있는 거야?" 하는 루트비히의 질문이 들려왔고 그녀는 그에게 거짓 대답을, 처음으로 거짓말을 해야 했던 것에 대해 생각했다.

그녀는 생각했다. 이제는 정말 자신의 고향을, 청춘의 찬란했던 자유를, 낙원의 시름없고 화사한 흥을 전부 잃어버렸다고.

교향곡

어두운 파도 부글거림 속
삶의 화려한 떠들썩함.
그 위엔 한결같이
별들이 머무는 드높은 벗의 집.

나의 삶은 끝없이 가라앉아
나는 세상 끝을 떠다니며
취하도록 깊이 들이마신다.
감미로운 불의 기운을.

불기운이 가시기 무섭게
삶을 끌어안은 마법의 불꽃이
나를 밀어낸다. 말 못할 기쁨에 사로잡힌
새롭고 위대한 물살 저 위로.

인생의 2성부 선율

내가 음악가라면 어려움 없이 두 성부로 이루어진 선율을 쓸 수 있을 것 같다. 2단 악보 위에 두 성부의 음과 음표로 직조한 하나의 선율을. 두 성부는 서로 어울리고 보완하고 물리치고 인과관계를 맺는다. 어떤 순간, 음열의 어떤 지점에서도 어떤 식으로든 극히 절실하고 생생하게 상호 작용과 상호 관계를 이룬다. 악보를 읽을 줄 아는 이라면 누구든 내가 써내려간 2중 선율을 읽을 수 있을 것이며 음 하나하나에서 늘 반대되는 음을, 동지를, 적군을, 대척자를 보고 들을 것이다. 나는 바로 이런 것을, 이 2성부를, 영속하는 안티테제를, 이 2중의 선율 라인을 나의 재료인 말로 표현하고 싶어 애를 쓰고 있다. 그런데 표현할 수가 없다. 나는 몇 번이고 다시 시도한다. 내 작업에 긴장과 압박을 가하는 동기, 그건 오로지 무언가 불가능한 것을 하겠다는 이 부단한 노력뿐이다. 도달할 수 없는 무엇을 두고 벌이는 이 거친 투쟁뿐이다. 나는 이원성을 언어로 표현하고 싶다. 선율과 대선율이 한눈에 들어오는,

어떤 각양각색함 속에서도 통일성이 보이는, 어떤 농담에도 늘 진지함이 나란히 놓인 주제와 문장을 쓰고 싶다. 내게 삶은 오직 그 안에서만 존재하기 때문이다. 극과 극을 오가는 움직임 속에, 세상의 두 버팀 기둥 사이에서 오가는 가운데. 나는 황홀한 마음으로 세상의 축복 가득한 다양성을 알리고 싶다. 다양성에 통일성이 뿌리내리고 있다는 사실을 상기시키고 싶다. 나는 계속해서 보여주고 싶다. 미와 추, 빛과 어둠, 죄악과 신성함이란 항상 한순간에만 대립 관계라는 것을, 그것들은 서로 빈번하게 넘나든다는 것을. 내게 인류 지고의 말씀이란 이런 이중성을 마법의 부호로 표현한 몇 마디를 뜻한다. 세상의 거대한 대립이라는 현상들이 필연성인 동시에 환영幻影이라는 걸 알아볼 수 있게 해주는 몇 안 되는 신비로운 격언과 비유를 뜻한다. 중국의 노자는 생의 양극단이 섬광처럼 한순간 서로를 스치는 듯한 것에 대해 격언을 여럿 빚어냈다. 그와 동일한 기적이 한층 더 기품 있고도 간단하고 한층 더 진심 어리게 예수가 한 많은 말 가운데 이루어졌다. 나는 더할 수 없는 전율을 느낀다. 종교와 가르침과 정신의 학파가 수천 년에 걸쳐 선과 악, 옳고 그름에 관한 가르침을 점점 더 정교하고 차지게 조탁한다는 것에, 갈수록 더 높은 수준의 정의와 순종을 요구한다는 것에, 그래서 급기야 신 앞에서는 아흔아홉 명의 정의로운 자보다 개심하는 순간의 한 죄인이 더 중요하다는 마법 같은 인식을 열어 정점에 이른다는 것에!

그러나 이 지고의 예감을 고지告知하는 일에 내가 쓰여야 한다고 생각한다면, 그건 내 커다란 착각일지도, 심지어 죄를 짓는 건지도 모른다. 어쩌면 우리 지금 세상의 불행은 바로 이런 것일 테다. 그러니까 이 지고의 지혜가 골목골목 좌판 위에 있다는 것, 국교화된 지역 교회마다 당국과 돈 자루와 민족에 대한 허영심을 부추기면서 예수의 기적에 대한 신앙을 함께 전파한다는 것, 최고로 값지고 최고로 위험한 지혜의 보관함인『신약성서』가 아무 상점에서나 구매 가능하며 전도자들에 의해 심지어 거저 배포된다는 것 말이다. 어쩌면 이 대담한, 정말이지 소스라치는, 초유의, 예수의 말에서 간간이 스며 나오는 여러 가지 통찰과 예감은 조심스레 숨겨두고 방호벽을 둘러야 하는지도 모른다. 저런 막강한 말들 중 하나라도 경험하기 위해서는—인생에서 다른 높은 가치들을 위해서 그래야 하듯—세월을 바치고 자기 생을 걸어야 하지 않을까. 그게 좋고 바람직하지 않을까. 그래야 한다면 (그리고 나는 그래야 한다고 믿는 날이 왕왕 있다) 영원한 것을 표현해보겠다고 애쓰는 작가보다 아주 형편없는 통속문학 작가가 더 나은 일, 더 도리에 맞는 일을 한다고 할 수 있다.

이게 나의 딜레마고 난제다. 여기에 대해 할 말은 많지만 해결할 수는 없다. 삶의 양극단을 서로를 향해 구부리는 것, 인생의 2성부 선율을 적어내려가는 것, 그 일을 내가 해낼 리 없다. 그럼에도 나는 내 내면의 어둑한 명령에 따를 것이며 거듭 시도할 것이다. 이게 내가 쓰는 이유다.

연주회

바이올린은 높이 부드럽게 퍼져나가고
호른은 깊은 데서 탄식,
곱고 화려하게 빛나는 여자들 위로
조명이 반짝인다.

가만히 두 눈 감으면
눈밭 속 나무 한 그루 보인다.
나무는 홀로 서 있다. 제가 바라는 걸 가지고.
제 것인 행복을, 제 것인 아픔을.

답답한 마음으로 연주회장을 나서니
뒤편으로 소음이 잦아든다.
어중간한 쾌감, 어중간한 고통—
아무것도 느껴지지 않는 소리.

눈밭에서 나의 나무를 찾아본다.

나는 갖고 싶다. 나무가 가진 것을.
내 것인 행복을, 내 것인 아픔을.
그것이 영혼을 살찌우리니.

『황야의 이리』에서

극장 내부 빈 공간에서 음악이 울려나왔다. 아름답고도 섬뜩한 음악, 〈돈 조반니〉에서 초대받은 석상이 등장할 때 나오는 음악이었다. 얼음장 같은 음이 유령 같은 건물에 오싹하게 울렸다. 저승으로부터, 불멸의 존재들로부터 터져나오는 소리다.

모차르트구나! 생각과 동시에 내 내면의 삶에서 가장 아끼고 존엄하게 여기는 이미지를 불러냈다.

이때 뒤에서 웃음소리가 들렸다. 환하고 차디찬 웃음, 인간에겐 엄청난 장소인 피안에서 태어난, 고난과 신들의 익살 저편에서 태어난 웃음이었다. 나는 돌아보았다. 웃음소리에 얼어붙은 동시에 행복한 마음으로. 모차르트가 다가와 웃으며 나를 지나치더니 칸막이 관람석 입구 중 하나를 향해 유유히 걸어가 문을 열고 들어섰다. 나는 부지런히 뒤따랐다. 내 청춘의 신을, 평생에 걸친 내 사랑과 흠모의 대상을. 음악은 계속 흐르고 있었다. 모차르트는 칸막이 관람석 난간 옆에 섰다. 극장 안쪽으로는 아무것도 보이지 않았다. 경계가 사라진 공간을 암흑이 채우고 있었다.

"보셨죠." 모차르트가 말했다. "색소폰 없이도 된다고요. 이 훌륭한 악기를 모욕하려는 것은 아닙니다만."

"어디쯤인가요?" 내가 물었다.

"〈돈 조반니〉 마지막 막이요. 레포렐로는 이미 무릎을 꿇은 상태예요. 탁월한 장면이지요. 음악도 괜찮고요. 비록 인간적인 기미가 아직 이렇게 저렇게 보이긴 하지만, 이미 저승이 느껴지잖아요. 웃음 얘기예요. 안 그래요?"

"이 작품은 지금까지 작곡된 음악 중 가장 위대한 음악입니다." 나는 교사처럼 힘주어 말했다. "물론, 다음으로 슈베르트도 있고 후고 볼프도 있지요. 가련하고 찬란한 쇼팽도 잊어서는 안 되겠고요. 이마를 찡그리시네요, 마에스트로. 오, 그래요. 베토벤도 있지요. 그도 경이롭습니다. 하지만 아무리 아름다워도 그 모든 작품에는 이미 어딘가 좀 파편 같은, 해체의 무엇이 서려 있어요. 이토록 완전하고 무결하게 조형된 작품은 〈돈 조반니〉 이후 인간 손에서 더 이상 나오지 않았습니다."

"애쓰지 마시지요." 모차르트가 웃었다. 참으로 조소하는 기색이었다. "당신 본인이 음악가인 게로군요? 저는 이 직업을 그만두었습니다. 안식을 취하고 있지요. 그냥 재미 삼아 한 번씩 음악계를 구경하는 겁니다."

그는 지휘하듯 두 손을 들어올렸다. 어딘가에서 달인지 다른 창백한 별이 떠올랐다. 나는 난간에서 측량할 길 없는 심연을 바라보았다. 안개와 구름이 떠다니고 있었고, 산맥과 해안이 어슴푸레 보였다. 우리 밑으로 사막 같은 평지가 광막하게 펼쳐져 있었다. 평지 위로 품위 있어 보이는 긴 수염의 노신사가 보였다. 신사는 비애 어린 표정을 하고 검은 옷을 입은 남자들 수만 명을 이끌고 있었다. 침울하고 절망스러워 보였다. 모차르트는 말했다.

"보이시죠, 브람스입니다. 그는 구원을 추구하고 있지요. 하지만 아직 한참 멀었어요."

검은 옷을 입은 사람들 모두가, 신의 판결에 따르면 브람스의 총보에서 없어도 그만이었을 목소리와 음표를 연주한 이들이었다고 했다.

"오케스트레이션이 심하게 육중해. 재료를 너무 낭비했어." 모차르트가 끄덕였다.

바로 뒤이어 거대한 무리 맨 앞에서 리하르트 바그너가 걷는 모습이 보였고, 수천 명의 무거운 몸들이 그에게 매달려 그를 빨아들이는 것이 느껴졌다. 바그너 역시 고행하는 자의 걸음으로 고달프게 질질 끌며 가고 있었다.

"소년 시절에," 나는 슬프게 말했다. "이 두 음악가는 상상할 수 있는 가장 극명한 대립으로 여겨졌지요."

모차르트는 웃었다.

"그래요, 항상 그런 식입니다. 조금 떨어져서 보면 그런 대립들은 서로 비슷해지곤 하는데요. 그나저나 육중한 악기 편성이 바그너 개인이나 브람스 개인의 과실은 아니었습니다. 그건 그들 시대의 착오였어요."

"뭐라고요? 그것 때문에 그들이 지금 저렇게 고되게 참회해야 한다고요?" 나는 따지듯 외쳤다.

"물론이죠. 업무상 절차입니다. 그들이 자기 시대의 첫값을 다 치러야만 비로소 알 수 있을 겁니다. 평가할 가치가 있는 개성이 여전히 많이 남아 있는지를요."

"하지만 자기들 책임이 아니잖아요!"

"물론 아니지요. 아담이 사과를 먹은 것도 당신 책임은 아니지만 참회해야 하잖아요."

"끔찍하군요."

"맞습니다. 인생은 항상 끔찍해요. 인생이 끔찍한 건 우리 책임이 아니지만 우리가 책임져야 하죠. 사람은 태어나자마자 벌써 죄지은 몸이에요. 당신이 그걸 모르셨다면 분명 희한한 종교 수업을 받으신 게로군요."

정말 참담한 기분이었다. 나는 나 자신의 모습을 보았다. 죽도록 피로한 순례자의 몰골로 저승의 사막을 통과해 가는 것을. 내가 쓴, 없어도 그만인 수북한 책들을 짊어지고, 논문들이며 문예란 기고문들을 몽땅 짊어지고, 뒤에는 그걸 만들어낸다고 일해야 했던 식자공 무리와 그 모든 걸 읽어 삼켜야 했던 독자 무리가 따르고 있고. 세상에! 그리고 아담과 사과와 그 외의 원죄도 모두 여전히 그대로였다. 그러니까 이 모든 게 참회할 일이었다. 끝없는 연옥을 겪은 다음에야 비로소, 그 모든 것 뒤에 뭔가 개성과 독자적인 것이 있는지, 아니면 나의 행동과 결과가 바다 위 빈 거품에 불과했던 것인지, 그러니까 시대사의 조류 속 무의미한 유희에 불과했던 것인지 같은 질문이 제기될 것이다.

내 길쭉한 얼굴을 보자 모차르트는 우렁차게 웃기 시작했다. 웃다 못해 허공에서 거꾸러지더니 두 다리를 구르며 트릴을 연주했다. 그러면서 내게 소리를 질렀다. "이보게, 젊은이. 혀가 자네를 깨무는가, 허파가 자네를 꼬집는가? 지금 자네의 독자들과 주둥이들을, 가련한 먹잇감들, 자네의 식자공들, 이단아들, 저주할 교사자들, 학생들을 생각하고 있나? 웃길 노릇이군, 이 수호자 같은 사람아. 폭소를 터뜨릴 노릇일세, 한바탕 뒤엎을 노릇이고, 오줌 쌀 노릇이야! 오, 자네의 신실한 심성, 그 인쇄기 검댕하며, 영혼의 고통 하며. 내 자네를 위해 초 한 자루를 켜서 바치지. 농담으로 말일세. 잡담에 허튼소리나 하고 야단법석 치고 장난질하고 꼬리나 흔들고 오래가지 않을 촛불로 켜주지. 신의 명령이야. 악마가 자넬 데려가서 자네의 글과 숯덩이들을 꾸짖으며 때리고 걷어찰 거야. 자네

글은 다 훔친 거니까."

이건 도가 지나쳤다. 화가 나서 더 이상 애수에 매달려
있을 정신이 없었다. 내가 모차르트의 땋은 머리를 거머
쥐자 그는 날아가버렸다. 땋은 머리는 길어지고 길어졌
다. 혜성의 꼬리처럼. 나는 그 끄트머리에 매달려 소용돌
이치듯 세상을 돌았다. 제기랄, 춥기도 하지! 이 불멸의
존재들은 소름 끼치게도 얼음장 같은 냉기조차 잘 견뎠
다. 그러나 이 냉기, 이 얼음장 같은 공기는 기분을 좋게
해주었다. 이를 나는 내 감각이 미처 사라지기 전 그 짧은
순간에 느꼈다. 아릿하면서 강철처럼 빛나는 얼음장 같은
발랄함이, 모차르트처럼 환하고 거칠게 외계인처럼 웃고
싶은 욕구가 나를 파고들었다. 그러나 그때 호흡도 의식
도 멈췄다.

일요일 오후의 〈마술피리〉

오늘 난 한 가지 실수를 했다.
순진한 바람에 이끌려
〈마술피리〉를 보러 가다니.

그렇게 극장의 밤 속에 앉아 있었다.
사로잡혀 들었던 너무나 사랑스러운 음,
눈물이 뜨겁게 반짝이며 뺨을 타고 흘렀다.
마법처럼 내게 인사 건네던 불멸의 아름다움,
아름다움, 한때 고향이었건만 이제 타향이 된.

오, 천사 소년들의 노래는 얼마나 복되던지!
오, 타미노*가 부르는 피리의 노래는 얼마나 애틋하던지!
예술의 모든 전율, 한때 나를 축복했던 그것이
다시 한번 내 소스라친 심장 속에 흘러들어와

---

* 〈마술피리〉의 주인공.

철썩 부딪치고는 휘몰아치는 고통이 되어버렸다.

주위에는 떠도는 냄새와 프로그램 책 바스락거림 속에
흡족한 채 앉아 있는 쾌활한 일요일의 속물들,
작품을 칭찬하고 유유히 집으로 돌아왔다.
그러나 나는, 집도 평화도 모르는 나는
늘 가시나 뜯을 줄밖에 모르는 나는
배회한다. 희번덕거리며 한밤을 찌른다.
온갖 갈망의 창으로 가슴 깊숙이
찌른다. 가능한 한 속히 나를 사살하고자.
그러나 나 타고나길 딜레탕트,
나중에 달려가다 덥고 피곤해지면
어딘가에 정착할 테지. 레드 와인과 코냑이 흐르는 곳에.

비르투오소*의 연주회

어제저녁 연주회에 갔다. 이 연주회는 내가 평소 가던 연주회들과 아주 다른 것이었다. 세계적으로 유명하고 부티나는 바이올린 비르투오소의 연주회였다. 그러니까 음악 행사이기만 한 게 아니라 스포츠 행사이기도 하며 무엇보다도 사교 행사였다. 음악만을 위해 열리는 다른 연주회들과는 전적으로 다르게 진행되기도 했다.

　프로그램은 많은 부분은 진정한 음악을 기약하고 있었다. 여느 연주가의 프로그램과 비슷할 수도 있었지만 말이다. 근사한 곡명이 적혀 있었다. 〈크로이처 소나타〉, 바흐의 〈샤콘〉, 타르티니의 소나타 〈악마의 트릴〉. 이 멋진 곡들이 연주회의 3분의 2를 채웠다. 하지만 막바지로 가면서 프로그램이 달라졌다. 더 큰 기대를 품게 하는 번듯한 제목의 곡들이 있었다. 〈월광 환상곡〉과 〈베네치아의 밤〉. 무명 작곡가들의 곡으로, 이들의 이름은 현재까

---

* 연주 실력이 매우 뛰어난 대가.

지 음악에서 두각을 나타내지 못한 부류를 환기하고 있었다. 한마디로 프로그램의 3부는 우아한 온천 휴양지 소음악당에 붙어 있는 프로그램을 연상시켰다. 그리고 그 출중한 비르투오소 본인이 작곡한 몇몇 곡이 대미를 이루었다. 호기심이 일었다. 청소년기에 나는 사라사테와 요아힘의 바이올린 연주를 들은 적이 있었는데, 얼마간의 거부감에도 그들의 연주에 매혹되었다. 그렇다—음악은 본디 뭔가 다른 것이었다. 뭔가 완전히 다른 것이었다. 비르투오소라는 명성과는 하등 상관없는 것이었다. 활짝 피어나기 위해 익명성과 경건성을 요하는 것이었다. 하지만 비르투오소들이 지닌 건 그런 게 아니라 사기꾼의 마법, 곡예사나 집시의 마력이었다. 파가니니 시절부터, 나뿐만 아니라 누구에게나 그랬겠지만. 나 또한 열두 살 시절 난생처음 바이올린을 갖게 된 직후 잠깐 비르투오소를 꿈꾸었다. 상상 속에서 나는 빈틈없이 들어찬 거대한 홀에 서 있었고, 미소로 수만 명을 행복하게 했으며, 황제의 영접을 받고 황금 메달을 수여받았다. 고독했고 유명했고 고향 없이 이 도시 저 도시, 이 대륙 저 대륙으로 연주 여행을 다녔으며, 여자들의 사랑을 받았고 사람들의 부러움을 샀고, 기량과 세계적 명성이라는 높은 곳에서 줄을 타는 천재적이고 우아한 댄서였다. 이 모든 게 현실에 존재했다. 오늘날에도 어린 소년들은 뜨거운 눈망울로 그런 눈부신 자를 바라볼 것이다. 소녀들의 입에서는 탄식이 새어나올 것이며, 객석은 우레 같은 박수갈채로 울릴 것이다. 좋지, 나는 설렜고 호기심에 부풀었다. 그리고 실제로 아주 멋졌다.

  오늘의 핵심은 나와 내 친구들이 음악이라고 명명하는 그것이 아니라, 비현실적이고 이름 없는 영토에서 하는 고즈넉하고 환상적인 체험이 아니라, 극도의 현실성을 띤 과정이라는 게 연주회장에 도착하기 한참 전부터 확연했다. 이날 저녁의 사건들은 어느 정도 몽상적이고 생활력 없다 할 만한 몇몇 두뇌 속에서 펼쳐지는 게 아니라 엔진, 말, 지갑, 미용사 및 그 나머지 현실도 모조리 막강하게 가동시켰다. 여기서 벌어지는 일은 세상과 유리된 것이거나 정신 나간 짓이 아니었다. 고도로 현실적이고 제정신으로 하는 행위였다. 그것은 경기장, 증권거래소, 큰 축제 등 현대 생활의 거창한 내용들이 보여주는 것과 똑같은 엄청난 에너지를 지녔고 그런 것들을 방불케 꾸민 행사였다.

  건물들이 즐비한 연주회장 근처 도로들에서, 발길을 재촉하는 방문객들과 줄지어 선 자동차들의 흐름을 뚫고 나아가는 건 어려운 일이었다. 건물 입구에 도착하자 이것만으로 벌써 좀 으쓱한 마음이 되었다. 이거면 벌써 뭔가 이룬 거였고 역경을 뚫고 나아간 것이었으며, 뒤처진 이들에 대해 의기양양할 법한, 말하자면 양지바른 자리를 차지한 셈이었다. 그리고 오는 도중에 나는 이미, 온통 연주회장으로 향하는 수백 대의 자동차들 틈바구니로 먼지 풀풀 날리는 도로에서 그 대단한 사람에 대해 들었다. 그 평판이 나를 자극했고 내 고독을 파고들어, 사교 모임도 안 가고 신문도 안 읽는 나를 덩달아 흥미로운 여러 디테일을 주워듣고 놀라워하는 사람으로 만들었다.

"내일 저녁에는," 하고 말하는 소리가 들렸다. "함부르크에서 또 연주해." 누군가가 못 믿겠다는 듯 말했다. "함부르크라고? 어떻게 내일 저녁까지 함부르크에 가지? 그러려면 지금 이미 기차를 타고 있어야 할 텐데?" "무슨 말이야, 당연히 비행기로 가지. 어쩌면 전용 비행기가 있을지도 몰라." 그리고 옷 맡기는 곳—여기서도 나는 뚫고 나아가기 투쟁을 성공적으로 이어갔다—에서 나는, 함께 투쟁하던 사람들의 신명 난 환담을 통해 그 걸출한 음악가가 이 하루 저녁 공연료로 1만 4000프랑을 요구해 받았다는 사실을 듣게 되었다. 모두가 그 액수를 외경심을 품고 발음했다. 몇몇 사람은 예술이 애초에 한낱 부자들만 위하자고 있는 건 아니지 않은가 하고 말하긴 했으며, 그 말도 공감을 얻었다. 그리고 대부분의 사람들은 입장권을 '통상적인' 액수에 구했더라면 좋았겠지만, 그럼에도 그렇게 많은 돈을 지불했다는 데 대해 뿌듯해하고 있다는 게 엿보였다. 이 분열의 심리를 규명하는 건 나로선 가능하지 않았다. 나는 입장권을 선물받았기 때문이다.

마침내 우리는 전부 연주회장에 들어와 있었고, 마침내 다들 자기 자리에 앉았다. 의자 사이, 통로, 옆 홀, 무대 위 피아노 아주 가까이까지 추가 좌석이 마련되어 있었고, 빈자리라고는 없었다. 간혹 바깥 매표 창구에서 발길을 돌려야 하는 이들이 푸념하는 소리가 크게 들려왔다. 시작종이 울렸고 조용해졌다. 그리고 홀연 잰 걸음으로 큰 키의 바이올리니스트가 나타났다. 그의 뒤로 젊은 피아노 반주자도 눈에 띄지 않게 가만한 동작으로 함께했다.

우리 모두는 곧장 바이올리니스트에게 반했다. 그는 집시풍의 쇠약한 사람도 아니었고 잔혹한 돈벌이꾼도 아니었다. 준수한 용모에 절도 있는 형식을 갖춘 건실하고 좋은 느낌의, 노련하되 품위 있는 신사였다. 그는 손 키스를 보내지도 않았고 세상을 경멸하는 교수 행세를 하지도 않았으며 또랑한 시선으로 청중을 보았다. 그리고 이 자리에서 중요한 게 무엇인지 정확히 알고 있었다. 머리 수천 개 달린 거인과 자신의 대결임을 알고 있었다. 그가 승리하기로 결심한 대결이자 이미 반은 이긴 대결이었다. 비용을 비싸게 치른 그 많은 청중이라면 나중에 실망을 시인하는 일이 드물 테니까 말이다.

모두가 그 비르투오소에게 호의적이었다. 그리고 〈크로이처 소나타〉의 느린 악장 연주가 시작되자 그의 세계적 명성이 그냥 얻어진 게 아니라는 게 대번 드러났다. 이 호감 가는 남자가 바이올린을 다루는 솜씨는 비범했고 보잉은 날렵했으며 운지도 정확했고, 그가 연주하는 음은 세기와 탄력성을 갖추고 있었다. 기쁘고 흐뭇한 마음으로 탐닉하게 되는 달인다움이었다. 2악장은 다소 빠르게 연주했다. 템포를 살짝 몰아가면서. 하지만 환상적이었다. 덧붙이자면 피아노에 앉은 젊은 남자 또한 아주 생동감 있고 호감 가게 연주했다.

이로써 프로그램의 3분의 1이 끝났다. 내 앞자리에 앉은 사람은 휴식 시간에 자기 옆사람에게 저 예술가가 이 반 시간 동안 벌써 몇천 프랑을 벌어들인 건지 계산해 보였다. 바흐의 〈샤콘〉이 이어졌다. 아주 좋았다. 그런데 세 번째 곡, 타르티니 소나타에 가서야 비로소 그 바이올리니스트의 찬란함이 유감없이 펼쳐졌다. 그의 연주로 듣는 이 작품은 실로 경이로운 수작이었다. 놀랍도록 까다로운 곡을 놀랍도록 완벽히 익혔다. 게다가 아주 훌륭하고 견고한 음악이기도 했다. 대다수의 청중이 베토벤과 바흐를 아마도 단지 존중의 마음에서, 그리고 다만 바이올리니스트를 생각하며 감상했다면, 여기서는 청중이 공명하고 달구어지기 시작했다. 박수갈채가 쏟아졌다. 비르투오소는 아주 반듯한 자세로 몸을 숙여 인사했다. 세 번째 네 번째 다시 나올 때는 미소까지 더했다.

연주회 3부에서 본래의 음악 애호가이자 신실한 음악 청교도들인 우리는 곤경에 빠졌다. 그의 연주가 한 단계 한 단계 대규모 청중을 향해 가는 가운데, 훌륭한 음악가 베토벤과 바흐는 아예 못 해냈고 유려한 실력자 타르티니는 온전히 성공시키지 못한 것, 그것을 이 이국의 무명 탱고 작곡가들이 빼어나게 성공시켰기 때문이다. 수천 명이 불타올랐고 녹아내렸으며 대결을 포기하고 달라진 얼굴로 미소 지었고 눈물을 흘렸으며 황홀해하며 신음했고 짤막한 오락곡들 하나가 끝날 때마다 도취의 박수갈채를 터뜨렸다. 그 대단한 남자는 승리했다. 이 삼천 명의 영혼 하나하나가 그의 것이었고, 모두가 기꺼이 자신을 바치고 손길을 기다리고 놀림당하고 행복해하며, 도취경과 홀림 상태 속에서 허우적대고 있었다. 반면 우리 청교도들 몇몇은 내심 저항하면서 영웅적이고 승산 없는 전투를 치르고 있었으며, 여기 펼쳐지는 통속극에 마지못해 웃었다. 그런데도 동시에 이 보잉의 윤기와 음들의 감미로움을 인지하지 않을 수 없었고, 불경스럽지만 매혹적으로 연주되는 패시지의 마법에 대해 이따금 찡그리며 미소 짓지 않을 수 없었다.

거대한 마법은 성취되었다. 우리 못마땅해하는 청교도

들까지 적어도 순간순간 거대한 물결을 따르고 있었으며, 우리 또한 적어도 순간순간 달콤하고 우아한 현기증에 사로잡혔으니 말이다. 다시 우리는 어린 소년이 되어 첫 바이올린 레슨을 받고 나오는 중이었으며, 다시 행복감에 젖어 역경의 산더미 너머를 꿈꾸었다. 우리 각자가 꿈의 한순간 그, 달인, 마법사였고, 힘 하나 안 드는 보잉으로 추종자들을 거느리고 다녔으며, 미소를 띠고 연주하며 대중이라는 거대한 괴물을 제압했다. 박수갈채를 들이마셨고 집단의 도취를 만끽했으며 그 속에서 흔들흔들 너울거렸고 빙긋 웃었다.

수천 명이 열광으로 타오르고 있었다. 그들은 이 연주회가 끝나는 걸 허락하지 않았다. 그들은 박수를 보내고 환성을 지르며 발을 굴렀다. 그들은 예술가가 자꾸자꾸 나오게 하고, 또 하나의 앙코르 곡을, 두 번째 세 번째 네 번째 앙코르 곡을 연주하게 했다. 그는 우아하고 보기 좋게 몸을 굽혀 인사하고 앙코르 곡을 연주했다. 청중은 서서 귀 기울였다. 숨죽인 채. 완전히 매혹되어. 그들은 이제 승리자라고 생각했다. 수천 명이 그 남자를 정복했다고 믿었고, 자기들의 열광으로 이 남자를 거듭거듭 다시 불러내 계속 연주하게 할 수 있다고 믿었다. 그러나 그는 사전에 피아노 연주자와 합의했을 앙코르 곡들만 연주했고, 마지막 부분, 프로그램에는 인쇄되어 있지 않지만 연주회 일환으로 계산해둔 곡까지 연주를 마치자 사라진 뒤 다시 나오지 않았다. 무슨 수를 써도 소용없었다. 청중은 떠나야 했다. 깨어나야 했다.

　저녁 내내 내 안에는 두 사람이 있었다. 두 청자, 두 연주자. 하나는 매수할 수 없는 취향을 지닌 오랜 음악 애호가, 신실한 음악 청교도였다. 그는 수시로 진지하게 고개를 절레절레 저었으며 공연의 마지막 3분의 1에서는 이 절레절레에서 아예 빠져나오지 못했다. 그는 이 기량을 아주 평범한 수준의 음악에 사용하는 것에만 반발한 것이 아니었다. 그는 이 애끓는, 이야기가 흐르는, 여흥 같은, 비위 맞추는 살롱 음악들에만 반발한 것이 아니었다―아니, 그는 이 청중 전체에도 반발하고 있었다. 보다 진지한 연주회에서는 생전 볼 수 없으며 자동차를 타고 무슨 경마장이나 증권거래소에 가듯 달려온 이 많은 부자들에게 반발하고 있었다. 그는 이 모든 애송이들의 얕은 열광, 빨리 깨워지고 빨리 휘발되는 열광에 반발하고 있었다. 하지만 내 안의 다른 이는 어린 소년이었다. 이 소년은 백전백승의 바이올린 영웅을 따랐고 그와 하나가 되었고 그에 공명하고 있었다.

　이 둘은 저녁 내내 서로 부단히 대화하고 열띠게 다투었다. 내 안의 노련한 음악 애호가는 연주된 곡들에 항의하는가 하면, 내 안의 어린 소년은 나 자신이 오래전 한

색소폰 연주자가 수심에 찬 음악 비평가에게 일독할 만한 답변을 주는 내용의 장편소설*을 쓴 적이 있음을 상기시켜야 했다.

아, 나는 얼마나 많이 그 예술가 자체에 대해, 이 흠잡을 데 없는 마법사에 대해 생각해봐야 했던가! 그는 마음 같아서는 바흐와 모차르트만 연주하고 싶은 음악가였을까? 아주 천천히, 버티고 버틴 다음에야, 사람들에게 아무것도 강요하지 않고 그저 원하는 걸 연주해주기로 체념한 음악가였을까? 그는 성공에 질식한 처세가였을까? 눈물샘과 돈주머니 사이의 예민하고 절묘한 지점, 마술을 부릴 줄 알아서 눈물방울과 금화가 비 오듯 쏟아지게 하는 그 지점을 정확히 간지럽힐 줄 알았던 냉정한 계산가였을까? 아니면 그는 예술의 겸허한 종이었을까? 주제넘게 스스로 어떤 평결을 내리기엔 너무 겸허하고 온순하게 섬기는 자세로 자기 역할에 전념하는, 운명에 거스르지 않는 종이었던 걸까? 아니면 그는 어쩌면 여러 가지 매우 심오한 이유와 경험으로 인해 오늘날의 삶에서 참된 음악의 가치와 이해 가능성에 대해 절망하게 되었을까? 그리고 모든 음악 너머 사람들을 일단 먼저 다시 예술의 발단으로, 음이 가진 적나라한 감각적 수려함으로, 원시적 감

---

* 『황야의 이리』를 말한다.

정의 적나라한 힘찬 에너지로 이끌어주려고 노력했던 걸까? 그건 알 수 없었다. 나는 여전히 그것에 대해 생각하는 중이다.

시샘

만일 내가 밴조를 연주할 수 있다면
재즈 밴드에서 색소폰을 불 수 있다면
한밤의 클럽에서 춤을 선보일 수 있다면
나의 기예로 모든 심장을 겨눌 수 있다면
재미와 황홀경을 한껏 즐거이 탐닉할 수 있다면
젊은 여자 수습 점원들의 영웅이자 이상형 되어!
흥에 겨워 멋들어지게 휘어진 화승총을 쏘리라.
환호하는 이들 한복판에서 노래하리라.
눈부시게 열광하며 뜨거운 홀에서
더없이 멋진 소리 로켓을 발사하리라.
야단법석인 취객을 박자에 맞춰 더 흥분하게 만들리라.
춤을 추며 바알 신에게 제물을 바치리라.

이제 나는 이방인도 손님도 아닐 테다.
아슈타르테*의 사제 중 한 명일 테다.
내 고향은 울림의 궁전일 테다.

그곳에서 참으로 자주 수심에 차서 빠져나왔고

그 앞에서 참으로 오래 불안해하며 기다렸다.

너무 늦었어! 끝났어! 나는 절대

그 찬란한 이들을, 이 지상의 신들을 따라잡지 못해.

외롭고 약한 나. 나는 안다. 나는

절대 이 행복한 이들과 예술가들처럼 될 수 없어.

이방인일 수밖에, 숫기 없는 손님일 수밖에.

그저 구경하며 밖에 서 있을 수밖에.

그저 서서 댄서와 밴조, 색소폰을 부러워해야 한다.

그저 서서 슬퍼하며 흥겨운 파티를 들여다보고

내 시의 손풍금을 돌려야 한다.

남들에겐 우습고, 나 자신은 지긋지긋.

---

* 고대 페키니아의 풍작과 사랑의 여신.

오트마 쇠크

내가 쇠크를 알게 되었을 때 그는 약 스무 살이었다. 당시 그의 가곡을 처음 들었을 때부터 나는 그에게 진심으로 마음이 끌렸을 뿐 아니라 그가 보기 드문 진짜 예술가에 든다는 걸 알아보았다. 괴로워할 때나 문제를 겪을 때나 항의할 때나 내면 깊숙이 자연과 일체인 이들 말이다.

그때부터 시작된 쇠크와의 우정은 긴 세월이 흐르며 정답게 유지되었고, 그의 예술에 대한 첫 인상 또한 계속되었다. 우리 시대는 예술에서 진정 창의적인 것보다는 지성과 의지에 더 빠르고 확실하게 반응한다. 진정한 창의성이란 앞서 말한 자연과의 내적 일체에 다름 아니다. 이것을 가진 자, 모성 곁에 사는 이, 샘물이 집인 이, 그런 이가 오랜 시간 제대로 인정받지 못하는 일이 생길는지도 모른다. 그것이 그를 울적하거나 화나게 할 수야 있겠지만 해치지는 못한다. 나는 쇠크에 대한 그때그때의 세평이 유감스러웠다. 다른 사람들이 얼마나 창조력을 덜 들이고도 성공할 수 있었던가를 생각하면 한숨과 화가 났다. 하지만 쇠크가 인정받게 될 것이며 저런 비교적 저렴한 성공들이 사라진 다음에도 살아남으리라는 것, 이에 대해 나는 단 한 번도 의구심을 품은 적이 없다. 그리고 친구로서의 애정과 예술가로서의 이해를 다해 기쁜 마음으로 격렬히 환호하며 지켜보았다. 그가 변함없이 자기 자신에게 충실한 모습을. 유별난 고집이다 싶을 만큼 독자성을 지키는 모습을. 공연계의 관행에도 연주회장의 관행에도 타협하지 않는 모습을. 그리고 다행히도, 그의 초기 가곡들 분위기에 그를 영원히 묶어두고 싶어했던 친구들의 경고와 탄식에도 타협하지 않는 모습을.

반대로 쇠크 또한 내 문학적 시도와 실험을 다 이해했다. 제대로 따라오는 사람들 몇 없을 때도. 그는 내 길의 필연성에 대해 내가 그의 길에 대해 갖는 것과 똑같은 신뢰를 보내주었고, 귀 밝게도 그 모든 새로운 분위기를 알아보았으며, 판단할 때 어떤 우회로로 인해 흐트러지는 일도 없었다. 그렇게 그는 이십 년 넘도록 내 가장 좋은 동료이자 가장 총명한 동료였다. 그가 자주 내 시에 곡을 붙여주었기에 나는 아주 내밀한 경험을 할 수 있었다. 나는 내 시들에 붙여진 수백 곡의 노래를 황당해하거나 소름 끼쳐하며 견뎌왔다. 쇠크의 곡에서는 사소하게라도 텍스트를 오해한 흔적이란 그 어디에도 없었다. 그 어디에도 뉘앙스들에 대한 그지없이 섬세한 감이 결여되어 있지 않았다. 그리고 어디서나 소스라칠 정도의 확신 속에서 핵심을 짚어냈다. 어떤 한 단어에 둘러싸인 혹은 두 단어 사이의 진동에 둘러싸인 시적 체험의 구심이 되는 지점을 말이다. 내게는 모든 시에서 이렇듯 발아점을 감지하는 것이야말로 쇠크의 천재성을 보여주는 가장 확실한 표징이었다. 그가 그냥 마음이 안 내켜서 혹은 자기방어를 하느라 어떤 예술 작품 앞에 스스로 빗장을 지를 수는 있다. 하지만 어떤 예술 작품이 되었든 자기 안에 들여놓는 경우에는 작품의 진면목에 완고하리만치 정밀하게 반응한다. 그는 시 읽기나 그림 보기를 사냥꾼이 야생동물의 흔적을 읽듯 한다.

이런 이해력에 대해서 그에게 감사한다. 하지만 그의 작품에, 가곡과 합창곡, 오페라, 사중주곡에 한층 더 감사한다. 그 작품들 덕에 나는 행복한 시간을 자주 누렸을 뿐 아니라 다른 사람들의 위로가 대부분 소용없던 시절에 때때로 위로받았기에.

오트마 쇠크와의 추억 중에서

오트마 쇠크와의 교제에 대한 추억 몇 가지를 적어달라는 요청에 흔쾌히 응한다. 문제는 내 회상록 집필 능력이 형편없다는 것이다. 지극히 중요한 재능 하나가 내게 없기 때문이다. 탄탄한 기억력 말이다. 세세한 경험들을 제법 잘 간직하고 있기야 하지만 한 관계 전체를 연속성 있게 기억하지는 못한다. 이미지들은 간직하고 있지만 시간은 잊어버린다. 날짜와 순서를.

쇠크와 알게 된 건 콘스탄츠에 있는 우리 친구 알프레트 슐렝커 덕분이었다. 당시 쇠크는 스무 살 갓 넘었을까, 취리히에서 그의 〈우편 마차〉가 공연되었다. 나의 친구 알베르트 벨티에게 헌정된 작품이었다. 그 후 아마 이십오 년은 다시 들어본 적 없는 이 사랑스러운 청년기 작품의 많은 부분을 지금도 기억한다. 당시 솔로는 테너 플루리가 맡았다. 나는 이 사람을 그 공연에서 알게 되었고 몇 년 동안 쇠크의 허물없는 친구로 자주 만나게 되었다. 나는 그가 좋지도 싫지도 않았지만 〈우편 마차〉만큼은 빼어

나게 불렀다. 그 작품의 감미로운 내면성과 무구한 선율
은, 시인 니콜라우스 레나우의 작품이라는 점과 벨티에게
헌정되었다는 점이 더해져, 그 낭만적이고 목가적인 면면
이 내 마음을 단박에 사로잡았다. 나는 이 음악을 들으며
슈베르트를 들을 때처럼 편안했다. 당시에 나는 여러 가
지 문제로 버거웠지만 그 문제를 음악이라는 예술을 통해
확인받고 싶지는 않았다. 대부분의 시인과 마찬가지로 나
는 음악에 보수적인 편이었고, 게다가 당시 음악의 낭만
과 청춘 시절 푹 빠진 사랑 같은 관계를 맺고 있었다. 한
참 뒤에 사라지긴 했지만. 그러다 보니 내가 들은 쇠크의
첫 작품은 실제 작품보다 덜 문제적이고 시대를 저버린
것처럼 다가왔다. 거기에 내 나이가 쇠크보다 십 년 가까
이 많다는 사실까지 더해져, 그를 이내 좋아하게 되었고
그의 능력 또한 예감했음에도 처음에는 그를 이렇듯 무난
한 측면에서만 보았다. 하지만 그건 오래가지 않았다. 몇
번 만나지 않아 이내 사랑스럽고 신들린 그림자가 우리
대화의 주인공으로 부상했으니, 그건 우리 둘 다 뜨겁게
사랑해 수시로 화제에 올린 후고 볼프였다.

내가 운터제 호숫가에서 상당히 외롭게, 일부러 도시
적대적으로 살던 시절 음악 없이 지낸 건 아니었다. 아내
가 피아노를 자주, 그리고 잘 연주했다. 하지만 함께 음악
에 대해 이야기할, 모든 유의 음악 작품을 요점을 반복해

서 간단히 때로는 깊이 있게 논해가며 연주해줄 음악 친구는 없었다. 이제 급속도로 마음의 벗이 된 쇠크가 그런 친구가 되어주었다. 음악가 지인들이 더러 있었지만 그의 방식은 그때까지 접해본 적 없는 참으로 보편적인 방식이었고 동시에 참으로 매혹적인 방식이었다. 이제 그가 여러 해에 걸쳐 한 세계의 문지기이자 보물 파수꾼이 되어주었으니, 어떤 식으로도 이토록 직접 자유로이 그 세계를 둘러볼 수는 없었을 것이다. 그의 친구 누구든 고마운 마음으로 추억한다. 쇠크가 자기 집 또는 식당에서 피아노로 〈피가로의 결혼〉과 〈마술피리〉를, 로시니의 〈세비야의 이발사〉나 후고 볼프의 〈지방 판사〉를, 아니면 슈트라우스의 〈박쥐〉를, 슈베르트와 볼프의 가곡들을 연주해주던 시간들을. 부드럽게 모든 성부를 표현하고, 특징적인 주제들을 강조하고, 오케스트레이션까지 알아들을 수 있게 해주고, 말과 시선과 몸짓으로 각 작품의 흐름을 함께 나눠주며 속속들이 논한 시간들을. 내가 그 시절 좋은 음악에 대해 더 자세히 알게 되었던 것, 그리고 그걸 바탕으로 음악의 본질에 대한 내 견해를 빚어낸 것, 그중 아주 큰 부분이 이 샘으로부터 흘러나온 것이다. 살면서 내가 극장이나 연주회장에서 한두 번밖에 들을 수 없었던 작품 몇몇을, 특히 당시 우리가 제일 좋아하던 작품인 〈지방 판사〉를 그의 연주 덕분에 듣고 또 들었다. 우리 우정의 초반 몇 년이었던 그 시절, 나는 쇠크를 위해 선물받은 이가 감사를 표하고 싶어 답례하듯 낭만적 오페라용 대본을 쓰기도 했다. 그리고 내가 그런 작업을 했다는 데 대해서든 그가 내 대본을 활용하지 않았다는 데 대해서든 아쉬운 마음은 없다.

쇠크는 내가 사는 운터제 호숫가 마을로 자주 와주었다. 시간이 아주 많이 흐른 뒤 우리가 대화 중 한 번씩 그 시절을 추억할 때면, 그는 당시를 생각하며 더러 꿈꾸는 표정으로 바뀌었다. "그때," 그가 생각에 잠겨 말했다. "자네 집 지하실엔 항상 메르스부르크산 와인이 있었어. 환상적인 와인이었지. 기억나?" 그랬다. 우리는 메르스부르크 와인 여러 잔을 함께 즐겼다. 가이엔호펜에서 그런 저녁을 보낼 때면, 대화의 휴식 중에 쇠크는 한 번씩 벤치에서 일어나 옆방 피아노에 앉아 볼프의 가곡이나 자신의 새 가곡 또는 슈트라우스의 왈츠를 연주했다. 그 모습이 지금도 눈앞에 선하다.

세계대전 전 몇 해 동안 나는 봄마다 이탈리아로 조촐한 소풍을 떠났다. 대개는 이탈리아 북부나 토스카나의 중소 도시들로 가는 여러 번의 여행길에 쇠크도 함께했다. 언젠가 우리는—쇠크와 나 외에 화가 프리츠 비트만도 함께였다—며칠을 베르가모의 치타 알타에서 보냈고,

저녁이면 한때 음악가였던 주인의 작고 쇠락한 카페에 앉아 있곤 했다. 이 우중충한 주점에는 폐물 같은 옛날 타펠클라비어[탁상 건반악기]가 한 대 있었는데, 가느다랗고 베일에 싸인 듯한 소리를 냈고 줄 몇 개가 나간 데다 조율도 엉망이었다. 이 피아노에 앉아 쇠크는 우리에게 여러 오페라의 일부 혹은 전곡을 연주해주었다. 주인 가족은 모두 반해서 귀 기울였다. 비트만도 이 악기를 한번 시험해보고 싶어져 그 앞에 앉아 용감하게 건반 몇 개를 짚었다. 그러나 금방 화들짝하며 다시 일어섰다. 나도 악기를 시험해본다고 몇 개 음을 쳤다. 이 폐물에서 음 비슷한 걸 유도해낸다는 건 절대 불가능한 일이었다. 그런데도 쇠크는 그 악기로 음악을 연주해낸 것이다. 그는 그 물건에 마법을 걸었고 대가들의 영을 불러냈다. 그의 두 손 아래 고물 상자는 다시 말 잘 듣는 피아노가 되었고, 로시니와 베르디의 음악을 들려주었으며 심지어 한때 음악가였던 주인을 놀라고 반하게 만들었다. 이건 쇠크의 잠재력을 보여주는 사례들 중 하나로, 그가 마법을 건 게 고장난 피아노였건 청자들이었건 어쨌거나 마법은 성공했다.

쇠크가 작곡가 프리츠 브룬과 함께한 또 다른 여정에서는 새로운 기계에 무적의 기세로 마법을 걸었다. 오르비에토에서였다. 우리는 성당을 둘러보고 시뇨렐리의 작품을 관람했고, 조그만 도시를 거닐었으며, 산파트리치오 우물 바닥까지 내려갔다가 광장의 한 카페에서 쉬고 있었다. 거기에는 희한한 기계가 하나 있었다. 슬롯머신이었다. 작고 길쭉한 틈에 20라펜짜리 동전을 넣고 구멍을 고르는 방식이었다. 운이 좋으면 20라펜을 넣고 2프랑, 5프랑, 10프랑, 심지어 20프랑, 40프랑을 딸 수 있었다. 물론 큰 금액을 따는 일은 드물었다. 단골들이 우리에게 장담하기를, 그들 중 이미 몇 사람이 5프랑과 10프랑을 땄고 20프랑을 딴 사람도 있다고 했다. 물론 20프랑에 거는 것만 해도 꽤 배짱 좋은 일이라 했다. 하지만 분별 있는 사람이라면 당연히 40프랑에는 걸지 않는다고 말했다. 한 번 나온 적이 있긴 하지만 말이다. 우리는 슬슬 흥미가 생겨 압생트를 마시다 일어나 기계를 관찰했다. 결국 2, 3프랑을 동전으로 바꾼 뒤 기계 목구멍에 20라펜씩 집어넣기 시작했다. 기계는 잘도 받아먹더니 2프랑 혹은 5프랑을 내놓았다. 그러자 쇠크가 선언하기를, 도박을 할 때는 몽땅 걸어야 한다며 40프랑에 걸더니 동전을 넣고 눌렀다. 기계는 격렬한 소리를 내면서 아래쪽 조가비 모양 돈 쟁반에 동전들을 쏟아냈고, 동전들은 폭포처럼 쏟아지면서 카페 바닥에 튀었다. 모두 마흔 개였다. 주인은 벌떡 일어났고 손님들은 눈이 휘둥그레졌으며, 쇠크는 양손으로 주화 더미를 쓸어 모아 자기 호주머니에 넣었다. 우리는 한

바탕 웃으며 그를 축하해주고 압생트를 한 잔씩 더 마셨다. 카페를 떠나기 전 그는 또 한 번 재미 삼아 동전 하나를 넣고 40프랑에 걸었다. 기계는 포효하며 재차 동전 마흔 개를 뿜어냈다. 우리는 다음 날 오전에 다시 카페에 갔고, 분별 있는 사람은 하지 않는 짓을 쇠크는 세 번째로 했으며, 재차 40프랑을 땄다. 떠날 시간이었다. 단골손님들과 이웃들이 술렁였다. 역으로 가는 길에 어떤 남자가 내 팔을 정중하게 잡더니 앞서가는 쇠크를 가리키며 귓속말로 물었다. "저기요, 저 금발 젊은이가 40프랑을 세 번 딴 사람입니까?" (⋯)

언젠가 쇠크가 취리히 오버란트의 한 호젓하고 작은 여관에서 여름을 보냈을 때, 나는 그곳으로 그를 만나러 갔다. 비가 많이 내려 바깥에서는 거의 있을 수 없었다. 건물 안에는 학교 다니는 꼬마 여자애가 하나 있었는데, 쇠크는 그 아이를 예뻐해 자주 놀아주면서 아이에게 노래를 가르쳐주기도 했다. 나는 그가 그 꼬마와 2중창으로 〈누구의 새끼 양들이 제일 멋지게?〉 노래를 익히는 것을 들었다. 한번은 마인라트 리네르트에 대해서도 이야기를 나누게 되었는데, 그때 쇠크는 내게 리네르트의 노래를 연주해주었다.

저물녘 야생에서 탄생한

아름다운 노래보다 멋진 건 없으니.

그곳에서 나는 내 친구가 화가이기도 하다는 것을 알게
되었다. 그가 가끔 그림을 그린다는 걸 오래전부터 알고
는 있었기에 놀랍진 않았다. 그의 아버지* 댁에서는 놀라
운 일이 아니었기 때문이다. 우리는 여행 중에 자주 심도
있게 회화에 대해서도 이야기했다. 자연을 마주한 이곳에
서도 그는 내게 회화에 대해 이야기했는데, 우리가 이따
금 풍경을, 그것이 회화적으로 어떻게 재현될 수 있을까
를 염두에 두고 바라본다는 이야기였다. 그리고 어디서나
그랬듯 여기서도 쇠크는 이론과 사유에서 출발하지 않고
감각적인 것으로부터 출발했다. 그는 색조 하나를 찾아내
는 일에 수반되는 매력과 고역에 대해 즐겨 이야기했다.
한번은 이탈리아의 프레스코 거장들에게 벽의 신선한 회
반죽에 그림을 그리는 일이 얼마나 감각적인 희열을 안겼
을지 이야기하면서, 물감을 듬뿍 묻혀 장황한 붓질을 하
듯 손을 움직이는 동시에 입술로는 홀짝이며 들이마시는
소리를 냈다. 회반죽이 얼마나 탐욕스럽게 물감을 빨아들
이는지가 들리기라도 하듯이. 건강하고 감각이 살아 있는

---

* 쇠크의 아버지는 화가였다.

천재들은 자신이 지금 막 전달하고자 하는 것 가운데 아주 많은 양을 그런 식으로 전달할 줄 알며, 그것이 그들의 큰 매력 중 하나다. 쇠크와 나눈 대화의 정점은 더 이상 말로 할 수 없는 것이 표정술이나 음화音畵로 표현되는 바로 그런 순간인 때가 왕왕 있었다. 나는 그런 매력을 높이 사며, 여느 사람들처럼 그런 매력에 껌뻑 넘어간다. 하지만 쇠크의 매력적인 면이자 희귀한 면은 재능과 기교 자체가 결코 아니었고, 그가 이것을 활용하는 중용의 능력이었다. 최초의 호감을 넘어 쇠크에게 거듭 끌렸던 것은 그의 느낌이 지닌, 그리고 이 느낌을 표현하는 그의 방식이 지닌 소박하고 감각적인 천재성이 아니었다. 그건 다른 사람들도 할 수 있었다. 특히 여자들은 자주 환상적으로, 재능 있는 동물들은 한층 더 잘할 수 있었다. 내가 좋아한 쇠크의 모습, 더없이 빛나 보였던 면은 그의 본성 안에 대립들이 나란히 공존하며 긴장을 이루고 있다는 점이었다. 번민의 능력과 강건함이 함께하고 있다는 점, 한없이 순진한 기쁨을 이해하는 능력이 정신적인 것을 이해하는 능력과 짝을 이루고 있다는 점이었다. 고통이 무엇인지 알면서도 품성이 고도로 분화되어 있다는 점이었고, 정신적 저력과 화합하거나 투쟁하면서 존재하는 감각적 저력이 있다는 점이었다. 그는 연주만 빼어나게 잘하는 게 아니었다. 다른 모든 예술에 쉽게 이입하는 능력만 가진 게 아니었다. 그는 여자들을 매혹할 줄만 아는 게 아니었다. 즐거움을 만끽하며 향연을 함께할 줄만 아는 게 아니었다.(심지어 새벽 3시에, 푸짐하게 향연을 즐기고 와인을 여러 잔 마시고 난 다음, 입에는 불타는 시가를 물고 물구나무선 자세로 온 식당을 행진할 줄까지 알았지만!) 그는 자신의 능력, 자신의 갈등과 문제를 분명히 직시할 줄 알았으며, 때로는 (이상하게 들리겠지만 맞는 말이다) 그야말로 생각할 줄 알았다. 다른 사람들도 마찬가지이긴 하지만 예술가 중에서 생각할 줄 아는 사람은 드물다. 그의 감각적 영적인 것이 정신적인 것보다 강하다는 사실, 그에게서는 의식이 본능에 심각한 지장을 주거나 본능보다 큰 비중을 점하는 일이 절대 없었다는 사실, 그것이 내가 보기에 그의 건강함과 강점 중 하나였다. 그는 음악가이지 철학자가 아니니 말이다. 하지만 그는 고도의 세분화 능력, 고독의 능력, 추상화 능력, 번민의 능력을 자기 안에 지니고 있었다. 진지하게 여기기보다는 그저 좋아하는 마음으로 대하게 되는 매력적이고 사랑스러운 인간에 불과한 존재가 아니었다. 그는 그저 음악가인 게 아니라 창조자이기도 했다. 그 모든 것이 우리의 관계를 꾸준히 생기 있게 해주었고, 우리가 어쩌다 서로에게 화나는 일이 생겨도 곧 우리 사이에 흡인력이 다시 작동했다.

이야기가 옆으로 샜다. 나는 쇠크의 회화에 대해 더 이야기하려던 참이었다. 그 대화 중 그는 색조를 찾는 방식에서 최고의 섬세함과 면밀함을 발휘해야 한다는 입장을 피력했고, 아이들식으로 혹은 표현주의식으로 원색에 가까운 격렬한 물감을 마구 바른 건 뭐든지 거부했다. "봐봐," 그는 말했다. "저기 아주 멀리 빛 드는 초원에 산마루터기 보이지. 녹색인 것 같지, 그렇지? 물론 녹색이기는 해. 엄청나게 옅은 녹색이야. 사실 녹색으로 보이지도 않아. 하지만 우리는 초원은 녹색이라고 알고 있거든. 그래서 녹색으로 보이는 거야." 그는 몸을 숙이더니 풀밭의 식물에서 잎을 하나 떼어내 그 경관 앞에 갖다 댔다. "녹색이야!" 그는 외쳤다. "봐봐, 얼마나 생생한 색인지! 여기 대면 저 멀리 저기는 무색이라고." 그는 터럭 하나 안 틀리게 맞는 시점에 도달할 때까지 팔레트 위에 온갖 색을 섞어보는 일이 굉장한 즐거움이라 했다.

오래전부터 나는 쇠크가 유화로 그린 아주 작은 풍경화 두 점을 소장하고 있다. 이 그림들은 그 많은 세월이 흐르는 동안에도 높은 매력과 가치를 잃지 않았다. 우리 집에 와서 별 호기심 없이 벽에 걸린 그림들을 감상하던 화가들이 두 그림 중 하나를 발견하면 돌연 생기를 띠면서 화가의 이름을 묻는 일도 심심찮게 있었다. 두 그림 중 아주 초기의 그림은 매우 독특한 울림을 지녔고 아주 묘한 대상이 펼쳐져 있다. 경관, 저녁 무렵 알프스의 깊은 협곡이다. 대부분은 이미 해가 사라진 응달이며, 아주 야릇한 빛이 이 과묵한 풍경에 감돈다. 몇몇 봉우리와 근경 일부에는 아직 해가 비친다. 하지만 따뜻한 해를 받는 암벽 꼭대기 위로 펼쳐진 하늘에는 반달보다 더 차오른 달이 이미 떠 있다. 달의 서늘한 흰색은 지상의 모든 빛깔과 대립을 이룬다. 그로 인해 하늘빛은 벌써 좀 차가워지고 달의 흰색은 그림자와 어우러진다. 이 아주 작은 그림—우리가 내키는 대로 순진하다 혹은 정교하다고 느낄 수 있는 그 그림—은 이미 여러 감상자를 상념에 젖게 만들었다. 그리고 오래전부터 그와 물리적으로 멀리 떨어져 지내면서, 그가 유별나리만치 편지 쓰는 일에 게을러 한층 더 그와 떨어지게 되면서, 그가 보고 싶다든가 또다시 어떤 답장도 없어 실망해 있을 때면, 나는 그의 그림들 중 하나를 보며 그를 눈앞에 그려보는 습관이 생겼다.

우리 집에 걸려 있는 그의 두 번째 그림은 취리히 오버란트에서 지낸 그 여름에 그린 것이다. 이 그림은 중앙스위스가 바라다보이는 경치를 묘사하고 있는데, 폭풍우가 휩쓸고 간 잿빛 하늘 아래로 고트프리트 켈러가 다음과 같이 묘사한 분위기가 지배하고 있다.

비 내리는 고요한 날
참 보드랍고 참 진지하고, 그러면서 참 청명하고

어느 어스름을 뚫고 비치건
태양빛은 하얗고 진기하다.

　근경의 어둑한 숲과 대비를 이루며 멀찍이 물러나 있
는, 창백하게 청명한 원경이 보인다. 눈부시게, 한편으론
노곤하게 태양빛이 비추어 하얗고도 진기하다. 맨 뒤에는
환한 하늘 한 자락을 뒤로하고 여리지만 또렷하게 봉우리
가 둘인 미텐산이 있다. 이 그림 또한 하나의 시문학이다.
그림은 다른 그림과 마찬가지로 작다. 뾰족한 붓으로 섬
세하게 칠해져 있지만, 그럼에도 붓놀림은 아주 시원스럽
고 가뿐하다. 그 어떤 소심함의 흔적도 없다.
　두 그림 또한 내게는 내 친구의 이미지 일부다. 그의 글
씨와 마찬가지로, 여행 중 재빠르게 쓴 그림엽서에 적힌
몇 마디 위트와 몇 마디 좋은 말과 마찬가지로. 한번은 그
가 루카에 머물면서 아이헨도르프의 「대리석상」에 나오
는 첫 문장* 말고는 아무것도 안 적힌 엽서를 보낸 적도
있다.
　그리고 이제 시인들에 대해 말할 차례가 되었다. 아주
방대한 분량이 될 것이다. 하지만 지금 말하는 건 나로선

＊"젊은 귀족 플로리오가 말을 타고 천천히 루카의 성문을 향해 간 것은 아름다
운 여름 저녁이었으니…"

불가능하다. 쇠크와 나는 자주 시인과 시문학에 대해 이야기했고, 가장 자주 이야기한 건 그의 가곡 가사들이었다. 이렇게 말하고 싶다. 시문학에 대한 그의 감각과 판단은 자주 나를 기쁘게 하고 내 생각을 입증해주었으며 어떤 중요한 지점에서도 실망시킨 적이 없다고.

이 추억들에 하나를 더 추가할까 한다. 1916년 4월이었다. 세계대전이 한창이었다. 나는 빈터투어에 낭독회 강연을 하러 가는 길이었다. 내가 살던 베른에서 출발해 취리히로 갔고, 저녁에는 빈터투어의 친구들에게 가서 밤을 지낼 생각이었다. 낭독회는 다음 날이었다. 취리히에서는 온갖 볼일이 있어 이번에는 쇠크를 찾아갈 수 없었다. 내가 아름다운 것과의 접촉을, 특히 음악과의 접촉을 견디지 못했던 끔찍스러운 시절이 이미 시작된 때였다. 베른에서 지내던 브룬은 내가 그의 연주회 초대에 응하지 않으면 몹시 못마땅해했다. 그러나 당시 내게 음악은, 세상이 더 이상 안중에 두지 않으려 하는 모든 고운 것, 우아한 것, 신성한 것을 가장 강하고도 직접적으로 떠오르게 했다. 전쟁은 부득이하다면 한동안 견딜 수 있었다. 전쟁 안에서 내가 인간성을 수행하고 상처 치유를 돕는다고 나 좋을 대로 생각할 수 있는 자리를 찾았기 때문이었다. 하지만 음악은 견딜 수 없었다. 나를 가누는 그 궁색한 질서와 규율이 음악 몇 마디면 송두리째 붕괴되었고, 이 세계와 이 전쟁에서 도망가고 싶은 참을 수 없는 갈망이 깨어났다.

피곤한 상태로, 그리고 여정과 계획이 탐탁지 못한 심정으로 저녁 무렵 취리히 역에 도착했고, 맡겨둔 트렁크를 찾아와 기차를 타고 여행을 계속하려는 참이었다. 나는 일찍 도착해 한동안 빈둥대며 역에 서 있었다. 적어도 저녁에는 아주 좋은 친구들 집에서 보낼 수 있다는 예상으로 약간은 즐거워하며. 그러나 즐겁기보다는 울적한 심경이 훨씬 더했다. 너무나 많은 것이 짓눌려 있었다. 세계가, 스위스가, 나 자신의 보잘것없는 삶이. 전쟁은 내게서 거의 모든 걸 앗아갔다. 특히 내 인생과 행위의 의미에 관한 한 남겨진 게 너무나도 없었다. 공기 대신 독을 호흡하고 있었고, 물 대신 고통과 두려움을 마셨으며, 빵 대신 비탄을 먹었다. 나는 그저 멀뚱히 서서 그런 쓸데없는 생각들을 하고 있었다. 그때 손 하나가 내 어깨 위에 놓이는 것이 느껴져 소스라쳤다. 눈앞에 쇠크가 보였다. 그는 다정하게 나에게 정말로 떠날 생각인지 물었다. 내가 저녁때 자신과 취리히에 있어야 한다면서. 나는 웃은 뒤 말했다. 그런 생각할 처지가 못 된다고, 빈터투어에서는 내가 오는 걸로 알고 있고 기차는 곧 떠난다고.

그때 그는 나를 묘하게 바라보았고 몹시 간절하게 진심을 담아 말했다. "안 돼, 안 돼. 빈터투어로 가지 마. 할 말이 있어."

순간 나는 뭔가 특별하고 나쁜 일이 나를 기다리고 있음을 직감했다. 나는 스스로도 이해할 수 없이 가슴이 죄어오는 것을, 안에서 냉기가 올라오는 것을 느끼며 말했다. "무슨 일이야? 어서 말해!"

그러자 그가 나지막하게 말했다. "자네 아버지께서 돌아가셨어."

나는 아무것도 모르고 있었다. 소식은 전혀 예기치 않게 내가 베른을 떠나자마자 당도했고, 아내는 이 소식을 쇠크에게 전달했으며, 그는 몇 시간 전부터 나를 찾고 있었던 것이다.

그렇게 해서 나는 빈터투어로 가지 않고 속히 베른으로 되돌아갔다. 독일로 가서 아버지를 장례 전에 다시 한 번 뵙는 것은 당시에 간단치 않았기 때문이다. 전시, 국경 폐쇄, 크고 작은 오만 가지 집요한 악재가 있었다. 하지만 저 최초의 소스라침과 고통을 견뎌야 했던 순간에는 한 친구가 내 곁에 있었다. 그것에 대해 나는 감사한 마음이었고, 오늘도 여전히 그렇다.

우기

오랫동안 비의 노래에 귀 기울였지.
여러 날 동안 숱한 밤 동안
공기 속에 떠다니다가 꿈결인 듯 쏟아지다가
영원히 감싸는 일정한 음향을.

한때 머나먼 제국에서 비슷한 것이 들려왔지.
중국인들의 글리산도 음악,
귀뚜라미처럼 가녀리고 높고 영원히 일정한,
하지만 매 순간 매력 가득한 소리가.

빗소리와 중국인의 노래,
낙수의 음악과 대양의 음향,
어떤 힘일까, 나를 다시 끌어당겨
너희의 마법을 찾아 세상을 떠돌게 하는 것은?

너희의 영혼은 영원의 소리다.

그 소리는 시간도 변화도 모르지.
그 소리의 고향에서 우리 일찍이 도망쳐왔건만
그 소리의 잔향이 우리 가슴속에 불타고 있구나.

모차르트의 오페라들

성대한 음악 형식 가운데 두 가지가 음악적인 것을 넘어서 인류 전체를 다루고 설명하며, 인류의 위대함을 칭송하고, 인류의 연약함을 애도하며, 인류가 보다 높은 힘들에 좌우됨을 명시한다. 그 두 가지 형식은 오라토리오와 오페라다. 독일 음악에서 둘은 짧은 간격을 두고 차례로 그 최고봉에 올랐고 가장 위대한 거장을 만났다. 오라토리오는 바흐를, 오페라는 모차르트를.

바흐의 교회음악에서 예술 작품의 위엄과 깊은 의미는 가사를 통해 이미 주어져 있었다. 혹은 기독교 신앙의 신비에 대한 신앙고백이 이를 받쳐주었다. 그에 비해 모차르트의 오페라들에서 매번의 내용과 소재는 별 의미가 없다. 〈피가로의 결혼〉은 한 고전적 문학의 범례를 바탕으로 하고, 〈마술피리〉는 18세기의 인문적 이상을 자양분으로 삼으며, 〈돈 조반니〉는 극작품으로서 진짜 신화에 의해 지탱되고 있기는 하다. 하지만 150년이 지나도록 조금도 노화하지 않은 생생한 무엇으로 승화시킨 모차르트의 정신이 아니었더라면, 그 문학들 중 단 하나도 모차르트 당대를 넘어 살아남지 못했을 것이다. 하물며 오늘날까지는 두말할 것도 없다. 우리는 파미나의 탄식하는 아리아들, 돈 조반니의 구애하는 아리아들, 피가로의 비할 나위 없는 노래와 응답 송가에서, 영원성의 가치라곤 없는 글을 위해 작곡된 곡들임에도 불구하고 우리의 정열과 혼란과 구원 가능성에 대한 영원하고도 미화된 모상模像을 본다. 그리고 이들 작품의 분위기는 외견상 매우 세속적임에도 여느 위대한 교회음악 작품 못지않게 우리를 감동시키고 전율케 하며 행복하게 해준다.

모차르트의 음악이 그런 전율과 행복을 주는 것은 무엇보다도 바흐와 마찬가지로 모차르트가 우리를 가르치려 들거나 당황하게 하지 않고 경고하려 들지 않기 때문이다. 작품마다 자신이 가능한 한 완벽하게 쓰이는 것, 그라는 인격체를 이 쓰임에 가능한 한 완벽하게 헌신하고 소멸시키는 것 말고는 도무지 원하는 게 없기 때문이다. 이 경이로운 오페라들 가운데 하나를 듣고 나서 우리에게 남는 것, 그것은 전혀 개인적인 것이 아니다. 그것은 어떤 특정한 유의 파토스나 장난기가 아니다. 그것은 모든 개인적인 것과 우연한 것이 형식의 비밀 속으로 종적을 감추는 무엇이다. 그리하여 마침내 온갖 천양지차에도 불구하고 바흐의 작품과 모차르트의 작품은 제대로 된 청자

내면에서 동일한 경험이 된다. 우리가 바흐의 수난곡을 감상하는 동안 얼마나 자주 충격받으며 흐느낄 뻔했건, 모차르트의 오페라를 감상하는 동안 얼마나 자주 미소 짓거나 씩 웃었건, 미소와 충격은 마침내 더 이상 분간할 수 없으며 우리의 체험과는 거의 무관해진다. 우리의 체험은 훨씬 깊숙한 곳을 파고든다. 혼신의 힘을 다한 청자인 우리 또한 존재의 표면을 돌파해 에고를 잃고 잠깐 신의 공기를 맞은 것이다.

남김없이 퍼올릴 수도 이해할 수도 없는 이 작품들이 그때그때의 인기 가요처럼 매번 꽉 찬 공연장에서 연주되는 일은 결코 없을 것이다. 그러나 이 작품들은 오늘의, 내일의, 허다한 다음 세대의 인기 가요들이 수명을 다하고 잊힌 다음에도 황홀해하고 고마워하는 청중 앞에서 거듭 연주될 것이다.

〈마술피리〉 입장권을 들고

이렇게 나 또다시 너를 듣게 되리,
더없이 사랑스러운 음악이여.
빛나는 성전의 의례에, 사제들의 합창에,
사랑스러운 플루트 노래하는 자리에 나 함께하리.

참으로 오랜 세월 참으로 무수히
이 공연을 앞두고 깊이 설렜고
매번 새로이 기적을 경험했고
마음속 또다시 맹세를 다졌노라.

그 맹세 나를 너희 무리의 일원으로 묶어주어
태초의 동맹 속 동방 순례자,
지상 어디에도 고향이 없는 그는
언제나 새로이 비밀의 시종을 얻는다.

이번에는 타미노의 재회가

내심 두렵구나. 고단한 귀가,
낡은 심장이 너희를 지금도 예전처럼 이해할는지,
너희 소년들의 음성과 사제들의 합창을—
내가 너희의 시험에 지금도 합격하려나?

너희 축복받은 영혼들은 영원한 젊음을 살지.
우리 세상의 들썩임에 아랑곳없이.
우리의 형제로 남아주렴. 우리의 지도자로, 명인으로.
횃불이 우리 손에서 떨어질 때까지.

그리고 그 언젠가 선택받은 너희의 밝은 소명에
종말이 오고 아무도 너희를 모르는 때가 오면
새로운 신호들이 하늘에서 너희를 따를 테지.
살아 있는 모든 것은 영혼의 충만을 갈구하니까.

슈만의 음악을 들으며

그의 음악 안에서는 끊임없이 바람이 분다. 그 바람은 꾸
준하지도 짓누르지도 무겁지도 일정하지도 않다. 껑충거
리는, 유희하는, 돌풍 같은, 버릇없는, 부단히 놀라게 하
며 시작되고 다시 사라져버리는 윙윙거림이다. 모래와 나
뭇잎의 앙증맞은 소용돌이 춤을 보는 기분이다. 화창한
날의 바람, 근사한 방랑 벗이며 놀이 친구다. 활기차고 아
이디어 넘치며 신나게 수다 떨다가, 때로 달리거나 춤추
고 싶어했다가 하는. 우아함과 청춘으로 가득한 이 음악
속에서는 팔랑거리고 나부끼며 나풀거리고 한들한들하
며 춤추고 폴짝거린다. 빙긋 웃고 깔깔 웃고 유희하고 놀
려댄다. 일부러 심술궂었다 애틋했다 하며. 이 마법 같은
리듬을 지은 시인이 우울과 분열 증세 속에 꺼져가다 죽
었다는 건 납득할 수 없을 것 같다. 물론 이 음악에는 안
정과 정적인 상태가, 그래, 고향이 결여되었다 할 만하다.
이 음악은 어쩌면 너무 활달하고, 지나치게 휴식을 모르
며, 과하게 흩날리고 바람을 따른다. 지나치게 일렁거리

는 청춘의 격정을 닮았다. 언젠가는 탈진할 수밖에 없을 것이다. 건강한 슈만의 음악, 아픈 슈만의 삶과 종말, 그 둘 사이에는 젊은 클레멘스 브렌타노의 거친 익살스러움과 나이 든 클레멘스 브렌타노의 중후함 사이 같은 심연이 있다. 그런데 복잡하면서 다소 감상적이기까지 한 우리 세계에서 일은 이렇게 흘러간다. 우리가 그 사랑스러운 음악가를 기다리고 있던 밤과 깊은 어둠에 대해 알면, 청춘처럼 아름다운 불안정 가운데 그토록 우아하게 흩날린 이 화창한 날의 음악은 우리에게 한층 더 매혹적으로, 한층 더 날렵하고 사랑스럽게 들리는 것이다.

화려한 왈츠

쇼팽의 춤곡이 연주회장 안에서 시끌하다.
야성적이고 거침없는 춤곡.
창문에는 번개가 창백하게 비치고
시든 화환이 피아노를 장식하고 있다.

피아노는 네가, 바이올린은 내가
그렇게 우린 연주하며 끝내지 않지.
그리고 기다리지. 두려움에 차서, 너와 나
누가 과연 먼저 마법을 깨뜨릴지.

누가 과연 먼저 박자를 멈추고
자기로부터 멀찍이 등불을 밀어낼까.
누가 먼저 질문을 던질까.
대답이 없는 그 질문을.

고전음악 (『유리알 유희』에서)

우리는 고전음악을 우리 문화의 정수이자 화신으로 여긴
다. 그것이 우리 문화의 가장 명확하고 특징적인 몸짓이
자 표현이기 때문이다. 우리는 고전음악 속에 고대와 기
독교의 유산을, 활기차고 씩씩한 경건성의 정신을, 탁월
하게 기사도적인 모럴을 보유하고 있다. 모럴이란 결국
모든 고전적 문화의 제스처를 뜻하며, 인간의 행태가 몸
짓으로 집약된 본보기를 뜻하기 때문이다. 여러 음악이
1500년과 1800년 사이에 만들어졌으며, 양식과 표현 수
단은 매우 다양했다. 하지만 정신은, 아니 그보다 모럴이
라 해야 좋을 것은 각지에서 똑같았다. 고전음악은 인간
태도의 표현인데 이 태도란 항상 똑같으며, 이 태도가 근
거하는 삶의 지혜도 늘 똑같은 종류이며, 우연을 제압하
는 우월성의 양상으로 추구되는 것 또한 늘 똑같은 종류
다. 고전음악의 제스처가 의미하는 건 인류의 비극이란
게 뭔지 안다는 것, 인간 운명의 긍정, 씩씩함, 명랑함이
다! 그것이 헨델이나 쿠프랭 미뉴에트의 우아함이 되었

건, 많은 이탈리아 작곡가들이나 모차르트에서처럼 다감한 제스처로 승화된 감각성이 되었건, 바흐에서처럼 죽음에 대한 차분하고 태연한 각오가 되었건, 그것은 언제나 '그럼에도 불구하고'다. 죽을 용기, 기사도, 그 안에서의 초인적 웃음의 울림, 불멸의 청명함… 물론 후대인인 우리가 고전음악과 맺는 관계는 고전음악이 창작된 시대의 사람들이 맺은 관계와는 전혀 다르다. 우리의 정신화된 숭배, 진정한 음악을 들을 때 체념의 멜랑콜리를 충분히 벗었다고 할 수 없는 이 숭배는 저 시절의 단아하고 순박한 연주의 즐거움과는 완전히 다른 것이다. 저 시대의 음악인 고전음악을 들으며 우리가 그 음악이 생겨난 상황과 운명을 잊을 때마다, 우리는 저 시대를 보다 행복했던 시대라 보고 부러워하는 경향이 있다. 수 세대 전부터 우리가 중세의 종말과 우리 시대 사이에 놓인 저 문화의 시대들의 위대한 업적으로 간주하는 건 더 이상—20세기만 해도 거의 내내 그랬듯—철학이나 문학이 아니라 수학과 음악이다. 우리는 최소한 큰 틀에서 볼 때 저 세대들과 창조적으로 겨루기를 단념했다. 또한 우리는 연주에서 화성 및 순전히 감각적인 셈여림의 지배권에 대한 숭배를, 대략 베토벤과 낭만주의의 태동부터 200년에 걸쳐 음악 연습을 지배했던 이 숭배를 단념했다. 이렇게 단념한 이후로 우리는 우리가 물려받은 저 문화의 상을 더 순수하게 더 제대로 본다고 믿는다. 물론 우리 방식대로 비창조적이고 아류적으로, 하지만 외경심에 차서. 우리는 저 시대의 흘러넘치는 창작욕이 없다. 우리에게는 거의 불가해한 볼거리다―15~16세기에 여러 가지 음악적 양식이 어떻게 그토록 장구한 세월 변함없이 순수하게 보전될 수 있었는지가. 어떻게 당대에 쓰인 방대한 양의 음악에서 도무지 불순한 건 찾아볼 수 없는 듯한지가. 어떻게 18세기, 퇴화의 시작인 그 세기에도 여전히 양식과 유행과 악파들을, 급변하는 가운데 화사하고 자신 있게 뿜어올리는지가. 그러나 우리는 우리가 오늘날 고전음악이라고 부르는 것 안에서 저 세대들의 비밀과 정신, 미덕, 경건성을 이해하고 모범으로 삼았다고 믿는다. 예를 들어 오늘날 우리는 18세기의 신학과 교회 문화를, 혹은 계몽주의 시대의 철학을 보잘것없게 여기거나 아예 쓸데없다고 여긴다. 그러나 바흐의 칸타타와 수난곡과 프렐류드에서는 기독교 문화의 마지막 승화를 본다…

  고대 중국이 정치 생활과 궁정 생활에 있어 음악에 지도적 역할을 부과했음을 기억해보자. 음악의 번영을 문화 및 모럴의 번영, 나아가 제국의 번영과 동일시했으며, 음악 명인들은 '옛 조성들'을 엄격히 보전하고 수호해야 했다. 음악의 타락은 정부와 국가의 몰락에 대한 단적 신호였다. 시인들은 금지되고 악마적이며 천상과 멀어진 조성

들에 관한 끔찍한 전설을 들려주었다. '몰락의 음악'인 정
성鄭聲과 흉성凶聲의 조성에 대한 이야기를 보면, 왕궁에
서 감히 이 조성을 연주하자 곧 하늘이 어두워지고 담벼
락이 흔들리고 무너졌으며 군주와 제국이 멸망했다고 한
다. 옛 저자들의 다른 많은 말들 대신 여불위의 『여씨춘
추』 속 「음악」에 나오는 몇 대목을 인용한다.

　음악의 기원은 멀리 거슬러 올라간다. 음악은 중용에서 생
　겨나며 거대한 유일자에 뿌리를 두고 있다. 거대한 유일자는
　두 극단을 생성한다. 두 극단은 어둠과 빛의 힘을 생성한다.
　세상이 평화로우며 만물이 편안하고 모든 게 저마다의 변
　화에서 저마다의 선배들이 닦은 길을 따를 때, 음악은 완성된
　다. 욕심과 정열이 그릇된 길을 가지 않을 때, 음악은 완전해
　진다. 완전한 음악에는 이유가 있다. 이 음악은 중용에서 생겨
　난다. 중용은 바름에서 생겨나며, 바름은 천하의 의미에서 생
　겨난다. 하여 천하의 의미를 깨달은 사람이라야 음악에 대해
　더불어 이야기하는 게 가능하다.
　음악은 천지의 조화에 기인하며, 흐릿한 것과 청명한 것의
　일치에 기인한다.
　멸망하는 국가들과 몰락할 지경에 이른 사람들에게 음악이
　없는 건 아니다. 그러나 그들의 음악은 명랑하지 않다. 따라서
　음악이 취하게 할수록 백성들은 더욱 우울해지며 나라는 더

욱 위태로워지고 군주는 더욱 깊이 영락한다. 음악의 본질도 매몰된다.

모든 신성한 군주들이 음악에서 높이 샀던 건 음악의 명랑함이었다. 폭군인 걸왕과 진왕은 도취적인 음악을 하게 했다. 그들은 강한 음향을 아름답다고 여겼고 대중에 대한 영향력을 흥미롭게 여겼다. 그들은 새롭고 기이한 음향의 작용을 추구했다. 어떤 귀도 들어보지 못한 음들을 추구했다. 그들은 서로 능가하려 했고 절제를 모르고 목적을 넘어섰다.

초나라는 마법의 음악을 발명한 탓에 멸망했다. 그런 음악은 취하게 한다. 실제로 그런 음악은 음악의 본질에서 멀어진 것이다. 음악의 본질로부터 멀어진 것이기에 이 음악은 명랑하지 않다. 음악이 명랑하지 않으면 백성이 투덜거린다. 생활이 망가진다. 이 모든 게 음악의 본질을 오인하고 취하게 하는 음의 효과만 노린 데서 나온 결과다.

그러므로 태평성대의 음악은 고요하고 명랑하며 왕정은 균형 있게 통치한다. 불안한 시대의 음악은 흥분해 있고 격앙해 있으며, 그 정부는 괴이하다. 망해가는 나라의 음악은 감상적이며 슬프다. 그리고 그 왕정은 위태롭다.

이 중국인의 문장은 모든 음악의 기원을, 모든 음악의 본질적이며 지금은 거의 잊힌 의미를 우리에게 상당히 또렷하게 환기한다. 춤과 다른 모든 예술 행위와 마찬가지로 선사시대의 음악은 주술의 수단이었다. 마법의 오랜 합법 수단 중 하나였다. 리듬과 함께 시작된 (손뼉 치기, 발 구르기, 나무 딱딱이 치기, 최초의 북 치는 기술과 함께 시작된) 음악은 박력 있고 입증된 수단이었다. 많은 사람의 '심성을' 맞추고 숨과 심장박동과 마음 상태를 같은 박자로 맞추는, 인간이 영원한 힘들을 호소해 불러내고 춤추고 시합하고 출정하고 성스러운 행위를 하도록 고무하는 수단이었다. 그리고 이 원천적이고 순수한 태초의 막강한 마법적 본성은 다른 예술에서보다 음악 속에 훨씬 더 길이 보존되어 남았다. 그리스인들부터 괴테의 노벨레에 이르기까지, 음악에 대한 역사가들과 시인들의 수많은 언설만 떠올려봐도 알 것이다. 실제로 행진곡과 춤이 그 중요성을 잃은 적은 한 번도 없다.

유리알 유희

우주의 음악과 명인의 음악을
우리는 경외심을 품고 들을 준비가 되어 있다.
축복받은 시대의 존경하는 영혼들을
순수한 축제 때 불러올 준비가 되어 있다.

우리는 비밀을 누설한다.
불가사의한 공식 문자의 비밀을. 이 문자의 궤도 속에서
한계를 모르는 것, 격정적인 것, 인생은
명확한 비유가 되었다.

비유는 성좌처럼 영롱하게 울린다.
그 비유의 헌신 속에서 우리 삶의 의미가 생겨났으니
누구도 그 영향권에서 벗어날 수 없다.
신성한 중심을 향해 떨어질 뿐.

연주에 대하여

『유리알 유희』 중 「소명」에서. 라틴어 학교 학생 요제프 크
네히트는 음악 명인의 방문을 받고 시험을 치른다.

수업이 시작되었다. 선생님은 늘 입는 외투를 입고 있
었다. 위대한 귀빈에 대한 이야기는 한마디도 없었다.

하지만 2교시인지 3교시가 되자 일이 일어났다. 쾅쾅
문 두드리는 소리가 났고, 사환이 들어와 선생님께 인사
하더니, 학생 요제프 크네히트는 십오 분 뒤에 음악 명인
에게 가야 하며 머리를 단정하게 빗고 손과 손톱을 청결
히 하기를 바란다고 알렸다. 크네히트는 소스라쳐 창백해
졌다. 그는 비틀거리며 교실을 떠났고 기숙사로 달려가
책들을 내려놓은 뒤 씻고 빗질한 다음 떨면서 바이올린
케이스와 연습 노트를 집어 들고 목이 조이는 듯한 기분
으로 부속 건물 음악실로 갔다. 들뜬 동급생 하나가 그를
계단에서 맞이했고, 연습실을 가리키며 "여기서 부를 때
까지 기다려야 해" 하고 알려주었다.

오래 걸리지 않았다. 그렇지만 그에게는 기다림으로부터 풀려나기까지의 시간이 영원 같았다. 아무도 그를 부르지 않다가 한 남자가 들어왔다. 첫눈에도 아주 나이 든 남자였다. 아주 크지는 않았고 흰 머리칼과 수려하고 환한 얼굴에 뚫어보는 듯한 연푸른색 눈을 가진 남자였다. 그 시선이 무섭게 느껴질 수도 있었지만 그의 눈은 뚫어보기만 하는 게 아니라 활기차기도 했다. 웃거나 미소 짓는 활기가 아니라 소리 없이 반짝이는 평화로운 활기였다. 그는 소년에게 악수를 건네고 고개를 끄덕이더니 낡은 연습용 피아노 앞 등받이 없는 의자에 천천히 앉은 뒤 말했다. "네가 요제프 크네히트구나? 네 선생님은 네가 마음에 드시는 모양이더구나. 그분이 너를 아끼는 것 같아. 자, 같이 조금 연주를 해보자." 크네히트는 바이올린을 이미 꺼내어둔 참이었다. 노인은 라 음을 쳤고 소년은 그 음에 맞추어 튜닝했다. 그러고 나서 그는 질문과 두려움의 눈으로 음악 명인을 바라보았다.

"뭘 연주하고 싶니?" 명인이 물었지만 크네히트는 아무 대답도 하지 못했다. 노인에 대한 경외심이 너무 컸다. 그런 사람은 한 번도 본 적이 없었다. 소년은 망설이다 자기 악보집을 집어 노인에게 내밀었다.

"아니," 명인이 말했다. "네가 외우는 곡을 연주해보렴. 연습하는 곡 말고 외워서 연주할 수 있는 뭐든 간단한 곡

말이야. 네가 좋아하는 노래라든가."

크네히트는 혼란스러웠고 명인의 얼굴과 눈에 매혹되었다. 그는 대답하지 못했다. 혼란스러워하는 자신이 몹시 부끄러웠지만 어떤 말도 할 수 없었다. 명인은 재촉하지 않았다. 그는 손가락으로 어떤 선율의 도입부를 치더니 물어보는 듯한 표정으로 바라보았다. 소년은 끄덕였고 기뻐하며 곧바로 함께 선율을 연주했다. 학교에서 자주 부른 옛 노래 중 하나였다.

"한 번 더!"명인이 말했다. 크네히트는 선율을 반복했고 노인은 거기에 두 번째 선율을 연주했다. 이제 옛 노래가 2성부 선율로 작은 연습실에 울리고 있었다.

"한 번 더!"

크네히트는 연주했고, 명인은 거기에 두 번째 선율과 세 번째 선율을 연주했다. 연습실에 이 아름다운 옛 노래가 3성부로 울렸다.

"한 번 더!"그리고 명인은 거기에 세 개의 성부를 더해 연주했다.

"아름다운 노래야!"명인이 나지막하게 말했다. "이젠 이 곡을 알토 성부에서 연주해보렴!"

크네히트는 시키는 대로 연주했다. 명인은 그에게 첫 음을 알려주었고 그 위에 세 개의 다른 성부를 연주했다. 노인은 몇 번이고 "한 번 더!"라고 말했고, 목소리는 매번 더 흥겹게 들렸다.

크네히트는 테너 선율을 연주했다. 매번 두 개 내지 세 개의 대성부가 함께했다. 그들은 몇 번이나 그 노래를 연주했다. 더 이상 의사소통은 필요하지 않았고, 연주를 반복할 때마다 장식과 꾸밈이 저절로 풍성해졌다. 쾌활한 오전의 해가 비치는 밋밋한 작은 공간은 축제처럼 음을 퍼뜨렸다.

잠시 후 노인이 그쳤다. "이만하면 충분하니?" 그는 물었다. 크네히트는 고개를 젓고 새로 시작했다. 노인은 경쾌하게 세 개 성부로 합류했다. 네 개의 성부는 저마다 가늘고 뚜렷한 선을 그어가며, 서로 이야기하고 의지하고 교차하며, 명랑하게 원을 그리고 도형을 만들며 서로를 감쌌다. 소년과 노인은 아무 생각도 하지 않고 긴밀히 엮이는 아름다운 선들과 이 선들이 만나며 이루는 도형에 몰입했으며, 선과 도형의 그물망에 사로잡혀 연주하면서 낮은 소리로 서로 흔들흔들 보이지 않는 지휘자의 지휘에 따르고 있었다. 선율이 다시 끝났을 때 명인은 고개를 돌리며 물었다.

"마음에 들었니, 요제프?"

감사한 마음과 반짝이는 표정으로 크네히트는 그를 바라보았다. 행복하고 환한 표정이었지만 아무 말도 꺼내지 못했다.

"네가 이미 아는지 모르겠구나." 명인이 물었다. "푸가가 어떤 건지 아니?" 크네히트는 머뭇머뭇하는 표정을 지었다. 푸가에 대해 들어본 적은 있었다. 하지만 수업에서는 아직 배우지 않은 것이었다.

"좋다." 명인이 말했다. "내가 보여주마. 네가 그걸 제일 빠르게 이해하는 길은 우리가 직접 푸가를 하나 만드는 거야. 자, 푸가에는 무엇보다도 하나의 주제가 있어야 한다. 그리고 주제는 오래 찾을 거 없다. 방금 연주했던 노래에서 가져오자."

그는 짤막한 소절을 하나 연주했다. 멜로디의 한 조각을. 뚝 떼내어, 머리도 꼬리도 없이. 이렇게 들으니 신기했다. 그는 그 주제를 한 번 더 연주했다. 어느새 다시 시작. 첫 번째 성부가 시작되었고 두 번째 성부는 4도 하행으로 바꿨으며, 세 번째 성부는 첫 번째 것을 한 옥타브 올려 반복했고, 마찬가지로 네 번째 성부는 두 번째 성부를 한 옥타브 올렸으며, 딸림음 조성의 종지로 제시부를 끝냈다. 두 번째 발전부는 보다 자유롭게 조바꿈하여 다른 조성들로 넘어갔고, 세 번째 발전부는 버금딸림화음으로 향해 가다 으뜸음 종지로 마쳤다. 소년은 연주하는 이의 명민한 흰 손가락들을 내려다보았고, 반쯤 감긴 눈꺼풀 아래 두 눈이 휴식하는 단정한 얼굴 위로 음악의 전개를 고이 반사하는 것을 보았다. 소년의 심장은 명인에 대한 존경과 사랑으로 부풀어올랐고, 귀에는 푸가가 맴돌았다. 오늘 그는 난생처음 음악을 듣는 것 같았다. 그는 자기 앞에 생겨난 음 예술 작품 뒤의 정신을 감지했다. 법칙과 자유, 봉사와 지배의 행복한 조화를 감지했다. 그는 이 정신과 명인에게 몰두하면서 헌신을 맹세했다. 그는 이 몇 분 동안 음악의 정신이 그 자신과 인생과 세상 전체를 이끌고 정돈하고 해석하는 것을 보았다. 그리고 연주가 끝났을 때 이 존경하는 분을 바라보았다. 마법사이자 왕인 분을. 건반 위로 가볍게 숙인 몸과 내면으로부터 우러나는 빛으로 은은하게 반짝이는 얼굴을 조금 더. 그리고 이 순간의 은총에 환호해야 할지 이 순간이 끝나버렸다는 데 대해 울어야 할지 몰라 했다. 이때 노인이 서서히 피아노 의자에서 일어났고, 활기 띤 푸른 눈으로 그를 뚫어지듯 동시에 더없이 다정하게 바라보며 말했다. "그 어디서도 두 사람이 연주에서보다 더 쉽게 친구가 될 수는 없단다. 아름다운 일이야. 우리가 친구로 남게 되길 바란다. 너와 내가 말이야. 너도 푸가 작곡을 배우게 될지도 모르겠다, 요제프." 그런 뒤 그는 악수를 건네고 떠났다. 문에서 그는 다시 한번 돌아보고 눈빛으로 정중하게 고개를 살짝 끄덕여 보였다.

크네히트는 오르간 연주와 쳄발로 수업을 즐겼고, 교회

합창단에서 노래했으며, 친구들과 함께 4성부 가창을 연습했고 많은 시간을 오르간 곡들과 합창곡들을 익히고 필사하는 데 썼다. 그의 선생님은 한때 위대한 파헬벨의 제자였고, 요한 슈퇴를의 친구였다. 슈투트가르트의 지휘자이며 교회 오르간 주자인 슈퇴를은 『다윗 왕의 하프 연주와 수금 연주 개정판』을 펴냈으며 교회 성가들을 작곡했는데, 그 성가들은 당대에 많이 불렸고 그중에 여러 곡은 훗날 뷔르템베르크의 교구에서 200년 이상 불렸다. 크네히트는 반 시간 한 시간 자투리 시간을 아껴 오르간을 연습했다. 여기서는 어려움과 난관이 있어도 크게 힘들지 않았다. 의기소침해지는 일도 자기 자신에게 회의하게 되는 일도 급속히 지치는 일도 없었다. 저 시절 뷔르템베르크는 궁정음악 정도를 제외하면 음악적 측면에서 외지고 아주 하찮은 벽지였다. 그러나 음악이 꽃피고 있었다. 세속음악과 교회음악이. 당시는 참으로 격렬하고 창작욕 넘치는 충동과 성장의 한복판이었다. 그래서 좀 가난하고 문화와는 거리가 먼 지역들에서도 선천적으로 음악적인 사람이라면 누구든 즐거운 활기를 들이마실 수 있었다. 이 기운의 성성함을 제대로 상상하는 건 우리로선 거의 불가능하다. 유례없이 노래를 즐기고 선율이 충만했던 한 세기가 세상에 스미고 있었다. 민요의 샘물은 이미 좀 지쳤을지언정 아직 흐르고 있었다. 예술 음악의 가지들도,

다성부 합창 같은 고급문화처럼 이미 사그라들고 있었다. 대신에 의식의 성장과 창작력의 새 시대가 부상하는 중이었고, 전대미문의 비약적 힘을 지닌 정복욕이 보물 같은 유산을 장악해 점점 더 찬란한 오르간들을 제조했고, 오케스트라들을 재편했으며, 헤아릴 수 없이 많은 음악가들이 칸타타, 오페라, 오라토리오, 협주곡 들을 작곡해서 몇십 년이 지나는 동안 환하고 기쁨에 찬 건축물을 지어 올렸다. 오늘날 고매한 예술의 경배자라면 누구라도 이 건축물을 생각하게 된다. 파헬벨, 북스테후데, 헨델, 바흐, 하이든, 글루크, 모차르트 등 사랑스러운 이름 중 하나를 언급할 때면. 이 모든 것, 이렇게 이루어지고 완성된 어마어마한 보물이 대학생 크네히트에게는 물론 전혀 존재하지 않았다. 그는 파헬벨은 잘 알지 못했고, 북스테후데는 어렴풋이 들어보았으며, 헨델과 바흐의 이름은 아예 몰랐다. 그렇지만 물줄기는―이 물줄기를 우리 후대인은 (이미) 아는 자의 애수를 품고 간과한다―모르고 있는 자를 살아 있는 물결 위로 도도하게 실어가는 중이었다.

크네히트는 마울브론에서의 회의적 고민 이후 음악에 대한 자신의 사랑에 종종 양심의 가책을 느꼈다. 괜히 그런 건 아니었다. 다른 어떤 것보다도 아마 바로 이 사랑으로 인해, 그는 진정한 기독교다움을 향한 진심에도 불구하고 단 한 번도 자연적 인간의 전향과 소멸―그것을 위한 영적 선조건은 절망의 지옥과 같은 것, 자기 자신과의 불화였다—을 경험한 적이 없었기 때문이다. 세상에 대한 두려움, 원죄 의식, 양심의 궁지가 넉넉하게 주어지긴 했지만, 자기 안의 무엇인가가 최후의 절망과 의기소침에 맞서 고집스럽게 뻗대었다. 그리고 이 무엇인가는 내면 깊숙한 곳에서 그 자신이 음악에 대해 느끼는 기쁨과 연관되어 있었다. 양심의 궁지와 그의 음악 사랑이 화해로운 관계를 이루어가는 더딘 여정, 첫 튀빙겐 시절에는 마르틴 루터 박사가 막강한 조력자가 되어주었다. 루터가 1538년에 음악에 대해 쓴 「음악 예찬」*을 발견했던 것이다. 그는 이 글의 몇몇 대목을 외우고 있었다. 예를 들면 이런 대목이다.

"자연의 음악이 예술을 통해 예리해지고 윤이 나게 갈고 닦이는 곳, 거기서 우리는 비로소 부분적으로—왜냐하면 완전히 납득되거나 이해될 수는 없기 때문에—한없이 놀라워하며 신의 위대하고 완전한 지혜를 음악이라는 경이로운 작품 속에서 보고 인식한다. 음악에서 기이하고 놀라운 건 무엇보다도 다음과 같은 것이다. 누군가가 소박한 선율 또는 테너를 부르고, 그 선율 곁에서 셋, 넷, 혹

* 게오르크 라우가 편찬한 4성부 성가집 〈즐거운 교향곡〉에 루터가 쓴 라틴어 서문. 음대생을 예찬하는 내용이 담겨 있다.

은 다섯 개의 다른 목소리들이 부르며, 이 목소리들은 그런 소박하고 단순한 선율 혹은 테너를 둘러싸고 마치 환호하듯 반주하고 뛰논다. 그리고 여러 방식과 음색으로 동일한 선율을 경이롭게 장식하고 꾸미면서 마치 천상의 윤무를 추듯 노닐며, 다정하게 만나 금방 좋아하고 사랑하며 얼싸안는다. 그런 것을 약간 이해하고 또 그래서 감동받는 사람들은 몹시 어리둥절해할 수밖에 없으며, 많은 목소리로 장식된 그런 노래보다 더 기이한 건 세상에 없다고 생각한다. 이 노래에 아무 흥미와 애정이 없고 그런 자애로운 기적의 작품에 감동하지 않는 이는 실로 조야한 목석임에 틀림없다. 그런 사람은 그런 사랑스러운 음악 대신 어수선한 당나귀 비명 합창이나 개 돼지의 노래와 음악이나 들어야 할 것이다."

대학생 크네히트도 루터가 반한 이 음악 형식을 특별히 좋아했다. 이 음악은 하나의 주요 성부가 선율을 갖고 있으며 고정 선율 곁에서 다른 성부들이 유희하고 춤추고 탄식하고 농담하며, 윗성부와 아래 성부가 유리망을 짠다. 다른 성부들은 이토록 풍성히 장식된 생동감 있고 독립적인 궤도 내에서 이 고정 선율 주위를 돈다. 이런 움직임은 전체적으로 선으로 망을 이루는 행성의 궤도에 비견할 만하며, 옛 교회 둥근 천장의 설계에서 볼 수 있는 석조 골조망을 연상시키기도 한다. 그는 로스와 벵겔의 가르침과 훌륭한 철학 훈련 덕분에 음악 문법과 음악 문헌에 대한 감각을 갖고 있었다. 숫자로 표기된 베이스들을 읽는 건 오래전에 배워두었고 이제는 기쁜 마음으로 최근 기호와 악보집들의 비밀과 꾀를 파고들었다. 마침내 그는 오르간, 성악, 기악이 함께하는 종교 협주곡의 총보를 읽고 쓸 수 있었다. 그가 첫 번째 파사칼리아*를 연주해 선생님을 흡족하게 한 날은 그의 대학 시절 중 가장 기쁜 날 중 하나였다. 음악에 비해 신학은 정복하기가 얼마나 힘든지 생각하면 조금 한숨이 나오긴 해도…

그에게는 말씀과 '순수한 교의'가 신성하고 거룩했다. 하지만 근본적으로 그에게 말씀은 그가 벵겔의 제자로서 자부심을 갖는 것만큼 중요하지 않았다. 근본적으로 말씀과 교의의 차이는 그를 그다지 흥분시키지 않았다. 그는 말씀 안의 표현들을 그다지 중요하거나 책임감 있게 느끼지 않았고, 말의 실수 하나를 두고도, 가령 그가 어떤 악장의 성부 전개 때 형식의 오류를 느꼈을 때처럼 그렇게 잘못되었다거나 있을 수 없는 일이라거나 무책임하다고 느끼지 않았다. 물론 음악을 대할 때 그는 겸손했고, 배우는 사람으로서 존경심을 품고 거장들을 숭상했다. 그렇기

---

* 바로크 시대의 느린 삼박자 계열의 대표적 변주곡 형식.

는 해도 그는 음악 안에서 편안했다. 음악을 할 때는 아무도 그에게 참견한다든가 그가 믿지 않는 것을 입증할 수 없었다. 여기서는 그의 판단이, 옳은 것에 대한 느낌이, 필수적인 게 무엇인지에 대한 지식이 생생했으며 자신에 대한 확신이 있었다. 그의 영혼에게 음악은 고향이었다. 고향일 뿐만 아니라 하나의 질서, 하나의 우주, 자아의 조화와 제자리 찾기와 해독으로 가는 하나의 길이었다. 그렇게 해서 그는 기도 시간 중 형제들—그들의 영혼 생활과 치유의 도정은 드라마틱한 긴장을 거쳐가기 일쑤였다—가운데 온순한 아이로 남았고, 다른 사람들에게는 서글서글한 무던함을 내비치는 기분 좋은 사람으로 남았다. 하지만 직접적인 신앙 체험의 부족으로 인해 수상쩍은 사람으로도 여겨졌다…

크네히트는 국가고시를 치르고 교수들과 오르가니스트들을 찾아가 인사한 뒤 여행 배낭과 책 상자를 꾸렸다. 이제 그는 친구 외팅거와 작별하며 그의 공부방에서 왔다 갔다 서성이고 있었다. 크네히트는 마음을 가다듬고 한 학년을 더 다니고 있는 친구에게 교회 봉사에 대한 두려움을 털어놓았다. 외팅거는 다정하게 그의 어깨를 잡더니 그의 눈을 들여다보고 말했다. "그래요, 친애하는 크네히트. 당신은 나와 같은 병동에 아파 누워 있는 겁니다. 나 또한 지금껏 성직자가 될 마음을 먹을 수가 없었습니다.

다음 학기에는 다시 여행을 떠나려고 해요. 어쩌면 그 어딘가 대학에 발이 묶이고 말지도 모르지만요. 그래도 한번 더 헤른후트로 가서 내가 도울 일이 있는지 알아보려고 합니다. 쉽지는 않을 거예요. 당신이 아직 결단할 수없다면, 내가 결정을 하게 만들어줄 수는 없어요. 다만 당신이 어딘가에서 가정교사 자리를 구하시게 되는 경우, 우리 교단 관청에서 휴직 신청을 할 수 있다는 것을 아실겁니다. 그런 자리는 찾을 수 있을 겁니다. 나는 그자리를 물색하는 일을 흔쾌히 돕겠고요. 당신은 시간을 벌게 될테고 어쩌면 세상을 좀 보게 되겠지요. 가정교사를 할 수있겠어요? 자질이 있나요?"

"가정교사가 될 자질이 내 생각엔 없습니다. 내겐 어려운 일이에요. 수줍음이 많고 밀고 나가는 재능이 없거든요."

"그건 배울 수 있습니다. 그런데 당신은 하고 싶거나 용기 낼 만한 일이 전혀 없나요?"

"있기야 하겠지만, 그런 생각은 해선 안 될 것 같아요. 내가 말하는 건 음악입니다. 내가 가진 재능은 음악이에요. 하지만 세속음악에는 맞지 않을 겁니다. 쳄발로 주자나 지휘자로 이력을 쌓아나가기에는 이미 늦었을 것이기도 하고요."

"부모님과 상의해보세요, 크네히트! 모든 걸 솔직하게 말씀드리세요. 사랑하는 신은 각자의 쓸모를 계획하고 계십니다. 우리는 그저 적극적이기만 하면 되는 겁니다. 내가 당신을 위해 뭔가 할 수 있다면 편지하든지 직접 오세요! 당신은 많은 사람들이 거쳐야 하는 길을 거쳐가는 중입니다. 어떤 사람들은 사랑하는 신의 계획 아래 쓰이게 될 때까지 오래 걸려요. 우리는 그분께 간곡히 청해야 해요. 친애하는 이여, 다른 도피처는 없어요."

외팅거는 다정한 눈으로 친구의 눈을 들여다보면서 무릎을 꿇었고 크네히트도 똑같이 했다. 외팅거는 다정하면서도 꿰뚫어보듯 잠시 시선을 고정하다가 기도하기 시작했다. 그는 크네히트와 그 자신을 위해 기도했다. 신께서 그들의 무능을, 하지만 그분을 섬기고자 하는 그들의 의지를 살펴주시기를, 그들의 고뇌와 기쁨, 시련과 단련에 필요한 것을 보내주시기를, 신께서 마음에 드시는 장소와 방식에 그들을 건축재로 써주시기를 빌었다. 크네히트는 눈물을 흘리는 한편 가벼워진 마음으로 작별을 고했다.

저녁이 다가오고 있었고 하늘에는 구름이 빠르게 흘렀다. 한 번씩 가느다란 빗줄기가 떨어지기도 했다. 서편은 뿌옇고 노릇하게 불타고 있었다. 크네히트는 모두와 이별을 고했다. 그는 누구도 더 이상 보고 싶지 않았다. 내일 아침이면 걸어서 고향으로 돌아가리라. 서글픈 심정으로 혼자서 마지막으로 성에 올라갔고, 네카어할데 비탈길을 내려가 히르샤우 목조 다리를 건너갔다가, 다리를 다시 건너 도시를 한 바퀴 빙 돌았으며, 아머탈 골짜기의 지류를 지나 랗게 골목 오르막을 걸었다. 어두워진 하늘 앞에 성 게오르크 대학 교회가 우뚝 솟아 있었다. 교회를 향해 걷는 동안 마음속에서 오르간이 울리는 소리를 들었다. 홀츠마르크트 광장을 천천히 가로지른 다음 교회 계단에 올라 연주에 귀 기울였다. 텔레만의 토카타 곡이었다. 그는 난간에 서서 한참을 경청했다. 아래 집들에서는 은은히 조명된 창들이 깜박였다. 그곳에 튀빙겐이 있었다. 그곳에 그의 젊은 인생의 몇 년이 있었다. 열의와 회의, 성실과 불확실한 기대로 가득 찼던 시간들. 그는 이 도시에서 무엇을 얻었는가? 근면하고 두려워하고 희망하던 세월에서 무엇을 얻었는가? 상자 가득한 책들, 그중 절반은 그 자신 손으로 빽빽하게 적은 악보집이었다. 책 한 상자, 교수들의 증서, 그리고 확신 없는 염려와 두려움에 찬 심경. 마음이 무거웠다. 고별로 마음 벅차서만은 아니었다. 그는 자신이 온통 어렵고 어두운 것을 향해 가는 것처럼 느꼈다. 토카타가 끝나자 그는 수도원에서의 마지막 잠을 청하고자 조용히 그곳을 벗어났다.

그는 새벽같이 일어나 도보 여행을 떠났다. 가죽 배낭을 짊어지고, 서늘한 회색빛이 감도는 골목들을 지나 시내로 나간 뒤 베벤하우젠 마을을 지나 쉰부흐 공원을 향해 갔다. 한때 도달하기 어려워 보였던 목표 지점에 닿았다. 집에서는 그를 친절히 맞아줄 것이며 축하의 말을 해줄 것이다. 그러나 기쁘지는 않았다. 햇빛이 부서져내리고 새들이 노래하자 비로소 그의 안에 청춘과 삶의 욕구가 깨어났다. 좀 더 울창한 숲에 도달했을 때 그는 노래하기 시작했다. 숲의 향기는 그에게 고향을, 유년 시절을, 아버지를, 그들이 함께한 우물가에서의 휴식과 노래를 떠올리게 해주었다… 저녁에 그는 공국의 수도인 슈투트가르트에 근접했다. 여기서 밤을 지내고 내일, 그러니까 일요일에 예배에 참석할 생각이었다. 속으로는 예술을 사랑하는 이 이름난 도시에서 최신 음악을 듣게 될지도 모른다는 희망을 품고 있었다. 실제로 시내에 발을 들이자마자 길거리 구석구석 여러 곳에서 오늘 저녁에 열리는 쳄발로 비르투오소의 연주회 홍보문을 발견했다. 하지만 입장료가 너무 비싸서 대학생으로선 감당할 수 없어 보였다. 그는 시무룩해져서 계속 길을 갔고, 돌로 포장된 골목들에서 불현듯 몹시 피곤함을 느꼈으며, 결국 물어물어 레온하르트 광장과 숙소 쪽으로 갔다. 그의 국가고시 동창생 중 하나가 자신의 친척인 부인—법원 서기관 플라이더러의 부인—의 집에서 하룻밤 묵을 수 있게 그를 소개해준 터였다. 그가 대문에 달린 종을 당기려 할 때 부인은 막 집을 떠나려던 참이었다. 그녀는 그를 살펴보더니 기다리던 크네히트가 맞는지 물었다. 그런 다음 그녀는 그

가 지금 도착한 것을 아쉬워했다. 제때 쳄발로 연주회에
가기 위해 서둘러야 한다는 것이었다. 그에게 함께 가자
고 초대하고 싶지만 지금 그는 여행으로 지치고 허기져
있을 것이라고 덧붙였다.

아, 아니었다. 그는 이제 지치지 않았다. 기쁨이 그를 구
석구석 관류했다. 서둘러 그는 감사하다고 하고, 지팡이
와 가죽 배낭을 계단에 놓은 뒤 친절한 부인과 길을 나
섰다. 그들은 연주회장에 들어섰다. 한 식당의 댄스홀이
었다. 사람들은 등받이 없는 거친 나무 벤치에 앉아 있었
다. 높으신 후원자들을 위해 맨 앞에만 등받이 의자가 몇
개 놓여 있었다. 크네히트는 긴장과 호기심으로 한껏 달
떠서 연주회를 유심히 지켜보았다. 프랑스 조곡이 매우
좋았다. 연주자의 솜씨도 눈에 띄게 능란했다. 반면 연주
자 본인이 작곡한 소나타 두 곡은 대단하지 않다고 느꼈
다. 한 주제에 대한 자유로운 즉흥연주도 그저 그랬다. 집
으로 돌아오는 길에 서기관 부인은 그에게 이것저것 물었
고 그들은 활기찬 대화를 나누었다. 그녀는 집에 쳄발로
가 있다고 했다. 그리고 '그라면' 저 주제를 어떻게 다루
었을지 그녀에게 들려달라고 했다. 그들은 집으로 왔다.
서기관은 거실에서 책을 읽으며 기다리고 있다가 손님
을 환영하며 맞아주었다. 그들은 연주회에 대해 이야기했
고 부인은 연주회에서 들었던 주제에 대한 크네히트의 즉

흥연주를 듣겠다고 고집했다. 그는 곤혹스러워했다. 하지만 이내 받아들이고 악기 앞에 앉아 주제를 연주했다. 주제를 베이스 성부로 반주하면서 고음 선율을 유희하듯 자유롭게 덧붙였고, 세 개의 성부를 대위법적으로 명확하고 힘차게 전개했다. 그들은 찬사를 보냈고 그에게 과실주와 버터 빵을 대접했으며 그 후로도 한 시간 더 깨어 있었다.

"내일은 일요일입니다." 집주인이 말했다. "사실 신학도가 일요일 내내 도보 여행을 한다는 건 합당치 않은 노릇이지요. 내일은 우리 집에 머무세요. 당신은 자유 신분이고, 슈투트가르트도 좀 보셔야지요."

크네히트는 그러겠노라 했고, 다들 일어났다. 서기관은 초 두 개에 불을 붙여 하나를 손님에게 주고 다른 하나는 직접 든 다음 손님의 침실로 안내했다. 일요일 아침, 수프를 먹고 난 뒤 주인은 그를 도시와 성 주변으로 데리고 다녔고, 예배에 가기 위해 부인을 데리러 갔다가 성가 책을 챙겨 수도원 소속 교회로 갔다. 오르간이 장중하게 울리자 크네히트는 곧바로 알아차렸다. 고수가 연주하고 있음을. 그는 코랄 전주곡을 들었고, 곡은 그의 모든 감각을 열어주었다.

미완 원고인 「요제프 크네히트의 네 번째 이력서」는 여기서 끝난다. 원고에 동봉되어 있는 메모지에는 이어지는 줄거리가 다음과 같이 스케치되어 있다.

요제프 크네히트는 목사가 된다. 하지만 그 일에서 만족을 찾지 못한다. 오르간을 연주하고 프렐류드를 작곡하며 요한 제바스티안 바흐가 전설적으로 회자되는 것을 듣게 된다. 아주 늦게야 비로소, 더 이상 젊지 않은 때, 바흐의 음악 소리가 그에게 찾아온다. 어떤 이가 그에게 바흐의 코랄 전주곡 몇 곡을 연주해준 것이다. 이제 그는 "안다." 자신이 평생 찾던 게 무엇인지를. 동료는 〈요한수난곡〉도 들었다면서 그 곡에 관해 이야기해준다. 몇몇 악절은 연주로 재현할 수 있다. 크네히트는 이 작품의 발췌본을 입수한다. 그는 알아본다. 그 모든 교리 분쟁 따위와 뚝 떨어져 바로 그 노래에서 기독교가 다시 한번 새롭고 장엄한 표현을 찾고 광채와 조화를 이루었음을. 그는 자기 직분을 내려놓고 칸토어*가 된 뒤 바흐 악보들을 입수하려 애쓴다. 바흐는 막 세상을 떠났다. 크네히트는 말한다. "한 사람이 살았다. 그는 내가 찾던 것 모두를 가졌다. 나는 그것에 대해 전혀 모르고 있었다. 그러나 나는 만족한다. 내 인생은 헛되지 않았다." 그는 체념하고 조용한 오르가니스트의 삶을 산다.

---

* 성가 합창단의 지휘자 겸 선창자.

일로나 두리고*를 위하여

덧없고 지속되지 못하는 것이 아름다움
하지만 너, 네가 재능을 드러낼 때면
네가 위대한 거장의 음을
그토록 따뜻하게 풍성한 심장으로 노래할 때면
너는 기꺼이 선사하지. 짧은 순간
참된 광채를. 그 광채는 날개를 펼쳐
우리 삶 깊이까지 퍼지고
그 광채는 슬퍼할 일 없이
우리에게 남아 우아하게 지속돼.
참된 행복이 다 그렇듯이.

───────────

* 19세기 말에서 20세기 초까지 활동한 헝가리의 알토 가수.

불면

말 없는 고문 중에
천 개의 신경이 저 예민하고
귀 밝은 삶을 들이마신다. 어떤 소리에든
대답하며 밤의 어떤 동작이든
고통으로 긴장해 엿들으며.

그때 음악이! 떨리는 먼 곳에서
음이 불어온다. 고귀하고 성스러운 음이
윤무로 어우러져 밤을 바꿔놓는다.
끔찍하게 긴 밤을 가뿐히
생동하는 박자로. 시간은 미소 지으며
무한에서 풀려난다.

보아라. 지친 영혼의 깊은 곳에서
사랑스러운 낮의 형상들이
찬란하게 솟는다.

기억은 행복에 겨워 흠뻑 취한다.
가득한 빛에, 진실된 이미지에.

오, 기억이여, 그대 유일한 여신이여,
위로하는 분이여, 어서 오세요!
나는 이제 마법에 걸린 자처럼 조용히 엿들으며
이전에 경험한 시간들이 그 모습 그대로
영원한 낮에 줄지어 거니는 모습을 본다.
매 시각이 완벽하고 매 시각이 시간을 초월해 있다.
몰래 어느새 창문엔 향긋한 밤,
몰래 금빛 잠이 기다리고 있다가 내게 던져준다.
가까워오는 땅에서 올라온
구원의 밧줄을.

어느 여자 성악가에게 쓴 부치지 않은 편지

오라토리오 공연과 가곡 연주회에서, 연주회장과 라디오에서 당신의 노래를 자주 들었습니다. 당신이 노래하는 방식과는 대척점에 있는 방식으로 노래했던 제 벗 일로나(두리고)가 세상을 떠난 뒤 이렇게 기뻐하고 감탄하며 몰두해 감상한 성악가는 당신뿐입니다. 그렇기에 당신의 공연이 끝난 지금 과감히 이 글을 씁니다. 물론 오늘의 공연은 예전 공연만큼 좋지는 않았습니다. 프로그램의 격이 당신의 예술과 맞는 것 같지 않았거든요. 하지만 저로선 반가울 것 없고 있으니 들은 것뿐이던 그 곡들을 당신은 언제나 그렇듯 완벽하게, 그 어떤 비판에도 끄떡없이 담담히 침착하고 절제된 모습으로 우아하게 부르셨습니다. 그런 모습은 완벽하게 교육받고 훈련된 아주 아름답고 기품 있는 목소리와 분별 있고 진솔한 인간의 위엄, 그리고 수수함이 어우러져야 나올 수 있지요. 여자 성악가를 상찬할 때 이 이상의 말은, 제 생각엔 할 수도 없고 하지도 않아야 좋을 것입니다. 문예란에서는 여자 성악가들을 칭송할 때 최상급을 동원하지요. 정서와 정취가 어떻다는 둥, 영혼이 서려 있다는 둥, 진정성이 담겨 있다는 둥, 절절하다는 둥 하는 말들 말입니다. 그런 말들은 늘 미심쩍고 오해를 불러일으킬 수 있습니다. 여자 성악가의 외모와 드레스 품평만큼이나 안 중요한 것들이고요. 저는 성악가에게서 영혼도 절절함도 섬세한 감성도 고결한 심성도 바라지 않습니다. 저는 이 모든 것이 가곡 또는 아리아 속에, 그러니까 시와 음악이 함께하는 예술 작품 속에 이미 넉넉히 들어 있으리라고, 창작자의 손길에 의해 이미 작품에 주어져 있으리라 생각합니다. 무엇을 더 덧붙이는 것은 필수적이지도 유용하지도 않은 것 같고요. 예를 들어 괴테가 쓴 시에 슈베르트나 후고 볼프가 노래를 붙였다면, 이 작품의 마음과 영혼과 감정은 그 자체로 충분하리라고 믿고 있습니다. 그리고 이런 면면에 성악가의 개성이 덧붙여지는 일은 이왕이면 없기를 바라고요. 저는 노래와 성악가가 가까운 사이라는 것을 확인하고 싶은 것도 아니고, 예술 작품에 사로잡힌 성악가의 감동을 듣고 싶은 것도 아닙니다. 악보에 쓰인 것을 가급적 정확하고 완벽하게 재현한 음악을 듣고 싶습니다. 그런 연주란 감정의 부추김으로 강해지지도 이해의 부족으로 약해지지도 않아야 할 것입니다. 우리가 성악가에게 기대하는 것은 그것뿐이에요. 이런 기대는 작은 것이 아닙니다. 쾽

장히 큰 것이지요. 이런 기대를 충족하는 이는 소수입니다. 그러려면 귀한 목소리라는 신의 선물을 고도로 정확하게 훈련해야 할 뿐 아니라 상당한 지성을 발휘해 연주해야 하기 때문입니다. 한 작품의 음악적 진면목을 남김없이 파악하는 능력, 무엇보다도 작품을 전체로 인식하는 능력, 완성도를 망쳐가면서까지 케이크에서 건포도만 쏙쏙 뽑아내 이 건포도들—비르투오소들에게는 고마운 대목들—을 소모적으로 부각하지 않는 능력이지요. 아주 조야한 일례를 들어보자면, 저는 아무 감 없는 젊은 여자 성악가들이 이탈리아 가곡집에 나오는 〈내 애인 중 하나는 펜네에 살아요〉*를 부르는 걸 여러 번 들었습니다. 마지막 행에서 "열 명이!"를 의기양양 내지르는 게 효과적이라는 것 말고 그들이 이 가곡의 시와 음악에 대해 이해하고 소화한 것은 전무했어요. 그들은 형편없었어요. 하지만 수준 낮은 청중은 "열 명이!"를 부를 때마다 많든 적든 껌뻑 넘어갔고 박수갈채를 보냈지요.

　제 소망은 지극히 자연스러운 것이지만 실제 공연 현장에서는 전혀 당연하지 않아요. 성악가에게도 청자에게도 일부 비평가에게도요. 겉보기에 너무나 소박한 이 요청

---

* 파울 하이제가 번역한 이탈리아의 구전 사랑시 마흔여섯 편에 후고 볼프가 곡을 붙인 가곡집 〈이탈리아 가곡집〉의 마지막 곡.

을 어느 여자 성악가가 무대에 서서 실제로 들어주면, 작곡가가 써놓은 대로 부르면, 그녀가 아무것도 빼거나 더하지도 변조하지도 않고 모든 음과 박자를 그대로 실행하면, 우리는 그야말로 행운과 기적을 만나는 것 같아요. 따뜻한 감사와 부드러운 포만감을 느낍니다. 말하자면 보통은 우리가 좋아하는 작품을 직접 읽거나 연주하거나 기억 속에서 불러낼 때만 느끼는 감정을, 요컨대 작품과 우리 사이에 중개자가 없을 때만 느끼는 감정을 느낀다는 뜻입니다.

좋은 음악의 벗들은, 예술 작품에 아무것도 빼거나 더하지 않으며 의지와 지성은 있지만 개인의 모습은 휘발시킨 중개자를 통해 행복을 누립니다. 그런 행복을 맛보는 일은 드물지만 당신 같은 예술가 덕분에 가능하지요. 성악 예술에서는 기악 예술에서보다 그런 예술가들을 찾아보기가 어려워요. 그렇기에 그런 예술가를 만나는 행복이 그토록 큰 겁니다. 노래를 들을 때 다른 식의 행복을 느낄 수도 있어요. 물론입니다. 그 행복이 강렬할 수도 있고요. 성악가가 강한 모습과 넘치는 매력으로 환심을 산다면 그에게 행복하게 홀리지 않을 수 없지요. 그러나 그런 행복은 순수한 감정이 아닙니다. 그런 건 질 나쁜 마술 같은 속임수이고, 와인 대신 독주를 마시는 것과 같아요. 결국 권태로 끝납니다. 이 순수하지 못한 음악적 쾌락은 우리를 두 가지 차원에서 유혹하고 망칩니다. 일단 우리의 관심과 사랑이 작품을 떠나 연주자에게 향하게 만들고, 또 평소라면 거부할 작품도 흥미로운 연주자 때문에 감수하게끔 만들어 청중의 안목을 조작하지요. 세이렌의 목소리는 형편없는 싸구려 유행가를 부를 때도 그 마력을 잃지 않는 법이니까요. 하지만 반대로 순수하고 객관적이며 담백한 예술 행위는 우리의 안목을 강화하고 정화합니다. 세이렌이 노래하면 경우에 따라 우리는 형편없는 음악도 묵인합니다. 당신은 다릅니다. 존경하는 당신이 한 번쯤 예외적으로 완성도가 미심쩍은 작품까지 노래할 때면 당신의 황홀한 목소리에도 불구하고 그 음악을 받아들이게 되지 않습니다. 저는 불편함을, 수치심 비슷한 것을 느낍니다. 그리고 당신의 예술을 부디 온전히 당신 격에 맞는 완전한 것에만 바치시기를 무릎 꿇고 간절히 청하고 싶어집니다.

제가 만일 감사와 사랑을 담은 이 편지를 정말로 보낸다면 당신은 지당하게도 이렇게 답하시겠지요. 당신은 저같은 문외한이 음악적 자질을 논하고 판단을 내리는 일을 진지하게 받아들이지 않는다고요. 당신의 연주 목록을 비평하는 일 또한 지당하게도 사절하실 겁니다. 물론 그러시겠지요. 하지만 편지는 보내지 않을 거예요. 이 편지는 오로지 혼잣말이고 고독한 관조입니다. 저는 그저 무언가를 명쾌하게 설명해보고 싶습니다. 제 음악적 취향과 판단의 기원과 의미에 대해서요. 저는 예술에 대해 말하고 사유할 때 예술가의 시선을 고수하지만, 예술비평가나 미학자가 아니라 모럴리스트로서 바라봅니다. 나 자신이 예술의 영역에서 무엇을 거부해야 하고 불신해야 하는지, 무엇을 숭배하고 사랑해야 하는지를 고민하는 겁니다. 이런 문제의식은 가치와 아름다움에 대한 규범화된 객관적 개념들에서 오는 것이 아닙니다. 양심의 문제라고 할 수 있지요. 이 양심은 도덕의 문제이지 미학의 문제가 아니고요. 바로 그런 이유로 저는 그것을 취향이라 부르지 않고 양심이라 부릅니다. 이 양심은 주관적이며 저 자신에게만 의무 지우는 것입니다. 제가 사랑하는 예술을 세상에 강권하려 한다든가, 제가 진지하게 받아들일 수 없는 다른 예술을 세상이 싫어하게 만들고자 한다든가, 그러기 위한 것이 아닙니다. 극장과 오페라 무대에서 매일같이 상연하는 작품 중 제가 매력을 느끼는 공연은 극히 적습니다. 물론 이 전체 예술 세계와 세계 예술이 번창하고 존속해야 한다는 것에는 기꺼이 동의합니다. 저는 악한 마법은 없고 그저 선한 마법만이 행해지는 곳, 눈속임도 현혹도 없는 곳, 이 행복한 유토피아를 저만을 위해 만들어내야 해요. 미래의 어느 날을 기다리는 대신 말이에요. 세상의 아주 앙증맞은 단면, 저의 것이며 제 영향력이 닿는 그 단면 속에 피워올려야 하지요… 제가 사랑하고 숭배하는 것 중에는 대중 예술에 속해본 적 없는 예술가들과 작품들이 있습니다. 그리고 제가 좋아하지 않고 제 양심이나 취향이 거부하는 작품 가운데는 손꼽히는 이름들과 제목들이 있습니다. 경계가 완고하지는 않아요. 꽤 유연합니다. 그런데도 간혹 놀랍고도 부끄럽게도 여태 본능이 거부했던 예술가 덕분에 제 기준에 맞는 소품을 발견하기도 합니다. 또 이미 신성불가침이 되다시피 한 아주 위대한 대가들의 작품에서도 부적절한 순간의 흔적, 허영심과 경솔함과 공명심, 그리고 영향력을 발휘하려는 욕심의 흔적이 보여 경악하기도 합니다. 저 자신이 예술가이기에, 그리고 저 자신의 작품들에도 그런 수상쩍은 대목과 순전히 불순한 의도로 노리고 끼워 맞춘 조각이 잔뜩 있기에, 그런 부분을 발견했을 때 끔찍하기는 하지만 진심으로 혼란스럽지는 않습니다. 완벽한, 완전히 순수한, 완전히 경건한, 작품에 대한 완전한 헌신으로 활짝 피어난, 인간적인 것에서 벗어난 대가가 일찍이 정말로 있었는지 하는 것, 이것은 제가 말할 수 있는 문제가 아닙니다. 저는 그저 완성도를 갖춘 작품들이 있다는 것, 객관화된 정신의 수정 같은 작품이 저 대가의 손으로 한 번씩 창조되어 사람들에게 시금석으로 주어졌다는 사실을 아는 것만으로 족합니다.

이미 말씀드렸듯이 저는 음악에 대해 이야기할 때 미학적이면서 객관적으로 '옳다거나' 그 어떤 의미에서건 표준적이라거나 시의적이라고 판단하려는 야심이 없습니다. 작가인 제가 순수하게 미학적인 판단을 한다면 문학에 대해서나 해볼 수 있을 겁니다. 그 수단과 도구와 가능성을 알고 가능한 한 이해하고 있는 종류의 예술에서는 가능하겠지요. 하지만 다른 여러 예술, 특히 음악을 대할 때는 의식보다는 영혼의 본능에 지배됩니다. 그 태도는 지성의 행위가 아니라 건강 관리의 행위라고 할 수 있습니다. 깨끗함과 몸에 좋은 것에 대한 욕구, 공기와 온도와 양식에 대한 욕구를 채우는 것이지요. 영혼이 편해지도록 말입니다. 나른함에서 활동으로 이끌어주고, 영혼의 안주에서 정진에 대한 의욕으로 독려하는 것들을 찾는 것이지요. 저에게 예술 향유는 마취도 교양 추구도 아닙니다. 그 자체로 공기이고 양식이에요. 그리고 반감이 느껴지는 음악, 지나치게 달콤한 음악, 설탕이나 후추 맛이 많이 나는 음악을 거부하는 것은 예술의 본질에 대한 깊은 통찰 때문도 아니고 비평가적인 자세 때문도 아닙니다. 그저 거의 본능적으로 그럽니다. 그렇지만 많은 경우에 이 본능은 이성의 잣대를 들이댄다 해도 건재할 수 있답니다. 어떤 예술가도 그런 본능이나 건강함에 대한 욕구 없이 살아갈 수 없습니다. 저마다 나름대로 그런 본능과 욕구가 있고요.

음악 이야기로 돌아오도록 하지요. 예술에 대해 다소 청교도적일지 모를 모럴을 지닌 저는, 그러니까 모럴과 건강함에 대한 욕구를 지닌 예술가이자 개인주의자인 저는 영혼의 양식에만 예민한 것이 아닙니다. 제멋대로 생각하고 행동하는 공동체, 특히 집단 영혼, 집단 심리적인 모든 것을 그 못지않게 싫어합니다. 제가 저의 모럴을 사유할 때 가장 난항을 겪는 지점이 여기입니다. 왜냐하면 이 지점을 중심으로 개인과 공동체, 개별 영혼과 집단 영혼, 예술가와 대중 사이의 모든 갈등이 포진해 있거든요. 정상적이고 나무랄 데 없는 사람들이 자주 꾸짖던 제 예민함과 본능이 결과적으로는 옳았다는 게 특정 영역, 그러니까 정치 영역에서 오싹한 방식으로 입증되었습니다. 그렇지 않았다면 노인인 제가 개인주의를 지지하는 입장을 뒤늦게 새삼 반복하진 않을 겁니다. 저는 수없이 보았습니다. 사람들로 가득한 홀이나 도시나 국가에서 수많은 개인이 도취되고 현기증에 사로잡혀 하나의 균질한 덩어리가 되어버리는 것을요. 수백 수천 수백만 사람들이 모든 개인성을 지우고 그 모든 다양한 충동을 하나의 집단 충동으로 묶을 수 있다는 합심으로 열광하며 고양감, 헌신에 대한 의욕, 탈자아, 영웅주의에 젖어드는 것을요. 이 영웅주의는 일단 환성, 비명, 감동, 눈물로 가득한 친목으로 나타나지만 결국 전쟁, 광기, 피바다로 끝나는 것을요. 저의 개인주의자 본능이자 예술가 본능은 공동의 아픔, 공동의 자부심, 공동의 증오, 공동의 영예에 취하는 인간의 잠재적 본능에 대해 경각심을 끊임없이 격렬히 일깨웠습니다. 방에서, 강당에서, 마을에서, 도시에서, 나라에서 이 후텁지근한 고양감이 느껴지면 저는 냉담해지고 불신하게 됩니다. 몸서리가 나며 벌써부터 피가 흐르는 몸들과 화염에 휩싸인 도시가 보입니다. 같이 있는 사람들 대다수가 내내 열광과 감격의 눈물을 보이며 환호성과 친목에 여념 없는 동안에요.

정치적인 이야기는 이쯤 해두지요. 이런 것이 예술과 무슨 상관이냐고요? 그야 이미 이런저런 식으로 상관이 있습니다. 온갖 공통점이 있거든요. 예를 들면 정치가 가장 막강하고도 불순하게 영향력을 발휘하는 수단인 군중심리는 예술의 가장 막강하고 부정직한 수단이기도 합니다. 연주회장이나 극장에서는 수시로, 화려하고 성공적인 저녁 공연 때마다 바로 저 집단 현기증의 광경이 펼쳐지잖아요. 관중은 행복하게도 이 집단 현기증을 예전부터 박수와 발구르기와 브라보 함성으로 마음껏 분출합니다. 대부분의 청중이 무의식적으로 오직 이런 식의 도취를 만끽하기 위해 공연장에 갑니다. 수많은 이들의 온기와 예술로부터 받은 자극, 지휘자와 비르투오소의 환심을 사려는 노력 가운데 긴장과 미열이 생겨납니다. 이 긴장과 미열에 빠져드는 사람은 하나같이 '자신을 초월해' 고양되었다고, 말하자면 이성이나 다른 성가신 진입 장벽에서 잠시 벗어났다고 믿으며, 찰나지만 격렬한 행복을 맛보며 거대하게 떼 지어 춤추는 모기가 됩니다. 저도 이런 도취경과 마법에 굴한 적이 있습니다. 젊었다 할 만한 시절엔 그랬습니다. 함께 동요하며 박수를 보냈고, 다른 오백 명 내지 천 명과 함께 깨어남의 순간을 미루고 현기증이 계속되기를 바랐습니다. 실은 떠날 채비가 되었으면서도 이미 작동이 끝난 예술 기계를 우리의 광분으로 살려내려고 하면서 말이지요. 하지만 그런 일이 아주 자주 일어나지는 않았습니다. 그리고 이 도취의 체험 뒤에는 우리가 항상 양심의 가책 혹은 환락 뒤의 뉘우침이라고 부르는 개운치 못한 기분이 찾아왔습니다.

반면 훌륭하고 건강하며 여운이 오래 남는 예술은 집단의 휩쓸림이 필요 없는 분위기와 영혼 상태일 때 체험할 수 있었습니다. 제 영혼은 감동, 쾌활함, 경건함, 신성함에 휩싸였지요. 그런 진짜 예술 체험을 하고 나면 그런 영혼의 상태는 몇 시간이고 계속되었습니다. 때로는 며칠 동안 이어지기도 했지요. 그건 마취나 감각을 헤집어놓는 흥분이 아니었습니다. 명상과 정화, 그림자 없는 환한 빛이었고, 생의 감정과 정신적 추진력이 강하게 일어나고

144

밝아지는 일이었습니다.

예술이라는 마법의 두 가지 양상, 사로잡힘의 두 가지 형태, 좋은 사로잡힘과 나쁜 사로잡힘, 현기증과 경건함—이 편지를 쓰면서 이런 것들을 생각한 건 우연이 아닙니다. 이런 사유를 통해 저는 다름 아닌 당신에게 되돌아오며, 다시 당신의 예술에 경탄과 감사를 보냅니다. 당신의 공연에서 세찬 박수 집회를 체험하기는 했지만, 집단 히스테리는 체험하지 않았거든요. 물론 제가 들은 당신의 노래는 대부분 오라토리오 작품이었습니다. 교회음악 작품들요. 교회음악은 오늘날에도 여전히 예배 의식이 지닌 위엄을 각별히 인정받지요. 청중은 교회음악을 감상할 때 관례상 광란에 빠져 소리 지르고 손뼉 치는 대신 존경과 조용한 태도를 보이는 법이니까요. 당신이 이런 유의 음악을 특히 좋아하고 가꾸신다는 정황으로 미루어 볼 때 당신은 도취경이 아니라 경건을, 현기증이 아니라 위엄을 지지한다는 것을 알 수 있습니다. 세속음악을 부를 때도 당신은 당신이라는 음악가가 아니라 작품이 전면에 서게끔, 당신의 노래가 박수갈채가 아닌 경건을 자아내도록 부르셨습니다.

몇 시간을 들여 쓴 이 긴 편지로 당신을 성가시게 하지는 않을 겁니다. 당신께 경의를 바치는 일은 당신이 아니라 저에게 필요했던 것이거든요. 이렇게 경의를 바침으로

써 그다지 시의적이지 않은 관점에 지지를 보내고 싶었습니다. 저도 알고 있습니다. 어느 정도는 이것이 그야말로 구시대의 관점이고, 낙관주의자들은 그 관점이 '극복된' 인류 단계이자 문화 단계의 관점이라고 믿는다는 것을 말입니다. 하지만 저는 그렇다고 해서 그런 관점의 가치가 낮아졌다고 생각하지 않습니다. 우리는 경악한 표정과 쓴웃음을 지으며 인류의 역사에서 어떤 단계가 다 지나가고 극복되었다고 믿지만, 얼마 전까지만 해도 티무르왕조와 나폴레옹이 존재했고 약탈전과 전면전이 횡행했으며 대량 학살과 고문이 일어났습니다. 또 우리는 인류가 '극복한' 단계가 아직 끝나지 않았다는 것을 압니다. 우리는 그모든 전설 같은 만행들이 다시 벌어진 세계를 겪었습니다. 이런 폭력은 오늘날에도 여전히 기세등등합니다. 그래서 저는 노인네 같은 제 관점을 고수하는 동시에, 미래의어느 문화 단계에서 이런 관점을 되새기고 활용할 것이라고 예상합니다. 저의 이런 관점 뒤에는 아름다움에 대한 믿음이 있습니다. 그것은 아름다움이 진실 그리고 선함과 똑같이 중요하다는 믿음이고, 아름다움은 환영도 인간의 눈속임도 아닌 신적인 것의 형상화라는 믿음입니다.

장엄한 저녁 음악

알레그로

구름이 찢어진다. 불타는 하늘로부터
빛이 비틀거리며 눈부신 계곡 위를 방황한다.
나는 휜 돌풍에 휩쓸려
도망친다. 지칠 줄 모르는 걸음으로
구름 낀 삶을 통과하며.
오, 언제나 잠시일 뿐
나와 영원한 빛 사이의 잿빛 안개를
돌풍이 자비로이 걷어가주는 것은! 걷어가는 것은!
낯선 땅이 나를 둘러싸고 있다.
고향으로부터 멀리 떨어져나온 나를
운명의 세찬 파도가 몰아댄다.
구름을, 휜을 쫓아버려라.
베일을 걷어내버려라.
빛이 내 회의懷疑의 오솔길을 비추도록!

안단테

세계가 나를 거듭거듭 위로하며
거듭거듭 영원한 창조의 광채를 발하며
내 눈을 바라보며 웃는다.
살아 움직인다. 수천 가지 숨 쉬는 형태 속에서
햇살 실린 바람 속에서 나비가 날갯짓하고
행복의 푸르른 공중에서 제비가 비행하고
바위 많은 해변에 밀물이 몰려온다.
거듭거듭 별과 나무가
구름과 새가 친근하다.
나를 친구로 대해주며 인사하는 바위,
다정하게 나를 부르는 무한의 바다.
나는 영문도 모른 채
푸르고 아득한 저 멀리 이끌려간다.
어디에도 의미는 없다. 확실한 목적지도 없다—
그런데도 숲의 개울은
윙윙대는 파리는 내게 이야기한다.
심오한 법칙과 신성한 질서에 대해
이 질서의 하늘이 나 역시 감싸준다고.

이 질서의 신비로운 음악이
성좌의 운행처럼
내 심장이 박동하는 가운데 울려 퍼진다고.

아다지오

낮이 감추었던 것을 꿈은 내주나니
밤, 의지가 굴복하면
해방된 힘이 솟아난다.
성스러운 예감을 따라.
숲은 일렁이고 강물은 출렁거리며
활기찬 영혼의 푸른 밤하늘은 번개를 내지른다.
나는 내면과 외부를 가르는
경계를 잃고 세계와 하나 된다.
구름이 나의 가슴에 어른대고
숲은 내가 꾸는 꿈을 꾸고
집과 배나무는 나에게
같이 보낸 유년기의 잊힌 전설을 들려준다.
강물이 메아리치고 계곡은 내 안에 그림자를 드리운다.
달과 희미한 별만이 나와 함께 노니는 밤에.
그러나 온화한 밤

내 위로 부드러운 구름이 드리워진 밤은
엄마의 얼굴이 된다.
끝없이 샘솟는 사랑으로 웃으며 나에게 키스하고
그 옛날 꿈결처럼
사랑스러운 고개를 끄덕인다. 머리칼은
천지 가득 출렁이고, 하늘 위로 흔들리는
창백하게 반짝이는 수많은 별들.

어느 연주회의 휴식 시간

오늘 저녁 연주회는 여태 가던 공연과 많이 달랐다. 생소한 도시에서 생소한 언어에 둘러싸인 가운데, 낯설고 아늑하지도 않으며 건축도 변변찮은 연주회장에서, 아는 사람 하나 없는 관객 속에 앉아 피아노 공연을 보게 된 것이다. 그럼에도 연주 목록이 탁월했기에, 또 무엇보다 비르투오소 때문에 기꺼이 찾아왔다. 나는 지나간 어느 시절에 이 뛰어난 피아니스트의 연주를 몇 번이고 탄복하며 들었다. 그는 선천적으로 힘과 열정을, 에너지와 역동성이라 할 만한 것을 지녔고, 자신이 연주하는 것에 대한 경외심 또한 지니고 있었다. 그의 이력은 참으로 화려했는데 내가 아는 한 그는 자신의 연주 목록을 공허한 인기 명곡들로 채우지 않았다. 나는 나보다 열 살 젊은 그와 한때 가깝게 지냈다. 언젠가 독주자 대기실과 내 지휘자 친구의 집에서 만나고부터였다. 그는 베른의 내 집으로 찾아왔고 아내 미아의 피아노 앞에 앉아 자신이 작곡한 가곡들을 연주해주었다. 이 곡들은 그가 청년 시절에 작곡한 것으로, 내가 젊은 시절 쓴 시에 붙인 노래였다.

수십 년 전이었다. 우리는 오랫동안 만나지 않았고 소식을 전혀 모르기도 했다. 그리고 이제 노인이 되어 고달프고 즐겁지 못한 상황에서, 와본 적도 없고 처음에는 이방인이 된 기분으로 서름했던 이 생소한 지역에 얼마 동안 도피자이자 환자로서 와 있게 된 터에, 산책 중 어느 차고 벽에서 에드빈 피셔의 이름이 커다랗게 인쇄된 노란 포스터가 나를 바라보았고, 엄선된 바흐와 베토벤의 수려한 곡들을 들려줄 것이라고 약속하고 있었다. 나는 자석에 이끌리듯 저녁 두 시간 동안 이 모르는 소도시까지 왔다. 그렇게 지금 이 허름한, 하지만 음향은 나쁘지 않은 홀에 앉아 있었다. 평소라면 수십 년 내지 그보다 오랫동안 오며가며 마주쳐 낯이 익은 있는 노인들과 함께였겠지만, 그들은 이곳에 없었다. 나는 지금 이방인이 되어 전혀 모르는 공간에 앉아 있었다. 아는 얼굴은 없었다. 아니, 원로 같은 인물이나 단골 관객이나 노인 자체가 거의 없었다. 그 대신 젊은이들, 중고생들과 대학생들이, 싹싹하고 비판적이지 않고 고자세를 취하지 않는 관객들이 있었다.

수십 년 동안 내가 단골 관객이자 후원회원이었던 두 연주회장의 분위기와 얼마나 달랐는지! 그곳에서는 청중의 절대다수가 호호백발이었다. 그들 중에는 만년의 요아힘과 벨티헤어초크를, 심지어 말년의 프란츠 리스트를 알고 들었던 사람들도 있었고, 자기 집 마호가니 수납 책상에 코지마 바그너의 명함을 보관하고 있는 사람도 있었다. 느릿느릿 힘겹게 좋아하는 좌석에 자리 잡고 나면 사람들은 한 고령의 열렬한 애호가를 가리키며 그의 이름을 소곤거리기도 했다. 반세기 전부터 그 홀에서 열린 모든 연주회를 방문했고, 유명한 여자 성악가가 공연하면 무대 위로 꽃다발을 올려보내주거나 대기실로 사탕을 가져다주는 사람이었다. 그는 비교적 젊었을 때, 음악계가 아직 현대적 비판 정신에 물들지 않았을 때 도시 호외 소식지에 찬사 가득한 연주회 리뷰를 실었는데, 한번은 사라사테에 대해 이렇게 썼다고 한다. "오늘 우리는 벅찬 가슴으로 이렇게 말해도 될 것이다. 사라사테는 다른 누구도 아닌 자기 자신을 뛰어넘었다."

반면 이곳은 익숙하지도 않고 나 같은 노쇠한 사람은 고립되는 듯한 분위기였다. 그래도 젊음, 과시적 우정, 좋은 기분, 근심 걱정 없고 감상적이지 않은 현재, 발랄하게 열린 태도, 몰두할 태세 등이 만발해 썩 근사하고 마음에 들었다. 고통과 근심으로 인한 나 자신의 고독과 침울은 그 분위기 앞에서 움츠러들고 부끄러워질 수밖에 없었다. 그럼에도 이 분위기는 사랑스럽고 기분 좋았다. 이 젊은 청중에게는 주의력도 있었다. 연주자를 향한 존중과 갈채

또한 충분했다. 어지간한 정도이긴 했지만. 비평 중독인 청중이나 푹 빠진 청중, 히스테리컬한 전문 청중과도 거리가 멀었다. 이 유쾌한 젊은이 중 누구도 이날 저녁의 독주자를 반세기 전에 죽은 안톤 루빈슈타인과 비교하려 들지 않았다. 이곳에는 남모르게 눈물을 훔치는 이도 없었으며, 공연을 만끽한 뒤 연주의 세세한 부분에 대해 긴 대화가 이어지는 일도 없을 것이다. 이 유명한 음악가가 한물간 사람이 아니라, 사십 년 전부터 성공과 환호를 누렸다는 사실도 이 젊은 청중에게는 별 의미가 없었고 거리감을 조성하는 편에 가까웠다. 프렐류드와 소나타 연주를 듣고 비르투오소의 이름과 모습을 보면서 자신의 청춘을, 전설 같은 전전戰前 시대를, 저물어버린 세상의 저녁 음악회를 기억할 이들은 거의 없었다. 지나간 과거와 돌이킬 수 없는 보석 같은 시간을 되새길 이들은 열 명이나 앉아 있었을까. 나는 이 건강하고 순진한 청춘의 곁에서 나 자신이 몇 배는 더 철 지나고 늙었을 뿐 아니라 시대에 안 맞게 감상적이라 느꼈다. 그렇게 음악을 듣는 방식과 자세로 인해 다른 청춘들과 거리감을 느끼긴 했지만 내 본모습 가운데 아직 젊은, 시대와 나이를 초월해 있는 자아는 기분이 아주 좋았다.

떠들썩한 환영의 박수로 공연이 시작되고 예의 그 익숙한, 못 본 지 이십 년은 되었을 음악가의 모습이 무대에 나타났다. 몸은 늙었지만 마음 아주 깊은 구석은 이 홀에서 가장 젊고 가장 어린애 같을지 모를 나는 뭉클해졌다. 그는 튼튼하고 억센 긴 팔을 늘어뜨린 채 살짝 구부정하게 선 나이 든 모습이었다. 하지만 말 안 듣는 소년처럼 듬성듬성 난 회색 머리칼 말고는 세월의 흔적이 보이지 않았다. 친숙한 옛 모습 그대로였다. 품 넓은 커프스밖으로 보이는 힘세고 하얀 손은 큼직하고 통통했고, 쇠약해진 시력으로 바라본 그의 얼굴은 그저 환한 가면처럼보였다. 그래서 일련의―몸을 숙여 인사하고 의자에 앉아수평을 확인하고 잠깐 숨을 쉬며 홀 안에 적막을 끌어올리고 양손을 건반에 올려놓는―동작들이 더욱 익숙하게다가왔다.

한때 나는 그가 행하는 이 의식을 자주 지켜보았다. 처음 몇 번은 열 살 많은 동료로서 그저 호의적인 눈빛을보냈다. 무관심하고 나태하면서도 너무나 쉽게 감화되는대중과 대결해야 하는 예술가의 감정과 공개 석상에 설때의 기분을, 나 역시 소규모 작가 초청 여행 경험 덕분에잘 알기 때문이다. 그런 감정들은 단순한 무대 공포증으로 시작되거나, 이 미끄러운 마룻바닥에 서겠다고 기꺼이유혹당한 미련하고 허영 많은 나 자신과 대중에 대한 경멸 어린 반감으로 시작되었다. 드물게 운이 좋은 경우 그런 감정들은 청중을 압도하거나 청중과 동화되어 생기 넘치는 상태로 끝나거나, 나 자신의 고유한 인격이 해체되는 기이한 상태로 끝났다. 그런 상태는 한 시간만 지나도 내가 왜 그랬는지 이해할 수 없게 되고, 양심의 가책을 느끼지 않고는 회상할 수도 없었다.

동료로서 내가 보낸 호의는 그의 곤란한 마음을 은근히 즐기며 보낸 것이기도 했다. 나는 하지 않게 된 그런 의식을 나보다 젊은 인물이 행하는 것을 바라보면서 흐뭇한 웃음을 보냈던 것이다. 그러나 이런 마음은 얼마 안 가서 곧 다른 입장에 자리를 내주었다. 나이 차이는 별 의미가 없게 되었다. (그렇지만 오늘은 또 이 나이 차이가 어찌나 크게 느껴졌는지!) 유명 인사와 성공한 사람—대중으로부터 조야한 인정과 칭송을 받고, 이제는 그 가치가 땅에 떨어진 단어 '거장'으로 불리는 사람—인 존경할 만한 동료, 우리 둘은 서로의 눈에 그런 존재일 뿐이었다. 짐작건대 둘 다 유명세에 꽤 피로감을 느꼈다. 하지만 우리는 대중이 닿을 수 없는 아주 좁은 활동 영역에서 모종의 비의를, 기술자이자 예술가로서 작업 자체에 대한 희열을 꾀했다. 그 작업이 미칠 영향력에 구애받지 않고. 그러는 가운데 존중할 만한 동료라는 인상 외에도 서로에 대한 따뜻한 감정이 계속 있었을 것이었다. 옛 기억들로 유지되는 은연중의 호감과 애틋함이. 적어도 나는 그랬다.

내게 에드빈은 그 어떤 비르투오소보다도 더 베토벤 협

주곡 두 곡과 내가 정확히 알고 있다고 믿었던 쇼팽의 여러 곡을 친숙하게 만들어준 사람이었다. 그는 또 내가 칩거하던 곳을 두 차례 찾아와 자신이 소년 시절에 내 초기 시를 애독했다고 말하면서 자기 가곡들을 연주해준 사람이었다. 엘리자베트를 향한 내 시들의 분위기가 쇼팽에서 기원하는 반음계법이며 섬세한 기교와 잘 어우러진 곡이었다는 게 또렷이 기억난다. 어쩌면 그의 내면에도 저 나지막하고 수줍은 호감과 애착이 얼마간은 남아 있을지도 모를 일이었다. 어쨌든 그 오랜 세월이 흐른 뒤에 본 그의 모습, 자세, 타건과 연주는 내 안에 아름답고 진심 어린 추억들을 일깨웠다. 나는 공연 전반부가 끝날 무렵, 휴식 시간에 그를 찾아가 악수를 건네고 싶었다. 홀을 빠져나가 저 모든 활기찬 젊은이들을 뚫고 대기실까지 가서 이런저런 질문을 하는 건 아주 고단한 일이겠지만. 통풍을 앓는 발에 특히 무리가 갈 것이다. 하지만 만일 에드빈이 나를 다시 알아본다면, 만일 이십 년도 지난 지금 우리의 재회가 그를 기쁘게 한다면, 그래서 짧게나마 지난 추억을 나누게 된다면, 이런 고생은 할 만한 가치가 있을 것이었다.

나는 내 의욕에 스스로도 약간 놀라며 그 까다로운 행동에 나섰다. 시끌벅적 붐비는 로비를 지나, 고도로 복잡한 건물 내부—속으로는 이 건물을 언젠가 악몽 장면에

써먹으려고 새기면서—통로와 계단실을 지나, 연주회장보다 두 층 아래 있는 지하 구역에 도착했다. 복도에는 의자와 박스가 잔뜩 쌓여 있어 문까지 가려면 좁은 길을 통과해야 했다. 한 무리의 젊은이들이 독주자가 머물고 있을 대기실의 문을 포위하고 있었다. 그들은 숭배자들이며 사인 수집가들이었는데, 침착한 몸짓과 고요하고 차분한 태도가 보기 좋았다. 모두가 모여든 이 볼품없는 문은 그들의 전진에 마법의 힘을 실어 저항하는 것 같았다. 아무도 이 문을 연다든가 튼튼한 손마디로 두드릴 엄두를 못 냈기 때문이다. 어떤 마력이 그들을 제지하고 있었고 조용히 기다리도록 강제했다. 숭배자 그룹에 도달하자마자 나 역시 이내 그 마력에 장악당한 듯했다. 몸이 굳어 멈춰 섰으며, 내 바람과 다짐을 접어 내렸고, 마법의 주문대로 마비되었다. 대충 칠해진 회색 문 뒤에 있는 것이 분명한 그 남자. 그는 휴식을 취하려고 잠시 누워 있거나 초조하고 흥분해서 대기실 안을 서성이고 있을 것만 같았다. 그런데 아니, 그렇지 않았다. 그는 연주하고 있었다. 연주회용 그랜드피아노가 아닌 낡은 연습용 피아노로 나지막이 섬세하게. 그가 연주하고 있던 것은 연주회 후반부에 들려줄 쇼팽이 아니라 바흐였다. 〈평균율 클라비어 곡집〉의 프렐류드와 푸가였다.

우리는 말없이 미소 지으며 서 있었다. 귀 기울이고 바닥을 바라보면서 기다렸다. 이 연주가 멎는 걸 반가워해야 할지 몹시 아쉬워해야 할지 모르는 채로. 휴식이 시작된다고 해서 안으로 들어가거나 노크할 용기를 낼 수 있을지 모르는 채로. 이전에 연주회장에서 젊은 관객과 나 사이에 느껴졌던 넓은 간격이 지금 이곳에서는 하나도 느껴지지 않았다. 우리는 서서 미소를 머금은 채 귀 기울였다. 꼼짝없이 사로잡힌 채 서서 귀 기울이는 시간이 무한히 계속되었다 해도 우리 중 누구도 애석해하지 않았을 것이다. 발이 아프지 않았던가? 아니다. 발이 아팠다. 그러나 아무 상관 없었다. 발의 통증은 다른 차원, 다른 세상과 시간 속에서 일어나는 일이었다. 나직하지만 맑고 평화롭고 밝고 비현실적일 만큼 성스러운 음악이 회색칠된 나무판자 저편에서 샘솟고 있었고, 지금 내가 나를 꼼짝없이 사로잡은 문 앞에 서 있는 것처럼 요제프 크네히트*가 언젠가 야코부스 신부의 방문 앞에 서서 소나타 연주에 귀 기울였던 장면이 떠올랐다.

아름다움의 마법은 얼마간 덧없음에서 나온다. 이 마법과 황홀경 또한 몇 분밖에 지속되지 않았다. 일상의 시간으로 따져보면 그렇다는 이야기다. 우리 뒤에서 목표 의식이 투철한 발소리가 계단을 따라 울려왔다. 검은 코트

* 헤르만 헤세의 장편소설 『유리알 유희』의 주인공.

와 줄무늬 바지를 입은 한 신사가 힘찬 걸음으로 걸어오고 있었다. 저녁 음악회 주관에 힘을 쓰는 주요 인사 중 하나겠지. 아마 위원회의 일원일 것이다. 그는 무엇이 우리를 동화 속 이야기처럼 꼼짝없이 사로잡고 있는지 알고 싶어하지 않았다. 전혀. 그런 마력은 그를 사로잡을 수 없기 때문이다. 힘차고 잘생기고 우아하고 자신감에 찬 그는 머뭇머뭇 풀어지는 우리 사이로 들어섰고, 그를 미처 못 본 듯한 한 소녀를 피하더니 다른 소녀를 재빨리 사뿐 밀어내고, 과감하게 문손잡이를 잡고는 주저 없이 문을 열고 들어갔다. 나는 순발력이 동해 그의 뒤에 바싹 붙어 함께 들어갔다. 피아노에서 푸가가 차곡차곡 싹을 틔우는 동안, 우리는 피아노 앞에 앉아 눈을 반쯤 감고 〈평균율 클라비어 곡집〉을 기억 속에서 불러들이고 있던 그 남자에게 다가갔다. 그는 아무렇지 않게 곡을 연주하면서, 우리가 그의 곁에 바싹 멈춰 서자 무아경에 취한 푸른 눈으로 우리를 다정하게 올려다보았다. 그리고 앞선 남자가 자기를 소개했을 때에야 비로소 연주를 멈췄다.

내가 하려던 이야기는 여기까지다. 그 뒤에 있었던 일에 대한 기억은 중요하지 않다. 그 일은 황홀하지도 실망스럽지도 않았다. 에드빈은—생각해봤다면 나도 예상할 수 있었을 텐데—나를 알아보지 못했다. 하지만 그에게 언젠가 우리가 맺었던 관계를 되새겨주었을 때 그는 상냥하고 정중했다. 나는 이 분 동안 머물렀고 시작종이 울리는 시간에 맞춰 다시 홀의 내 자리에 앉았다. 이 연주회 휴식 시간에 했던 더없이 아름다운 체험은 비르투오소와 나눈 몇 분 안 되는 대화가 아니었다. 기다리는 이들, 사로잡힌 이들, 귀 기울이는 이들과 함께 문 앞에 서 있던, 분침으로는 측정할 수 없는 시간이었다. 바흐의 〈클라비어 곡집〉 연주에 귀 기울이며 행복해하고 영혼이 풍요로워진 시간이었다. 저 초라한 지하 휴식 공간에서 그 유명한 음악가는 그 음악 속으로 도피할 줄 알았던 것이다. 나는 희미한 고통을 느끼며 떠올렸다. 몇 년 전 발트첼과 몬테포르트*에 잠겨 있는 동안 비슷한 경험을 했다는 것을.

* 헤세의 장편소설 『유리알 유희』에서 주인공 크네히트가 세상과 동떨어져 교육을 받고 연구와 명상을 수행한 곳.

카덴차에 대한 한 문장

250년 전부터 음악 전문가들이 '협주곡'이라고 지칭한 오
케스트라와 독주 악기의 음악적 대화나 대결이나 사랑 속
에서, 독주 악기가 거대한 상대와의 씨름에서 벗어나, 하
나의 음악적 주제를 발전시키고 변화시키고 계속 진행하
면서 그저 조수에 지나지 않던 역할로부터도 한순간 벗
어나, 기능과 요구 사항과 과제와 책임과 유혹 등으로 짜
인 너무나 복잡하다 할 세계에 휘말려들었던 시간에서 해
방되어, 어마어마하게 세분화되고 서로서로 의존하는 가
운데 다른 모든 연주자에게 의무를 다했던 실존으로부터
어느 정도 해방되어, 몇 마디 동안 오직 자신만의 고향을
찾아 개인의 세계로 거듭 돌아온다면, 자기에게만 속하는
영역으로 그리고 자기 존재의 무구함과 자유와 고유 법
칙으로 돌아오는 이 한시적 귀향은 그에게 완전히 새로운
추동력과 호흡을 선사하는 것만 같고, 그동안 파트너를
배려하느라 묶어두고 자제했던 것을 시원하게 터뜨리는
것만 같으며, 자기 자신과 자신의 가능성에 대해 도취경

에 가까운 기쁨을 만끽하는 것 같고, 다시 획득한 자신의 자유를 만끽하고 자기 고유의 풍취에 흠뻑 취해보라고 초대하고 자극하는 것 같으며, 포획에서 풀려난 한 마리 새처럼 처음에는 포르르 길게 연속되는 트릴로 환호하다 다시 자신의 힘을 깨닫고는, 한달음에 패시지로 질주해 하늘하늘 너울대다가 승리감에 휩싸여 높이 올라갔다가 취한 듯 저음을 향해 추락했다 하며, 솟구쳐 날아올라 범접할 수 없는 경지의 것을, 실로 비르투오소의 황홀경에서는 만날 수 없는 것을 경험한다.

(1948년 헤세는 작곡가 빌 아이젠만에게 쓴 편지에서 이 글에 대해 다음과 같이 설명한다. "보시다시피 이 문장은 카덴차를 설명하는 것이라기보다, 단 하나의 문장으로 카덴차를 조금이나마 따라해보려고 재미있게 써본 것입니다.")

어느 음악가에게

얼마 전 에리히 발렌틴의 작고 예쁜 책 『가정음악』을 보내주셨지요. 저는 그 책을 읽으면서 감흥 돋는 시간을 보냈습니다. 당신과 저자께 감사드립니다. 17세기에 발표된 수많은 바로크 음악 작품들이 줄줄이 나오는 첫 장부터 곧바로 매료되었습니다. 고서점 카탈로그만큼 지대한 관심과 재미가 느껴지는 책은 없다는 아나톨 프랑스의 고전적 문장이 떠오르더군요. 이 책은 학술적 풍모와 대중성 사이에 보기 좋게 자리를 잡고, 지식과 연구의 어마어마한 재료를 아주 앙증맞은 공간에 쌓아올리면서, 이 공간을 휘적휘적 건너가면서, 음악사적 소양을 그럭저럭 갖춘 독자에게 '가정음악'이라는 개념의 역사와 이 단어가 오늘날의 의미가 되기까지의 변화를 보여줍니다. 그뿐만 아니라 음악사와 음악 해석 분야에서 축적된, 이 분야의 역사가 일천한 편인 것 치고는 양이 상당한 문헌을 일람하는 과정에 우리를 친절히 데려가줍니다. 읽는 동안 언제고 한번 읽거나 넘겨보았던 책들을 두루 떠올리게 되더라고요. 음악가의 역할에 맞세워 청자의 역할을 조명하고 이 역할을 보통보다 높이 평가한 노력, 정말이지 그저 만 끽하는 자이며 아무것도 연주할 줄 모르는 이를 함께하는 이이자 조예 있는 이로 격을 높여준 노력, 긴 소파 위에 드러누워 있는 라디오 청취자이자 레코드판 청취자에게 정당성을 부여한 노력 또한 읽는 내내 유쾌했고 약간 으 쓱해지기까지 했습니다. 상당수의 청취자들이 그런 칭송 을 들을 자격이 있지요. 이런 칭찬을 들으니 저도 기쁜 마 음으로 라디오를 들으며 경험했던 새롭고 아름다운 일화 를 들려드리고 싶습니다.

저는 나이가 들어서야 라디오와 축음기를 즐겨 듣게 되 었습니다. 저의 음악 체험들을 회고해보면 태어나 가장 먼저 향유한 것도, 저를 몇몇 장르에 조예가 있는 애호가 로 다듬어준 것도 전파로 수신된 음악이나 녹음된 음악이 아니었습니다. 네, 제가 방 안에서 고독하게 음악을 홀짝 이며 들이켠 세월에 앞서 공개 연주회, 오페라 공연, 음악 축제, '참되고' 거룩한 장소에서 연주된 교회음악 등을 경 험한 수십 년이 있었습니다. 연주회장에서, 극장에서, 교 회에서, 지향이 같고 정서가 비슷한 청중과 함께 모여들 었던 시간이요. 이들은 음악에 깊이 빠져 귀 기울이며 경 건한 마음으로 몰두한 표정을 하고, 환해진 내면과 은총 의 기쁨으로 아름다움을 피워내곤 해서, 가끔은 그런 얼굴이 직접 듣고 있던 몇 마디 음악보다 더 정신을 사로잡았습니다. 저는 수십 년 전 언젠가 취리히 톤할레에서 폴크마 안드레에가 지휘한 〈요한수난곡〉 공연을 보았습니다. 그날부터 〈요한수난곡〉 마지막 합창을 들을 때마다 그 공연이 생각납니다. 제 앞에 나이 든 부인이 앉아 있었는데, 공연 내내 그분을 의식하지 않고 있었어요. 마지막 합창의 울림이 사라지고 청중이 떠나기 시작했을 때, 폴크마가 지휘봉을 내려놓았을 때, 여느 때처럼 아쉬움을 느끼며 마지못해 작별하면서 저 또한 속세로 귀환하려던 참에, 제 앞의 그 부인도 일어나 서서히 몸을 일으켜 떠나기 전 잠시 가만히 서 있었는데, 그녀가 고개를 약간 옆으로 돌리자 그녀의 뺨 위로 눈물이 하염없이 흐르고 있었습니다.

그렇게 귀와 눈이 함께하고 선물받은 일은 그때뿐만이 아니었습니다. 헨델이나 비발디 연주회에서 현악기들의 장중한 발걸음을, 혹은 깡충거리거나 돌진하는 발걸음을 눈으로도 보았습니다. 활기 있고 일사불란하게 지저귀는 바이올린 활들, 묵직하게 내리긋는 더블베이스 활들을요. 음악을 들으며 지휘자와 독주자를 바라보았지요. 그중 많은 이들이 제 친구였고 잘 아는 사람들이었습니다. 작곡가, 지휘자, 비르투오소, 성악가 들과의 교제와 만남은 저의 음악 생활과 음악교육에 꼭 필요한 일이었고요.

특별히 화사하게 빛났던 몇몇 축제나 교회 연주회들을 지금 떠올려보면, 음악만 다시 들리는 게 아니라 그 시간의 특별한 분위기와 온도도 함께 느껴집니다. 디누 리파티의 감동적인 자태도, 고상한 파데레프스키도, 날렵한 사라사테도, 쇠크의 빛나는 눈도, 리하르트 슈트라우스의 무심히 군림하는 지휘도, 토스카니니의 열광적인 모습도, 푸르트벵글러의 과민한 모습도 눈앞에 떠오릅니다. 건반 위에 침잠해 있는 부소니의 사랑스러운 얼굴도 보이고, 사제 같은 자세로 오라토리오를 부르는 필리피도 보이고, 〈대지의 노래〉 마지막 악절에서 눈을 휘둥그레 뜬 두리고도 눈에 선합니다. 에드빈 피셔의 튼튼한 소년 같은 머리도, 한스 후버의 집시처럼 날카로운 옆모습도, 안단테 악장을 연주하는 프리츠 브룬의 아름답고 폭넓은 팔 동작도 보입니다. 그 외에도 스무 명, 아니 백 명의 다른 귀하고 소중한 자태와 얼굴과 동작이 기억 속 이미지로 펼쳐집니다. 이 모든 장면이 라디오를 들을 때는 보이지 않아요. 텔레비전은, 그런 게 있다고 말로만 들었고요.

발렌틴의 책 속 두 구절에 대해, 당신께서 저자에게 전달하실 수 있도록 몇 마디 드리고자 합니다. 저자가 '슈트라우스 부인'의 노래를 듣는, 뫼리케를 인용한 대목입니다. 슈트라우스 부인은 한때 유명했던 오페라 가수 아그네제 세베스트인 것이 분명합니다. 불행한 결혼 생활을 계속했던, 『예수의 생애』 저자로 더 유명한 다비트 프리드리히 슈트라우스의 아내이기도 하고요. 이 결혼 생활의 애끓는 이야기는 슈트라우스와 프리드리히 테오도어 피셔 사이에 오간 편지를 통해 알 수 있습니다. 필요 이상 정확하게요.

수정이 필요한 또 다른 대목은 제 친구이며 후원자인 한스 콘라트 보드머에 관한 부분입니다. 책에는 이렇게 쓰여 있습니다. "취리히의 의사 한스 콘라트 보드머는 베토벤 전문가였다." 이런 설명은 너무 빈약하며 사실과 다르기까지 합니다. 친구 보드머는 의사도 아니었고 그 어떤 면에서 보아도 전문가가 아니었습니다. 그는 서른여섯에 의학 공부를 시작해 박사 논문 시험을 비롯한 모든 시험을 통과했습니다만, 의사로 일한 적은 없습니다. 젊은 시절 음악을 전공한 그는 아마도 지휘자가 되고 싶었을 겁니다. 그는 평생 많은 중요한 음악가들의 앨범을 모았고, 몇십 년 동안 가장 방대하고 귀중한 베토벤 앨범들을 모아 본의 베토벤 아카이브에 아낌없이 기증했습니다. 하지만 베토벤 전문가는 아니었습니다. 한 작곡가만 파고들기에는 그의 관심 영역이 굉장히 넓었거든요. 물론 그가 베토벤을 가장 사랑하고 베토벤에 가장 열광했다 해도요. 그는 최근 음악사 전반에 해박했고 몇몇 동시대인들을, 특히 말러를 마음 깊이 아꼈습니다.

앞에서 당신에게 새로운 라디오 체험에 대해서도 전해 드리겠다고 약속했지요.

쇼팽 연주회였습니다. 푸총이라는 중국인이 연주했고요. 저는 그 이름을 이 방송에서 처음 들었고 그의 나이, 악파, 신상에 대해 전혀 알지 못합니다. 근사한 연주 목록이 매혹적이었습니다. 물론 청년 시절 열렬히 사랑했던 쇼팽을 중국인의 연주로 듣는 일에 대한 특별한 예감에도 강하게 이끌렸고요. 그의 연주는 황홀했어요. 저는 만년의 파데레프스키, 신동 라울 코샬스키, 에드빈 피셔, 리파티, 코르토, 그리고 다른 여러 위대한 피아니스트들의 쇼팽 연주를 들었습니다. 쇼팽은 여러 방식으로, 그러니까 냉정하면서 정확하게, 녹아내리듯 부드럽게, 추진력 넘치고 변덕스럽고 제멋대로 연주되었어요. 어떤 때는 음의 매력이 한껏 오르고, 어떤 때는 분화된 리듬이 도드라지고, 어떤 때는 경건하고, 어떤 때는 당돌하고, 어떤 때는 소심하고, 어떤 때는 허영심에 찬 음악이 되었지요. 황홀했던 시간도 많았습니다. 하지만 쇼팽을 올바르게 연주하는 방식에 대한 저만의 상에 부합하는 일은 극히 드물었어요. 제가 생각하는 연주 방식은 이상적일 뿐 아니라 실제 쇼팽의 연주 방식을 염두에 둔 것입니다. 얼마를 내더라도 평생 쇼팽을 연습했던 앙드레 지드가 연주한 발라드를 직접 들을 수 있으면 좋을 텐데요.

자, 저는 연주를 들은 지 몇 분 만에 이 낯선 중국인을 존중하고 사랑하게 되었습니다. 그는 자기가 하는 일을 완벽하게 감당할 수준에 있었습니다. 저는 그의 기교적 완결성이 최고라고 예상했습니다. 중국인의 지구력과 능숙함이라면 두말없이 믿어볼 만했지요. 그는 실제로 기술적인 면에서 비르투오소다운 완벽성을 갖추고 있었습니다. 코르토나 루빈슈타인도 그 완벽성을 뛰어넘지는 못했을 거예요. 하지만 그게 다가 아니었습니다. 제가 들은 건 그저 대가다운 피아노 연주가 아니었습니다. 제가 들은 건 쇼팽이었습니다. 제대로 된 쇼팽요. 그것은 바르샤바와 파리를, 하인리히 하이네와 젊은 리스트의 파리를 생각나게 해주었습니다. 제비꽃 향기와 마요르카섬에서 맞는 비의 향기가 났어요. 최상류 살롱에서 풍기는 향기도요. 음악은 멜랑콜리하면서도 고귀한 느낌을 자아냈고, 리듬의 분화와 셈여림의 차이는 섬세했습니다. 기적이었어요.

　다만 저는 그 천부적 재능을 지닌 중국인을 눈으로도 보고 싶었습니다. 방송이 끝났을 때 질문이 하나 떠올랐는데, 그 답을 그의 자세와 동작과 얼굴에서 얻을 수 있을 것 같았거든요. 질문이란 이겁니다. 천부적 재능이 있는 이 사람은 이 작품이 지닌 유럽적인 것, 폴란드적인 것, 파리지앵적인 것, 그런 우수와 회의를 내면 깊이 이해했을까? 아니면 선생, 동료, 거장, 본보기를 보고 연주의 뉘앙스 자체를 모방하고 외워 익힌 걸까? 저는 그가 똑같은 곡들을 한 번 더, 여러 번 더, 다른 다양한 날에 어떤 식으로 연주하는지 들어보고 싶습니다. 그 연주자의 모든 것이 진실되고 가치 있는 것이라면, 푸총이 정말 제가 기대해왔던 그런 음악가라면, 그는 새로운 공연을 선보여야 합니다. 아니면 미미하더라도 다른 특징을 담은 새롭고 일회적이고 독창적인 연주를 보여주어야 해요. 환상적인 레코드판을 재생한 것 같은 연주여서는 안 됩니다.

자, 언젠가는 답을 얻을지도 모르지요. 이 질문도 나중에야 떠오른 것입니다. 연주 내내 매여 있던 질문은 아니고요. 또 그의 연주를 듣는 동안 어떤 순간에는 동양 출신의 그 남자가 보이기까지 했습니다. 물론 현실의 푸총이 아니고, 제가 상상하고 지어내고 꿈꾼 사람이요. 제 안에서 그는 장자의 모습 혹은 옛 중국 소설집 『금고기관』에 나오는 인물과 닮았어요. 그리고 그의 연주를 수행하는 손은—제겐 그렇게 보였습니다—확신에 차 있고 완전히 해탈해 도를 착실하게 따르는 손이었습니다. 그 손으로 옛 중국의 화가들은 먹붓을 놀렸지요. 어렴풋이 보이는 세계와 삶의 의미, 그 행복한 시간에 그림과 글씨로 다가서려고 말이에요.

모래 위에 쓰인

아름답고 매혹적인 것이
단지 한 번의 입김이고 전율일 뿐이라는 것
값지고 황홀한 것이
잠깐의 우아함이라는 것
구름, 꽃, 비눗방울,
불꽃놀이, 아이들의 웃음,
유리 거울 속 여자의 시선
그리고 많은 경이로운 것들
그것들은 발견되자마자 사라진다는 것
단지 한순간 지속될 뿐이라는 것
그저 향기이며 바람의 흩날림일 뿐이라는 것
아, 슬프게도 우리는 그것을 알고 있다.
그리고 언제까지나 멈춰 있는 것은
우리에게 그다지 소중하지 않다.
서늘한 불을 품은 보석,
형형히 빛나는 황금 타래 같은 것은.

셀 수 없이 많은 별들조차
멀리 있고 서먹하다. 별들은
덧없는 것들만 못하다.
영혼 가장 깊은 곳에 닿지 못한다.
그래, 지고의 아름다움은
사랑스러움은 쇠락하는 것에 끌린다.
가장 값진 것은
언제든 부서질 수 있다.
음악의 소리, 생겨남과 동시에
이미 떠나가고 사라지는 음악의 소리는
그저 흩날리고 흘러가고 뒤늦게 따라가면서
나직한 애도의 기운에 싸여 있다.
음악은 심장 한 번 박동하는 순간의 시간 중에도
사로잡을 수 없는 것이기에.
한 음 한 음 부딪쳐 나는가 싶으면
이미 사라지고 흘러가버린다.

우리의 심장은 스쳐지나가고
흘러가버리며 살아 있는 것에
친히 충성을 바친다.
단단한 것, 계속해서 유용한 것을 믿는 대신.
고여 있는 것은 우리를 금방 지치게 한다.

바위와 별의 세계와 보석은 우리를 지치게 한다.
우리를 변화로 끝없이 몰고 가는 것은
바람과 비눗방울처럼 순식간에 터져버리는 영혼,
시간과 하나 된 것들, 지속을 모르는 것들이다.
그런 우리에게는 장미 이파리의 이슬이
한 마리 새의 구애가
구름이 희롱하는 죽음이
흰 눈의 반짝임과 무지개가
이미 날아가버린 나비가
터져나온 웃음소리가
지나는 길에 우리를 잠시 스친 그 소리가
환희를 선사하고
고통을 주나니. 우리는 사랑한다,
우리와 하나인 것을. 우리는 이해한다,
바람이 모래 위에 써놓은 것을.

2
"이성과 마법이 하나 되는 곳"
음악 체험, 작곡가와 연주자에 대한 편지, 소설, 일기, 서평, 시 그것이야말로 음악의 비밀이다. 음악이 그저 우리의 영혼만을 요구한다는 것, 하지만 오롯이 요구한다는 것 말이다. 음악은 지성과 교양을 요구하지 않는다. 음악은 모든 학문과 언어를 넘어 다의적 형상으로, 하지만 궁극적인 의미에서 항상 자명한 형상으로 인간의 영혼만을 끝없이 표현한다.

여덟 살 무렵 귀가 깨어나면서 몽상에 젖을 때마다 선율에 빠져들기 시작했다. 자유 시간이면 살며시 성당 문을 열고 들어가 오르가니스트의 연주를 듣곤 했다. 오르가니스트는 그곳에서 몇 시간이고 자기 예술에 몰입해 있었다. 나는 학교 가는 길에도 정원에서도 잠자리에 들어서도 수많은 성가곡과 가곡 선율을 흥얼거리며 일찌감치 마음에 새겨넣었다.

아홉 살 생일에 부모님이 바이올린을 선물해주었다. 그날부터 이 밝은 갈색 꼬마 바이올린은 어디든 나와 함께 다녔다. 여러 해 동안. 바이올린과 함께 나에게는 은둔처, 내적 고향, 피난처가 생긴 셈이었고, 그 후로 수많은 감정의 동요와 기쁨과 근심을 그 안에 묻어두었다.

선생님은 내 연주를 만족스러워했다. 내 음감과 기억력은 예리하고 지나치게 정확했으며, 여러 해 동안 배워나가면서 차츰 바이올리니스트의 면모를 지니게 되었다. 탄탄하고 능숙한 팔, 유연한 관절, 지구력 있고 힘 있는 손가락.

유감스럽게도 음악은 돌연 나쁜 것으로 여겨졌다. 내가 음악에 완전히 사로잡혀 학과 공부에 시큰둥해졌기 때문이다. 하지만 음악 덕분에 나는 공명심이나 소년 특유의 난폭함을 발휘해 거친 장난질을 하거나 객기를 부리지 않을 수 있었고, 내 열기와 정열을 차분히 가라앉혔으며, 말수 없고 원만한 성격의 소유자가 되었다. 나는 전문 연주자 훈련을 받지는 않았다. 내 선생님은 심지어 딜레탕트였다. 그래서 수업은 즐거웠고, 엄격한 연습과 정확성보다는 금방 뭐라도 연주할 수 있는 것을 목표로 삼았다. 어머니 생일에 처음으로 성가곡을 연주한 일은 즐거운 사건이었다. 뒤이어 첫 번째 가보트, 첫 번째 하이든 소나타! 나자신은 기쁨과 허영심으로 가득했다. 그러나 내 천성은 내 결함을 감지했고, 그 결과 날렵한 보잉이라든가 위험한 유의 딜레탕트적 열광으로부터 나를 지켜낼 수 있었다.

(『헤르만 라우셔의 유고 산문과 시』 중 「나의 유년」에서, 1896년)

바이올린 레슨 시간은 즐거워요. 함께 레슨받는 우리 넷은 벌써 새롭고 몹시 낯선 보잉을 배울 정도가 되었어요. 하시스 씨가 가창 레슨도 해주시고요. 아주 제대로 된 레슨이에요. 처음 세 시간 동안은 입 모양을 둥글게 만드는 법을 배웠어요. 저는 베이스 성부를 맡았어요. 제 목소리는 벌써 독특한 저음을 내거든요. 이제 베이스 악보도 익혀야 하는데, 매번 다른 성부와 헷갈리네요. 베이스 성부를 맡은 우리는 이제 낮은음자리표를 부를 수 있게 됐어요. '라, 아, 파우, 이' 하면서요. 우리가 몇몇 화음을 '오' 하고 부르면 우스꽝스럽게도 탄식하는 소리만 울려 나와요. 상상해보세요. 변성기에 접어든 소년 열일곱 명이 소리를 겨우겨우 끄집어내는 장면을요.

체 데 에 에프 게 오-오-오-오-오 등등.

그러고 나서 한 명씩 혼자 불러야 하는 시간이 오면, 자기 차례가 된 아이는 자세를 제대로 취하고 입을 충분히 크게 벌리고 집중해서 숨을 '깊이 들이마셔야' 해요. 그러면 나머지 아이들은 정말 생사를 오가는 시련에 빠진답니다. 웃음이 터질 지경인데 한껏 진지한 척하고 있어야 하니까요… 엄마 아빠도 이미 알고 계시듯이 저는 제일 큰 방인 헬라스*에서 지내잖아요. 가끔 저녁에 저희 방으로 선배들이 다 같이 놀러오는데, 그럴 때면 정말 아름다운 풍경이 펼쳐져요. 보통은 먼저 소박하게 현악 연주를 하

---

* 마울브론 신학교 재학 시절 헤세가 살았던 기숙사 방 이름.

고 그다음에는 노래를 불러요. 노래가 아주 아름다워요. 두 대의 첼로, 여섯 대의 바이올린, 비올라 한 대, 더블베이스 한 대, 두 대의 플루트가 반주하는 가운데 상급반이 다 함께 별별 아름다운 민요를 다 불러요. 성가곡도 부르고요. 학생들이 둘러앉거나 서서 연주하는 광경을 상상하시면 웃음이 나실지도 모르겠네요. 하지만 노래는 전부 무척 아름답답니다. 그때그때 연주하는 노래를 부를 줄 몰라 방해가 될 사람은 누구도 나서면 안 돼요. 그런데 그렇게 다들 들떠서 제멋대로 부르다 보면 레나우의 가사를 엉망진창으로 만들어버릴 때도 있어요.

> 베이스의 폭풍우에서 벗어나
> 한없이 감미로운 갈망에 젖어
> 묘지의 세이렌 바이올린이 노래하고.*

그러면 우리 방 아이들은 방 주인의 자격으로 첼로, 플루트, 더블베이스 연주자와 다른 방문객 모두를 쫓아버리곤 해요. 그러면 항상 한바탕 야단법석이 나고요.

(열네 살 때인 1891년 1월 4일, 마울브론에서 부모님에게 보낸 편지에서)

---

* 오스트리아의 시인 니콜라우스 레나우의 「세레나데」 중에서.

요새는 거의 하루 종일 음악만 들으며 지내요. 특히 베토벤 소나타들을 반복해서 듣고 있어요. 밝기도 하고 암울하기도 하고 독특한 매력이 있어요. 진지한 서사성이 서정적 유희와 아주 격렬한 열정을 가로지르거든요. 카를이 자주 연주했던 24번 소나타도 계속 듣고 있어요. 들을수록 점점 더 좋아져요. 이 곡은 바이스가 괴테의 『토르콰토 타소』 비평에서 말했던, 바로 그런 종류의 작품이에요. "이 작품은 열 번이고 다시 읽을 수 있다. 그런데도 열한 번째 읽을 때 즐거움은 한층 더해진다."

노래도 자주 불러요. 몇몇 가곡은 너무 좋아서 계속 반복해서 듣고요. 정말 좋거든요. 특히 슈만과 슈베르트 등을 들어요. '나 그대의 눈을 들여다보면' '하늘이 마치' '명랑한 두 청년이 길을 떠났다네' '너 사랑스러운 예술이여' '나는 밖으로 나갔지' '내게 한때 아름다운 조국이 있었지'* 같은 노래를요.

악기 연주도 자주 해요. 옆방 친구들이 좋아할지는 모르겠어요.

---

* 여기에서 헤세가 언급한 작품은 순서대로 슈만 연가곡 〈시인의 사랑〉 중 〈나 그대의 눈을 들여다보면〉, 아이헨도르프 시에 붙인 슈만의 가곡 〈달밤〉, 아이헨도르프 시에 붙인 슈만의 가곡 〈봄 여행〉, 프란츠 폰 쇼버의 시에 붙인 슈베르트의 가곡 〈음악에 부쳐〉, 로베르트 라이니크의 시에 붙인 슈만의 가곡 〈아름다운 꽃〉, 하인리히 하이네의 시 〈내게 한때 조국이 있었지〉다.

오늘 저는 이곳 바트볼 지역에 있는 악보들을 전부 훑어보고 정리했어요. 좋은 일을 한 것 같아요. 악보들이 죄다 방치되어 있었거든요.

(1892년 6월 4일 부모님에게 보낸 편지에서)

나의 바이올린에게

너 갈색 나무, 나 손을
조심스레 네 옆판에 대고
줄감개, 지판, 브리지를 살펴본다.
새로운 비밀이 있진 않을까 하고.

너 벽에서 반짝이며
나를 바라볼 때, 네 안에서 쉬는 것만 같아,
내가 아직 소리 내보지 못한 음이
인간의 손이 내보지 못한 음이.

은밀하고 여리게
내 운지 속에서 마음을 열기도 하지.
묘한 친구
가장 사랑하는 친구가 내 품에 안겨오는 것처럼.

이리 오렴! 언젠가 그때처럼

다시 한번 충동과 우수에 내맡기렴.
너 나를 위로하며 며칠 밤낮
뜨거운 청춘을 달래주던 시절처럼!

그때 너무 멀리 있어 조바심 났던 내 목표는
나 지금만큼 바이올린을 켜는 것이었는데…
오, 나에게 나의 연주에
아직 저 수줍은 청춘이 남아 있다면!

네가 쇼팽을 아는지 모르겠어. 쇼팽을 즐길 일은 드무니까. 그의 작품은 하나같이 연주하기가 굉장히 어려운데다, 기교적인 부분만 해도 비르투오소들조차 힘겨워하니까 말이야. 나는 그를 사랑해. 모차르트 외에 쇼팽보다 더 사랑하는 음악가는 없어. 그리고 나는 내가 꿈꾸는 노래가 쇼팽의 영향력 아래 있으면 좋겠어. 낯선 리듬을 지닌 섬세하고도 약간은 신경질적인 음률을 듣고 있으면 게르하르트 하우프트만의 작품 속 '기적의 종 음악'•에 매료된 장인처럼 사로잡혀서 '아릿한 기쁨에 젖어 흐느끼곤 해.' 「녹턴」••도 쇼팽 덕분에 쓰게 된 시야. 출판 준비는 다 마쳤는데 어쩐 일인지 아직 안 나오네.

(1896년 1월 에버하르트 괴스에게 보낸 편지에서)

• 게르하르트 하우프트만의 동화극 〈가라앉은 종〉에서 종 만드는 장인은 다음과 같이 말한다. "그리고 이제 내 기적 종의 음악이 울려 퍼집니다 / 감미로운, 열렬히 감미로운 유혹의 소리로 / 가슴마다 아린 기쁨에 흐느끼도록…"
•• 헤세는 이 편지에 '발라드'라는 부제가 달린 장시를 동봉했다. 이 시에는 다음과 같은 구절이 있다. "몰래 인사를 건네며 익숙하게 / 쇼팽의 〈녹턴〉이 들려온다. / 그것은 온전한 동화의 소리였다. / 수줍은 손으로 가만히 불러냈다. / 너무나 사랑스럽고, 너무나 부드럽고, 너무나 불안했다. / 그리고 스치듯이 밤으로 사라지는 / 온전히 사랑스럽게 움직이는 리듬은 / 휘날리는 바람을 되새겨주었다. / 밤에 탄식하는 머나먼 바다를, 붉은 태양의 일몰을."

쇼팽

I

다시 한번 거침없이
내 위로 쏟아졌으면.
네 자장가의 창백하고 커다란 백합이
네 왈츠의 붉은 장미가.

구름에 향기를 뿌려놓은
네 사랑의 무거운 한숨을
그 안에 내쉬어주렴. 그네처럼 가느다란
동자꽃 같은 네 자존심도.

II
대왈츠

촛불로 환하게 밝힌 홀,

홀씨같이 날아오르는 종소리와 금실 리본.
내 혈관 속 피가 울린다.
나의 소녀여, 나에게 승리의 잔을 다오!
춤을 추자! 왈츠가 뛰노는구나.
와인 기운에 끓어오르는 용기가
즐기지 못한 모든 욕망을 갈구한다―

창밖에선 나의 말이 소리 내어 울고 있다.

창밖에는 밤이
어두운 들판을 덮고 있다. 바람이
멀리 있는 대포 소리를 실어온다.
전투까지 남은 건 한 시간!
―더 빨리 춤을 추렴, 연인이여, 시간이 흘러가버리니.
폭풍이 갈대를 이리저리 흔드는구나,
내일 밤이면 내 침대가 될 갈대를―

내가 눈감을 침대겠지, 아마도―야호, 음악!
내 뜨거운 시선은 타는 목마름으로
젊고 아름답고 붉은 삶을 들이켜고
삶의 빛을 아무리 마셔도 갈증은 해소되지 않는다.
한 번 더 춤을 추자! 어서 어서! 이제 촛불과

음악과 욕망이 사그라든다. 달빛은
빛의 화환을 우울한 표정으로 죽음과 공포에 짜넣는다.
—야호, 음악이여! 춤으로 집이 흔들리는구나.
기둥에 걸린 나의 검은 흥분해 철그렁거리고—

창밖에서 나의 말이 소리 내어 울고 있다.

III
베르쇠즈(자장가)

사랑스러운 자장가를 불러다오!
어린 시절과 작별한 뒤
그 멜로디를 들으면 한없이 즐거워.
나에게 오렴, 달콤의 기적의 음률이여.
너만이 이 밤을 지새며
내 불안한 마음을 진정시킬 수 있으니.

내 머리칼 위에 가녀린 손을 얹어주렴.
우리의 조국을
생명 없는 명예와 행복을 꿈꾸자.
외로이 지나가는 별 하나처럼

반짝이며, 너의 동화 같은 노래는
애수의 밤들을 지나가게 해주겠지.

내 머리맡에
장미꽃 다발을 놓아주렴! 꽃은 아직 향기롭고
고향을 생각하며 아픈 꿈을 꾸고 있어.
나도 그렇게 생기를 잃고 휘청거리다
부서져 향수병에 시달리는데
이제는 집으로 돌아갈 수 없어.

(1897년)

형은 내가 쇼팽을 좋아한다는 사실로 내 취향 전체를
단정 지을지도 모르겠어. 하지만 음악에 관해서만이야.
아무리 내가 리듬과 영롱한 음을 동경한다 해도, 시를 쓸
때는 낱말 하나하나와 유의미한 소리 형태 하나하나에서
생겨나는 리듬감이 더 좋아. 쇼팽을 들을 때는 완성도 있
고 복잡한 음의 기법에 압도되긴 하지만 말이야.

(1897년 6월 12일 카를 이젠베르크에게 보낸 편지에
서)

제 쇼팽 시•에 감흥을 못 느끼셨다는 것 이해해요. 유

명한 시도 아니고요. 하지만 니체에게 바그너가 있었다면 저에게는 쇼팽이 있어요. 어쩌면 그 이상이에요. 제 정신적 영적 삶의 본질적인 것 모두가 쇼팽의 따뜻하고 생동하는 선율, 자극적이고 관능적이고 예민한 화성, 엄청나게 내밀한 음악과 관계 맺고 있어요. 그리고 쇼팽을 보며 저는 그의 고상함, 신중한 태도, 존재의 완벽한 탁월함에 거듭 경탄해요. 그의 모든 것이 기품 있어요. 변질된 부분도 있긴 하지만요.

(1897년 9월 25일 부모님에게 보낸 편지에서)

목요일에 아카데미음악단이 연주하는 슈만의 〈레퀴엠〉을 들었어요. 특별하고 굉장히 섬세한 음악이라 몇 번이나 사로잡혔어요. 이 곡의—음울한 교회 분위기가 살짝 느껴지는—첫 합창은 뼛속까지 전율을 일으켰고요. 안 그래도 무엇에든 잘 빠져드는 성격인데 가사가 라틴어라서 경도된 것도 있었죠. 솔리스트 네 명 중에는 사촌 헤르만도 있었어요.

(1898년 1월 24일 부모님에게 보낸 편지에서)

● 1897년 헤세는 빈에서 발행하는 잡지 『독일 시인의 고향』에 쇼팽 시를 발표한 다음 부모님에게 보냈다. 아버지의 답장은 다음과 같았다. "『독일 시인의 고향』을 보내주어서 고맙다. 물론 인정할 만한 건 아무것도 실려 있지 않았다만."

190

나는 여기에서 평소처럼 살고 있어. 작업 외에도 늘 새롭고 아름다운 대상을 숭배하면서 시간을 보내며 의미를 찾곤 해—시문학, 여러 예술의 역사, 음악으로! 얼마 전 피아노 교수 파우어가 아주 훌륭하게 연주한 멘델스존의 〈스케르초 C단조 작품 번호 16〉, 슈만의 〈로망 F♯장조 Op.29〉*, 쇼팽의 〈스케르초 B단조 작품 번호 20〉을 들었어.

지금껏 이 비슷하게나마 좋은 피아노 연주를 들어본 적이 없단 생각이 들어. 파우어의 연주는 이전에도 들어본 적이 있어서 별 기대를 안 했는데 말이야. 슈만의 〈로망〉을 굉장한 감각으로 연주하더군. 그 독특하리만큼 대담한 슈만 작품을 이해한 청중은 몇 없었어. 사람들이 가장 마음에 들어한 건 아마 처음 연주한 스케르초인 것 같았어. 그 곡은 '샴페인 파티용' 음악이었어. 정확하고 우아하고 완벽한 연주였지. 하지만 내 감상으로는—혹은 내 음악적 지식 차원에서 말해보자면—뭔가 너무 멘델스존스러웠어. 그러니까 많은 사람을 위한, 모든 사람을 위한 음악이라는 뜻이야. 그 음악에는 마니아처럼 다가가는 게 불가능하거든. 슈만의 〈로망〉은 달랐어. 그 곡을 들을 때는 멀

---

* 멘델스존의 〈스케르초 작품 번호 16〉은 C단조 아닌 E단조이며, 슈만의 〈로망 F♯장조〉 작품 번호는 29가 아닌 28/2다.

뚱멀뚱 바라보는 눈이 백 개는 됐는데, 그들 사이에서 이해하는 표정을 짓는 청중이 스무 명 정도 있었어. 생판 모르는 로이겔이 문득 아주 다정한 지인처럼 느껴졌어. 마지막 쇼팽의 곡도 아주 좋았어. 스케르초의 결정적인 대목을 환상적으로 연주하더라. '소스테누토' 마지막 부분 말이야. 불시에 터지는 재빠르고 날카로운 불협화음 터치도 전혀 붕 뜨지 않았어. 아주 유기적으로 이어졌지. 나는 이제야 이 스케르초 작품을 제대로 이해하게 됐어. 음악에 대해 아는 게 너무 적어서 음악을 들을 때는 가급적 마음으로 깊이 포착하고 정신으로 외우려고 해. 그렇게 몇 가지 중심을 잡아 내 감상의 위치와 출발점을 단단히 하려고. 미적 감각이 참 보잘것없지. 하지만 없는 것보다는 낫고, 다른 사람의 감각을 모방하는 것보다도 나아.

(1898년 5월 23일 카를 이젠베르크에게 보낸 편지에서)

얼마 전 에른스트 파우어가 연주한 쇼팽의 〈스케르초 B 단조〉를 들었습니다. 그건 사라사테 이후 처음 들어보는 찬란한 대가적 연주였고, 더할 나위 없이 좋았습니다. 저는 그렇게 섬세한 쇼팽 연주를 들어본 적이 없거든요. 그토록 우아하고 덧없는 분위기로, 은밀함과 해질 무렵의 느낌을 담은 연주는 들어본 적이 없어요. 그 스케르초의 날카로운 클라이맥스, 성공하는 연주자가 별로 없는 그 부분을 깔끔하고 감동적으로 연주하더군요.

(1898년 8월 27일 헬레네 포이크트디데리히스에게 보낸 편지에서)

사라사테

멀리 날갯짓하며 음이 날아간다.
또 한 음, 마지막 음이 뒤따라
흘러간다. 진동한다. 사라졌다.
오, 장난감 때문에 우는 아이처럼
나 울어도 된다면!

여전히 앉아 있다. 환호성이 울린다.
나는 온 감각으로 오래 들이마신다,
멀리 있는 세계의 공기를.
그 공기 이미 내 경건한 유년기를
향수 어린 두 팔로 감싸 안아주었지.

여전히 낯선 세계의 공기가
여러 날 밤 내내 정열을 불태우며
열망하는 내 눈을 사로잡는다.
고향이 없는 자들의 영토가,

해가 붉게 타오르는 예술의 제국이.

(1879년 12월 6일)

사라사테

"마리아, 사라사테가 연주한 〈크로이처 소나타〉 좋았어요?"

"정말 좋았어요. 당신 친구들이 하는 말을 들었어요. 못마땅해들 하더군요. 그가 독일 음악을 이해 못 한다나요."

"당신은 안 그래요?"

"그럼요. 전 상관없어요. 왜 그가 독일 음악을 이해하기를 원해야 하나요? 그는 독일인이 아니에요. 그의 심장은 더 민첩하고 가볍죠. 그는 예술가, 그저 바이올리니스트일 뿐이에요. 철학자나 시인이 아니고요."

"하지만 당신도 우리 친구 C의 〈크로이처 소나타〉 연주가 더 인상 깊지 않았어요?"

"그랬죠, 맞아요. 하지만 그건 중요한 게 아닌 것 같아요. 제가 C 씨를 알게 된 게 중요한 게 아니라 아름다운 음악 작품을 알게 된 것이 핵심이죠. 그럴 게 아니라면 딜레탕트 음악이 최고겠네요.

그러니까 제 말은, 여러분 시인들은 자기 감정을 표현

하는 데 익숙하잖아요. 여러분은 슬프면 시로 이렇게 말하지요. '보세요, 제가 이렇게 슬프답니다!' 여러분은 다른 예술가에게도 똑같은 걸 바라는 거예요. 장식 없이 풍부하게 감정을 표현하는 모습을요. 바이올리니스트라면 연주를 통해 자신의 심장을 보여줘야 한다는 거죠. 열성적인 딜레탕트가 번민이나 화를 털어버리려고 연주하듯이 말이에요. 저는 그런 연주야말로 좋아하지 않아요. 제가 바이올리니스트에게 가장 보고 싶은 모습은 이런 거예요. '나는 바이올린을 연주할 수 있습니다. 내 손은 내 의지 없이는 움직이지 않습니다. 나는 천 가지 음 전부를, 리듬 전부를, 포르테와 피아노를 장악하고 있습니다.' 그래서 저는 분을 뿌린 차분한 머리로 열정과 무관한 듯한 정교한 동작들을 선보이는 사라사테가 마음에 들어요. 한 번씩 독보적인 에칭 장인이나 동판화가의 준엄하고 침착한 손이 떠올랐거든요."

"무슨 말인지 알겠어요. 당신 자신이 그런 방식으로 살고 있으니까요. 당신의 걸음걸이와 목소리가 그런 예술 작품이지요. 당신을 보다 보면 궁금해져요. 이런 침착함이 어디에서 왔을까? 항상 이렇게 심장이 고요할까? 다른 사람들처럼 시련이나 어두운 밤을 겪은 적은 없나? 아무도 당신을 이해하지 못해요. 하지만 당신의 천성은 완벽하고 아름답지요. 사라사테가 자신이 내는 음만큼 말끔하고 우아한 것처럼요. 이런 면이 부족해 결핍과 오류에 시달리는 사람이라면 그렇게 간단히 평정을 유지할 수 없거든요. 그런 사람은 자기 삶의 균형과 완성도를 이루기 위해 격렬한 말과 동작과 언어가 필요하고, 사람들을 많이 사귀어야 해요."

"당신은 그런 식이죠! 제가 강인해서, 정열적인 연주를 좋아하지 않아서, 사기꾼과 곡예사를 견디지 못해서 매번 이렇게 말하시잖아요. '너야 사는 게 편하지, 넌 아름다우니까. 삶에 필요한 건 다 선물로 받았거든.' 이렇게 말하는 사람들도 있어요. '너는 허영심에 차 있고 아둔해. 알지, 네 입은 침묵할 때 제일 아름답다는 것.' 또 어떤 사람들은 '너는 비겁해, 너는 행동할 용기도 신념을 밝힐 용기도 없어. 너는 너무 온건해' 하고 말하고요."

"그런 비난에 대해선 어떻게 생각하는데요?"

"일단은, 이 모든 사람들이 저를 비난할 권리가 아예 없다고 생각해요. 게다가 옹졸한 생각이에요. 제게 결여되어 있다는 용기라는 게 뭔데요? 자기 심장을 들쑤셔 무모한 일을 벌이는 것, 생각을 유별난 것들로 몰아가는 것, 늘 다른 사람들 주의를 끌려는 의욕을 부리는 것! 여러분 시인들 말이에요! 그저 바라보고 소소하게 주고받는다는 게 여러분들에게는 너무 어렵고 성가신 일이에요. 여러분은 그럴싸하게 말하는 데 모든 열정을 쏟아부어요. 그 과정에서 여러분은 별의별 반짝이는 것과 희한한 것을 길어오고요. 어렵고 불가능한 모든 것을 기어이 말로 표현하게 될 때까지, 영혼이 녹초가 될 때까지 말이에요. 제가 여러분 모두에게 아쉬운 점은 성실함이에요. 제대로 된 드높은 자부심도 품었으면 좋겠어요. 여러분에게 자부심이 있다면 여러분의 신전은 국도변 같은 데 있지 않을 거라고요. 자기들 비밀을 무도회나 저녁 차 모임에 내놓지도 않을 거고요. 여러분은 섬세하고 시적인 사색에 잠기지만, 이 사색의 내용은 여러분과 사람들 손을 푼돈처럼 돌아다녀요. 알겠어요? 그런 면에서 사라사테는 정반대예요. 그는 성실함과 자부심을 지녔어요. 그는 여러분의 황홀경 같은 것 없이 무궁무진한 섬세함과 예술가적 사랑으로 활을 움직여요. 하지만 여러분은 이렇게 말하죠. '그는 독일 음악을 이해하지 못해'라고요." (1898년경)

베토벤과 바그너에 대한 의견을 물으시는군요.

바그너는 언제나 문외한의 입장에서 감상하게 될 겁니다. 제 천성이 드라마적이지 못해서요. 저는 나뭇가지가 떨어지는 소리가 연극이 주는 그 어떤 인상보다 좋습니다. 연극은 말도 못하게 거칠고 어설프다는 인상이 있어요. 바그너에게서 이런 미화된 조잡함의 면면을 발견하기 전에는 그가 대단해 보였어요. 지금도 그의 대담한 작품에 한없이 매료되곤 해요. 하지만 이런 느낌은 어쩐지 양가적이고 즐겁지 않습니다.

베토벤은 달라요. 그에게는 훌륭하고 궁극적인 차원에서 드라마적인 것이 있습니다. 삶, 변화, 발전이요. 피아노 소나타 작품들은—제가 제일 좋아하는 건 23번입니다—해명 불가능한 보물입니다. 경이로운 교향곡들도, 매혹적인 현악 사중주 작품 몇 편도 마찬가집니다. 제가 마음 깊이 느끼는 바로 그것을 불가사의하게 표현하는 쇼팽이 존재하지 않는다면, 견딜 수 있는 피아노 음악은 베토벤뿐일 것 같습니다.

바이올린 연주자로서 저는 턱없이 부족하며 청중 앞에서 연주하는 일은 결코 없을 것입니다.

저에게 음악만큼 창작의 자극을 주는 것이 없다는 사실을 당신은 이해하시지요. 제가 쓴 시 중 가장 좋아하는 것들은 거의 모두 쇼팽과 베토벤의 음악에서 비롯되었습니다.

(1898년 11월 9일 헬레네 포이크트디데리히스에게 보낸 편지에서)

(일요일인) 오늘 아주 드문 즐거움을 맛보았습니다. 저는 샤피츠의 집에서 열리는 환상적인 오전 공연에 가서 베토벤 〈현악 사중주 작품 59의 3번〉과 〈작품 131〉을 들

었습니다. 첫 곡은 미뉴에트 악장과 알레그로 몰토 악장
이 더할 나위 없이 우아한 작품입니다. 오늘날 독일에서
이 슈투트가르트 실내악 연주자 네 명의 비범하리만치 철
저히 익힌 베토벤 사중주 작품들보다 더 귀한 건 들을 수
없을지도 모릅니다. 청중은 매우 소규모로, 조예가 깊어
보이는 이들이 모여 있었습니다. 이런 공연 기획이 굉장
히 좋았습니다. 장식 없는 홀에서 오전의 햇빛을 받으며
네 개의 보면대와 악기를 쥐고 아는 사람이 없다시피 한
베토벤 사중주 곡들을 연주하려면 용기가 필요합니다. 샤
피츠의 집에서 열린 연주회는 이루 말할 수 없이 상쾌한
위안이 되었습니다. 상상해보세요. 일요일 아침에 백 명
도 채 안 되는 관객 앞에서 조명도 장식도 비르투오소의
허식도 없이, 휴식 시간의 사교라든가 화려한 차림도 없
이 현악 사중주 연주가 펼쳐지는 풍경을요. 덕분에 모두
가 듣는 일에만 집중하고, 연주가 끝나면 누구 하나 빠짐
없이 힘껏 손뼉을 쳐서 홀을 울립니다. 더구나 네 연주자
는 유능한 예술가들이었습니다. 치밀하고 정교하게 연습
했고, 이 오래된 사중주 걸작들을 잡티 없이 말끔하게 표
현하고자 각자 비르투오소의 이기심을 버리고 진심으로
협력했습니다. 이런 자리는 청중의 자세를 가늠하는 탁월
한 시금석이에요. 대부분은 공연 중 해이해집니다. 정신
과 교양이 어느 정도인지 한눈에 보이지요. 오페라에 열

광하는 이들이 제일 못 견딥니다. 기품 있으면서도 허영 없는 이런 예술 작품을 들을 수 있는 좋은 귀마저 극음악과 오케스트라 연주가 무디고 무능하게 만들어버렸다는 게 민망할 만큼 잘 느껴져요. 당신이 오늘의 안단테 마 논 트로포[베토벤 현악 사중주 14번, 작품 131의 4악장] 연주를 들었다면, 제 쪽에서 무슨 말이 필요하지 않겠지요. 딱하게도 바이올리니스트 넷은 연주를 이해하지 못하는 관객 앞에 앉아 있었습니다.

(1899년 2월 19일 튀빙겐에서 헬레네 포이크트디데리히스에게 보낸 편지에서)

마지막은 준수한 〈뉘른베르크의 마이스터징어〉 공연이었습니다. 우승곡*은 다시 들어도 매우 좋았고요. 여자 성악가의 목소리도 아주 훌륭했어요. 그런데도 무대와 무대의 조잡함에 대한 오랜 반감이 되살아났습니다. 제게 극장은 없어도 그만인 불완전한 향유거리에 불과합니다. 이런 건 이류 예술입니다. 인적 물적 규모를 한껏 동원해 백 가지 우연에 감동을 내맡기는 모양새도 거슬리고요. 〈뉘른

---

* 바그너의 오페라 〈뉘른베르크의 마이스터징어〉 마지막 장면에서 전문 음악 시인들인 마이스터징어들의 노래 경연이 열리는데, '우승곡'은 여기에서 주인공 발터 폰 슈톨칭이 불러 우승한 노래 〈아침은 장미빛으로 빛나고〉를 가리킨다.

베르크의 마이스터징어〉 자체는 항상 좋아했지만요.

(1899년 3월 8일 부모님에게 보낸 편지에서)

지난번 편지 감사합니다! 생각해보세요, 당신이 사라사
테를 듣고 있을 때 저는 여기에서 요아힘의 연주를 듣고
있었다는 것을요. 연주는 압도적이었습니다. 하지만 사라
사테를 잊을 만큼은 아니었어요. 의심할 나위 없이 요아
힘은 더 교육받은 예술가이며 더 깊이 있는 음악가입니
다. 하지만 사라사테에게는 로망어계 사람의 찬란한 본성
이 있지요. 남국인의 유연성과 정열이요. 그는 비르투오
소의 현란함을 보이며 연주하는 중에도 말짱한 의식과 허
영심을 모두 지니고 있어요. 저는 바로 그런 그의 모습을
좋아합니다.

또한 〈탄호이저〉의 타이틀롤을 안테스의 가창으로, 〈로
엔그린〉의 엘자를 히틀러의 가창으로 들었습니다. 하지만
이 지역 극장은 너무 열악해서 두 번 다시 가지 않으리라
결심했어요.

(1900년 2월 28일 바젤에서 헬레네 포이크트디데리히
스에게 보낸 편지에서)

서둘러 당신께 마저 인사를 전해야겠습니다! 저는 방금
오토 헤그너가 멋진 피아노 연주회를 선보인 아담한 음악

홀을 떠나온 참이에요. 하이든의 안단테 한 곡이 특히 좋았어요. 아주 맵시 있는 로코코식 음악이었지요. 정갈하면서도 음향은 은빛으로 울렸고 소리는 낭랑했어요. 그는 한스 후버의 로망 소품도 햇빛을 받은 커다란 짙은 색 나비처럼 사뿐사뿐 자유로우면서도 서글프게 들려주었어요. 그런 즐거운 소리는 오랜만이었습니다.

음악을 자주 듣는 사람이 이런 낙을 굳이 따로 기록하고 찬사를 늘어놓는다는 것이 놀라우실까요? 하지만 유감스럽게도 늘 오롯이 즐길 수는 없거든요. 깊은 숲속에서 자연의 온갖 아름다움과 평화로움에 둘러싸여 있을 때면, 문득 집에서 초를 켜놓고 시가를 입에 문 채 1800년에 나온 낭만적인 통속문학을 읽는 게 낫겠다 싶기도 해요. 아니면 훌륭한 연주회에 앉아 있을 때 욕구가 갑자기 가시면서 암벽과 양치식물이 바라다보이는 협곡 어딘가에 혼자 누워 있었으면 할 때도 자주 있고요.

그런데 훌륭한 음악에 실로 '장악된' 순간, 홀바인의 냉철하고 고상한 광채가 제게 말을 걸어온 순간, 시냇물에 재빨리 몸을 담그려고 초록 숲속에서 옷을 벗어던진 순간에는 삶의 의욕으로 충만해져 마음이 화사해지고 풍요로워지고 두근대는 나머지, 다른 사람들도 이토록 벅차고 행복할 수 있을까 하는 마음까지 들어요.

오늘 하이든 작품을 듣는 감미로운 한순간에는 이 섬세

한 완전성의 기적이 너무나 환하고 행복하게 펼쳐져, 저는 오늘이 가기 전에 그 누군가에게 행복했다고 말하지 않을 수 없답니다.

(1900년 5월 30일 헬레네 포이크트디데리히스에게 보낸 편지에서)

아다지오

이상하게도 깊은 곳
어느 낯선 집이 나를 알고 있다.
창밖엔 쉼 없이 비 쏟아지는 소리
땅 위로 빗줄기가 쏟아진다.
여명은 창백한 시선으로
흐린 유리창 안을 들여다보고
똑딱똑딱 시계 소리가 내 심장의
박동 소리처럼 고단하게 들려온다.
슬프고 지친 내 모든 감각과
삶은 내면을 향한다.

소리 들려? 들어봐! 어디선가
현을 긋는 소리가 부드럽게 들린다.
사랑의 존재
다정한 연인의 존재처럼
도둑의 발걸음처럼 살금살금

어둠 속에서 자태를 드러낸다.
낮은 소리로 나의 귀를 유혹하고
질문하듯 은밀히 인사를 건넨다.
소리는 점점 부풀어오르고
현은 더욱 풍성한 소리를 울린다.
날개를 떨듯 파들거리며
내 영혼 깊은 곳까지 들어오려고.
가만히 눈 감을 수밖에—
꿈에 바이올린 연주자가 나온다.
그는 넋 나간 듯 노래의 노래에
귀 기울인다. 어둠의 공간을 향한 채
대가다운 주법으로
저 모든 노래의 매력을 사로잡고자—
저 모든 웃음, 그 모든 걱정,
그 모든 고귀한 것과 위엄에 찬 것을 사로잡고자—
집을 나갔던 어둠의 매혹자.
그의 선율은 기이한 마법처럼
나를 끌어당긴다. 예감으로 가득 찬
대담하면서도 부드러운 선율의 원 안으로.
모든 옛 소망은
꿈으로 변해 다시 내 안에서
흥분으로 부풀어오르니

소중하지만 일찍이 사라져버린 것에
감미로운 아픔을 느낀다. 흔들리는 기억 속에서.
너 지난 밤들의 향수
노래의 노래에 관한 아픈 꿈
나에게 다시 돌아오겠니?
어서 오렴! 네가 있던 곳으로
돌아오렴! 낯설고
나를 미치게 하고
애타게 당겼던 그 활을
다시 나의 손에 쥐여다오!
이제 어둠 속에서 연주한다.
바이올린을 가슴에 대자
환상이 번득인다.
슬픈 욕망을 품고 밤을 지나며
떨고 있다. 오래된 붉은
목적지도 없는 열정 앞에서.
한때 활활 타오르던 열정과
모든 욕망, 모든 고통을
빠른 연주로 감히 건드려본다.
수줍은 사랑, 신랄한 증오,
내가 말없이 오래 고독하게 끌어안고
낯선 골목길을 지나온 그 모든 것이

이제 날카로운 음향으로
성마르게 불타오르며 되살아나리!

성마르게 불타오르며!—갑자기
손에서 바이올린이 떨어진다.
멀리 있는 다른 바이올린이 소리 낸다.
내 노래의 멜로디를 완성하려고.
차근차근 달래주며
조용하고 자상하고 비밀스럽고
위로하듯 달콤한
자장가 선율이 된다.
곱고 부드러운 운율 속에
그 모든 폭풍과 질문이
그 모든 아픔과 가망 없는 씨름이
끝없이 먼 향기 속으로 사라진다.
낯설고 아름다운 전설 속으로 사라지듯.
오, 녹아내리는 저 모습!
오, 행복하게 완성되는 저 모습!
오, 미소 짓는 저 음이
공중으로 높이 달아나자마자
새로운 음과 친구처럼 섞여드는 모습!
—하지만 밖에는 비가 쏟아지고 있다.

강풍은 휘돌아다니며 웃는다.
집 주변을 세차게 때린다.
밤 깊은 곳으로 신음하며 부풀고 있다.

알 수만 있다면, 알 수만 있다면
내가 시작한 노래의 끝은 어디인지!

(1900년 10월, 시 「녹턴」에서)

보니파치오*의 그림

나는 한 여자를 알아. 너만큼
부드러운 매력을 지닌 낯설고 아름다운 여자야.
외모가 섬세한 이 소리의 대가는
너와 사랑하는 자매처럼 닮았어.
이름은 유감스럽지만 정확히 모르겠어.
짙은 금발에 아름답고 낯선 여자⋯
―토라진 표정이구나! 이번엔 괜찮아.
그 여자의 가녀린 입과
하얀 손을 만져본 적도 없거든.
그녀가 부르는 달콤한 사랑의 노래를 들어본 적도 없어.
그녀의 부드러운 시선을 느낀 적도 없어.
그런데도 나는 그녀의 마법에 매혹되었어.
그녀를 사랑했어. 너를 알기 전부터.
내가 너의 사랑 안에서 안식을 얻기 전부터.

* 보니파치오 디피타티. 16세기에 활동한 이탈리아의 화가.

그 아름다운 여자의 나이는 몇백 살이야.
언젠가 보니파치오라는 사람이 그린 인물.
그녀는 죽었고 그 존재의 흔적은
그 아름다운 명화에만 남아 있어.
그녀의 이름은 잊혔지. 사라지지 않은 건
노래. 그녀가 사랑하는 류트를 켜며 부른
그 노래. 고혹적이고도 신비로운 노래로
모든 사람을 부드럽게 사로잡았지.
경이로운 청춘이 자아낸 애수로.
노래 속에서 울리는 건 모든 욕망의 예감,
모든 이름 없는 달콤한 고통의 예감.
생명을 얻은 가슴속 같은 노래 속에서 고동치는 건
이해받지 못하는 고통 속에서
사납고 음울하고 사랑으로 번민하는 심장.
그 옛날 그녀가 불렀던 노래의
가사도 멜로디도 우리는 모르지만
가만히 귀를 기울여. 우리의 심장은
사라진 울림으로 타오르고 있어.
우리는 그 울림을 듣지 않고도 너무나 잘 이해하지…
그림을 보여줄게. 이리 와, 같이 가자!

여기야! 환희가 살아 있는 어느 부자의 정원.

걸인이 앙상한 손을 들어올리고
조련사가 매를 주먹 위에 올려놓고
기수가 야생마를 타고 질주하는 곳.
반짝이는 궁정에 서면 장식 기둥이 펼쳐지고
저 멀리 언덕이 바라다보이는 곳.
나무 그늘 길이 끝없이 이어지다
녹음과 향기와 저 멀리 구름 속으로 사라지는 곳.
이제 이 즐거운 세상 한가운데에서
낮은 의자에 아름다운 자태로 앉아
매력을 뽐내며 비밀스러운 힘으로
시선을 매혹하고 사로잡는 그녀.
현을 켜는 여자다! 섬세한 손으로
만돌린의 목을 감싸 안고 있다.
오른손은 부드럽게 구부려 연주하고
시선은 꿈속을 정처 없이 항해하는 듯하다.
또 다른 나이 지긋한 여자는 말없이
상념에 차 원숙한 고개를 기울인 채로 지켜본다.
남자들이 귀 기울인다. 젊은 입에서 노래가 흘러나오자
침묵하며 조용히 둘러앉은 이들 사이로
어둡고 아름다운 저 모든 욕망과
동경의 비밀이 하나의 꿈처럼 감지된다.
사랑의 행복, 사랑스러운 봄, 그리고

청춘을 노래하는 부드러운 옛 노래—
청춘은 얼마나 아름다운가! 청춘은 결국 멀어지고
떠나가고 저물었다. 다시 오지 않는다.

나 지금 청춘의 아름다운 영혼을 보고 있는 것만 같아.
흐릿한 영혼이 미소를 지으며 멀어지는 모습을,
시든 사랑의 화환을 벗는 모습을,
눈앞의 광활한 밤에서 별을 지우는 모습을⋯

너도 이제 그녀를 아는구나. 내가
언젠가 저녁 시간 말없이
시끄러운 모임의 경솔한 노래 중에 빠져나와
어두운 골목으로 도망친다면
너는 알겠지, 무엇이 나를 고요로 이끄는지.
원망하지 않겠지, 그건 네 자매의 노래이니.

(1902년 4월에 쓰다)

환생과 영혼의 방황을 둘러싼 학설이 맞다고 해보자. 그렇다면 내 생각에 (베토벤처럼) 일부 위대한 음악가들은 고도의 완성을 보이는 후기 단계에서 신비감에 휩싸인 시간을 보낼 때면 세계의 본질과 일체를 이룰 것이다. 그들이 선언하는 것은 인간이 내놓을 수 있는 가장 순수하고 성스럽고 고결한 것이기 때문이다.

(1907년 메모)

이 작품은 낭만주의 오페라를 개혁해보려는 시도다. 시와 노래가 어우러진다. 흐름을 끊는 산문은 없다. 클라이맥스는 어디까지나 가곡처럼 서정적이다. 극적 성격은 줄거리 자체와 대화의 분위기에 스며 있다. 대화는 때때로 담시와 민요를 연상시킨다. 작곡가 입장에서 볼 때는 예사롭지 않은 고도의 형식일 것이다. 하지만 그것이 이런 시작詩作을 단념해야 하는 이유는 아니다.

(헤세의 미출간 오페라 대본 「비앙카」에 대한 메모, 1908/09년)

예닐곱 살 때부터 나는 눈에 보이지 않는 만유의 힘 가운데 음악에 가장 강렬하게 사로잡히고 지배당할 운명임을 알아차렸다. 그때부터 나는 나만의 세계를, 내 피난처와 하늘을 갖게 되었다. 어느 누구도 이 하늘을 빼앗거나 얕잡아볼 수 없었다. 나는 이 하늘을 누구와도 함께 나누고 싶지 않았다. 나는 음악가였다. 열두 살 전에는 악기를 배운 적도 없고 나중에 음악으로 밥벌이를 하게 되리라고 생각한 적도 없었지만.

그 뒤에도 본질적으로는 변함없이 계속 그랬다. 그래서 돌아보면 나의 삶은 다채롭거나 다양하지 않았고, 처음부터 하나의 으뜸음에 맞춰져 단 하나의 별을 향해 있었다. 좋은 일과 나쁜 일을 겪으면서도 내 가장 깊은 내면의 삶은 변함없었다.

오랜 시간 낯선 영역을 표류하며 악보집이나 악기에 손도 안 댄 시절이 있었지만 언제나 하나의 선율이 피와 입술에 감돌았고, 박자와 리듬이 호흡과 삶에 배어 있었다. 구원과 망각과 해방에 이르는 다른 길을 아무리 열렬히 모색해도, 인식과 평안을 주는 신을 갈구해도, 그 모든 것은 오직 음악 속에 있었다. 꼭 베토벤이나 바흐일 필요는 없었다. 세상에 음악이 있다는 사실, 때로는 박자에 사람의 심장이 고동치고 화음에 피가 돈다는 사실, 그것이 내게는 거듭 깊은 위로를 주고 삶을 정당화해주었다. 오, 음악이여! 하나의 선율이 네게 떠오른다. 너는 그 선율을 소리내지 않고 속으로 노래한다. 네 존재를 그 선율에 흠뻑 적신다. 네 모든 힘과 동작이 선율에 사로잡힌다. 선율은 너의 내면에 거하는 잠시 동안 모든 우연한 것, 사악한

것, 저속한 것, 슬픈 것을 사라지게 한다. 그리하여 세계
가 함께 울리며, 무거운 것이 가벼워지고 뻣뻣한 영혼이
날아오른다! 그 모든 걸 민요의 선율이 할 수 있다! 하물
며 화성이야! 순수하게 조율된 음들의 청아한 화음은 종
소리처럼 마음을 우아하고 즐겁게 만들 수 있다. 화음은
음 하나가 보태질 때마다 고조되며, 때론 그 어떤 관능의
욕구보다 심장에 불을 지피고 희열에 떨게 할 수 있다.

여러 민족들과 시인들이 순수한 행복의 모든 표상을 꿈
꿔왔다. 나는 천체의 화음을 듣는 일이 최고로 간절한 행
복인 것 같다. 나는 이 행복에 사뿐히 맞닿기를 소중하고
간절하게 꿈꿔왔다. 우주의 건축과 모든 삶의 총체가 빚
어내는 그 신비로운 태초의 화음을 한순간이라도 들을 수
있다면. 아, 대체 어떻게 삶이 이렇게 엉클어지고 어긋나
고 거짓되단 말인가. 대체 어떻게 사람들 사이에 거짓말
과 심술, 시기와 증오가 있단 말인가. 아무리 짧은 노래도
아무리 대단찮은 음악도, 맑게 조율된 음들이 순수하고
조화롭고 다정하게 화음을 이루면 천상이 열린다는 것을
이렇게 분명히 알려주는데!

(1909년 음악 소설 『게르트루트』에서)

우리는 음악 같은 것을 발견할 수 있는 곳에 머물러야
합니다. 사는 동안 음악이라는 감정, 울려 퍼진다는 느낌,

리듬 있는 삶이라는 기분, 화음처럼 존재할 권리에 대한 감각 말고 추구할 만한 건 아무것도 없거든요. 그게 있다면 다른 건 꽤 엉망이어도 돼요. 우린 다들 엉망이잖아요.

(1910년 11월 24일 루트비히 레너에게 보낸 편지에서)

천 페이지에 달하는 베토벤의 편지 전집을 라이프치히의 헤세&베커 출판사에서 출판한 덕분에 이제 겨우 사마르크면 살 수 있다! 이것은 가장 저렴한 선집일 뿐 아니라 천오백 통의 편지가 수록된 가장 완벽한 선집이다. 이 책은 희한한 난장판이다. '아름다운 것'이나 문학적인 것에 대한 내용은 거의 없고, 어리석은 말이나 즉흥적인 농담, 말장난이나 별명, 천상 음악가다운 위트나 금전 문제 이야기 따위가 수두룩하다. 길고 슬픈 문제, 조카 카를 이야기도 있다. 악보 필사자에게는 무지막지한 저주를 퍼붓고, 출판업자에게도 딱히 예외는 아니다. 사랑하는 여자를 흠뻑 예찬하다가도 화가 나서 중단해버린다. 마지막 문장은 이렇다. "부디 악마에게 끌려가기를!" 그 모든 것은 어지간히도 인간적이다. 글 사이사이로 당대의 빈이, 구름 사이사이로 베토벤의 하늘이 엿보인다. 그가 빈 스타일로 사랑스럽고 상냥하게 행동할 때도, 예민하고 의심 많은 태세를 취할 때도, 우리는 그를 엷게 둘러싸고 있는 서먹한 공기를 거듭 감지한다. 그의 초상화와 음악을 감싸고 있는 것이기도 한, 거짓 위대함이나 허영심, 가면 같은 건 얼씬도 못 하는 공기다. 여기 한데 모아놓은 편지들은 일대기를 관통하는 전기 같은 것이 아니다. 하지만 베토벤의 일상을 그려낸다. 성미가 사납고 무례한 한 사람 뒤에, 시시한 말장난이나 하는 친구 뒤에, 얼마나 여리고 선량한 사람이 숨어 있는지를 감명 깊게 보여준다.

　(1912년 8월 24일 뮌헨, 〈메르츠〉 서평 「베토벤의 편지」)

　두 종류의 음악이 있다. 고전주의 음악과 낭만주의 음악. 건축적 음악과 회화적 음악. 대위법적 음악과 장식적 음악. 음악을 잘 모르는 사람은 대개 낭만주의 음악을 더 쉽게 즐긴다. 고전주의 음악은 낭만주의 음악처럼 진탕 즐기고 흠뻑 취할 거리를 제공하지 않는다. 하지만 거부감, 양심의 가책, 방만 뒤의 뉘우침이 뒤따르는 법도 없다.

　(1912년의 메모)

　당신이 짐작하듯 저는 음악과 아주 직접적인 관계를 맺고 있습니다. 연주를 하지는 않아요. 노래와 휘파람은 즐겨 부르지만요. 하지만 저는 항상 음악이 필요합니다. 음악은 제가 무조건 경탄하는, 절대적으로 꼭 존재해야 한다고 믿는 유일한 예술이고요. 다른 그 어떤 예술에 대해서도 그렇게 말하고 싶지 않아요.

(1913년경 알프레트 셰어에게 보낸 편지에서)

얼마 전 취리히에서 말러의 〈8번 교향곡〉을 들었어. 규모가 너무 과하더군. (모차르트와 바흐라면 성악가들을 그 사 분의 일만 동원하고도 훨씬 더 많은 걸 해낼 걸세.) 괴테의 작품을 제대로 소화했다고 보기도 어려웠고. 하지만 보석 같은 순간들이 있었어. 음향은 말할 수 없이 정교했고 단숨에 아름다움을 끌어올릴 만큼 효과적이었어. 그렇지만 핵심은 그르친 거야.

(1913년 12월 24일 오토 블뤼멜에게 보낸 편지에서)

가장 위대하고 사랑받는 독일어권 음악가 모차르트에 대해 우리는 아는 게 정말 없는데, 어쩌면 그 편이 잘된 건지도 모른다. 우리가 아는 건 일단 그가 짧은 생애 동안 어릴 적부터 내내 부지런했다는 것이다! 그 밖에는 그의 편지와 음악에 담긴 내용 말고 그에 대해 아는 게 거의 없다. 편지들은 대개 청년기에 쓴 것으로, 사랑스럽고 명랑하고 익살스러운, 대단하게 압도적인 면 없이 다들 좋아할 만한 한 인간을 드러낸다. 반면 음악은 영혼의 모든 영역을 아우른다. 그의 음악은 세레나데 소품이며 우아한 춤곡부터 레퀴엠까지, 손풍금 소품부터 〈돈 조반니〉

까지 펼쳐져 있다. 우리는 이런 음악 뒤에 있는 한 인간을 그저 어렴풋이 가늠해볼 수밖에 없다. 희망과 욕구와 무아경과 고뇌와 환멸 등을 비할 바 없이 톡톡히 겪은, 해명할 수 없는 고독으로 뒤덮인 한 인간을. 그의 하소연이나 한숨에 대해서는 아는 게 거의 없으니 말이다. 하지만 그는 처절하게 고통받은 게 틀림없다. 그의 영혼은 자신의 음악에서 흘러나온 감미롭고도 수정 같은 반짝임을 내내 들이켰던 걸까? 아니면 그저 지독한 궁핍과 무능한 생활력을 피하려고 이 꿈결 같은 아름다움 속으로 도망친 건가? 모차르트를 사랑하고 잘 아는 사람이 다시 나서서 우리에게 모차르트의 초상을 새롭게 그려준다면 우리는 감사한 마음으로 그 초상을 기꺼이 바라볼 것이다. 아주 개인적인 초상이어도, 주관적이고 낭만적인 초상이어도 상관없다. 심지어는 뫼리케가 노벨레*에서 묘사한 것처럼 아주 문학적인 초상이어도 상관없다.(오스카 비의 탁월한 책 『오페라』는 이 노벨레에 비견할 바 못 된다.) 모차르트 이야기라면 우리는 얼마든지 듣고 또 들을 수 있다. 환하게 빛나는 신의 총아를 노래하는 새롭고 아름다운 선율을 절대 마다하지 않을 것이다. 새로운 모차르트 이야기, 어

---

* 에두아르트 뫼리케가 모차르트 탄생 100주년을 기념하여 쓴 「프라하로 가는 여정 중의 모차르트」.

둡고 신비롭고 괴로워하는, 악마 같은 소식통이 전해주는 모차르트 이야기도 고마울 것이다.

그러한 시도 중 하나가 슈리히의 방대한 모차르트 연구서로, 인젤 출판사에서 두 권 분량의 두툼한 책으로 펴냈다. 슈리히는 새로운 내용을 약속하면서 이전에 나온 전기들을, 고전으로 간주되는 얀의 전기 『W. A. 모차르트』를 특히 초반부터 통렬히 정리하고 있어 기대감은 한껏 높아진다.

불경스러움이란 뭘 몰라서 저질렀을 땐 환상적인 미덕이 된다. 하지만 그것이 의도이고 강령이라면 못마땅해 보인다. 슈리히의 책이 그렇다. 저자는 얀과 다른 사람들 때문에 모차르트의 실제 생애가 왜곡되었다는 확신에서 출발한다. 특히 그는 모차르트의 아버지, 누나, 아내를 아주 나쁘게 바라본다. 무엇보다도 전설을 파괴하려는 의지를 지니고 있는데, 이것이 내가 그에게 동의할 수 없는 유일한 점이다. 나는 상황에 따라서는 전설의 파괴가 불가피하지만 방대한 전기를 집필하는 작업에는 (전설을) 구축하려는 의지가 더 도움이 된다고 생각한다.

모차르트의 아버지야 천재가 아니었어도 그만이다. (누가 그더러 천재여야 한다고 요구하는가?) 그러니 그 문제는 신속 간단히 처리하고 말면 될 것이다. 그리고 예전 모차르트 숭배자들이 그의 아버지까지 숭배한 걸 두고 재치 있는 농담을 한다 해서 괘씸해할 사람은 아무도 없을 것이다. 그런데 이 책은 그렇게 처내는 대신 어쨌거나 어린 아들에게 어마어마한 노력을 쏟아부은 이 가련한 잘츠부르크 음악가를 시종일관 신랄하게 맹추격한다. 그 일관성과 신랄함에 아연실색할 뿐이다. 마찬가지로 모차르트의 아내 콘스탄체도 이 전기 작가에게 눈엣가시다. 이 부분을 사실대로 썼다 쳐도, 때때로 보기 싫을 만큼 트집을 잡는다. 일례로 1789년에 콘스탄체가 아파서 바덴에서 요양을 해야 하는데 비용을 조달하기 어려웠을 때, 슈리히는 이렇게 말한다. "남편의 열악한 금전 사정에 비추어봤을 때 이 값비싼 여름 휴양지에 꼭 가야 했는지는 확인할 수 없다. 그렇지 않았다 해도 좋으리라." 슈리히가 필요 이상 공격하는 전기 작가 얀의 책에서도 이토록 좀스러운 부분은 없었다.

음악적인 부분에서 슈리히는 테오도어 드 비즈바와 조르주 드 생푸아가 쓴 획기적인 모차르트 연구서 『W. A. 모차르트: 유년에서 성년까지의 음악적 삶과 작품』에 완전히 동조한다. 매우 동조한 나머지 거의 모든 음악적 기술적 분석, 비교, 판단을 그 책에서 그대로 번역해 옮겨다 놓고는, 순수하게 음악적인 판단 문제에서는 자신이 이 프랑스 연구서의 추종자임을 밝히는 것으로 갈음하고 있을 정도다. 그 대신 슈리히는 그만큼 더 열성적으로 인간 모차르트 묘사에 나선다. 그것은 우리가 그에게서 기대했던 바이기도 하며, 이 부분에서는 우리로선 고마운 정보를 상당히 제공한다. 특히 모차르트의 병과 죽음에 대한 마지막 장들, 「모차르트의 일화」와 「인간이자 예술가로서의 모차르트」는 아름답고 진실된 것을 아주 많이 담고 있다. 이 책은 전체적으로 가독성이 높고 가족끼리 주고받은 편지들을 충분히 선별해 실은 데다 워낙 잘 분류해놓아 분명 많은 사람들에게 유익하고 중요할 것이다. 그러나 내 생각엔, 저자가 편지와 인용과 시대사를 보여주는 문서를 모두 포기할 용기를, 아울러 순전히 음악사적인 것도 (이 부분에서는 어차피 비즈바의 책에 의존하고 있으니) 고스란히 포기할 용기를, 물론 먼저 나온 책과 견해를 줄기차게 논박한다는 강령 또한 포기할 용기를 냈더라면 훨씬 좋았을 것 같다. 그는 우리에게 직접적이면서도 단절 없는 묘사로 거장의 초상을 그려낼 수 있었을 것이다. 현대의 눈으로 바라본 모차르트를. 나는 이렇게 말함으로써 성실하고 어려운 작업을 해낸 이 엄청난 양의 연구서에 부당한 짓을 하는 셈이다. 그렇지만 나는 그가 두꺼운 역사 비판적 저술 대신 산뜻하고도 완전히 생생한 책을 쓸 능력이 있었으리라고 믿음으로써 저자에게 경의를 표한다. 이 방대한 저서 속의 몇몇 사랑스럽고 영혼 서린 대목들을 보며 이런 믿음을 갖게 되었다.

그 밖에 이 책이 제공하는 것은 진심으로 환영할 만하다. 출전 자료들은 잘 활용되었으며, 비즈바의 논지는 매끄럽게 인용되었고, 몇몇 장은 서사적으로 볼 때 매혹적이며, 진품임이 보증된 것들만 실은 초상화 컬렉션 또한 값지다. 향후 나올 판본이 논쟁적 선입견의 면모를 덜어내고자 한다 해도 그렇게 많이 수정할 필요는 없을 것이다. 그저 여기저기 토로해낸 격분을 유머로 대체하면 될 것이며, 잘츠부르크의 모차르트 고용주들과 괴롭힘꾼들을 정당화시켜준 사랑을 거장의 딱한 아버지와 가족에게도 조금 나눠주면 될 것이다. 모차르트 자신이 이 모든 사람들을 단순히 견디기만 한 게 아니라 진심으로 사랑했기 때문이다.

(1914년 1월 뮌헨, 〈메르츠〉 서평 「아르투어 슈리히의 모차르트 연구서」)

시더마이어가 모차르트의 편지 완전판을 매혹적으로 편집해 게오르크 밀러 출판사에서 두 권 분량으로 펴냈다. 뒤이어 모차르트 가족의 편지—그중 아주 중요한 것은 아버지의 편지—가 나올 예정이라 한다. 나는 서한집 출간에 열광하는 독자는 아니다. 하지만 모차르트의 편지고 우리가 그에 대하여 놀라울 만치 아는 게 없기에 출간 소식이 몹시 기쁘고 반갑다. 물론 이 편지들을 읽는다고 해서 이 신비스러운 천재의 깊은 수수께끼를 풀지는 못할 것이다. 그는 독특한 미지의 인물로 남아 있다. 밤낮으로 일했고 그러면서도 아이 같은 흥과 변덕이 끊임없이 흘러넘쳤던 사람으로. 그가 자기 존재의 사무친 고립을, 가난의 비참함을, 예술과 삶에서의 환멸을 어떻게 견뎌냈는지 상상하기란 불가능하다. 우리가 아는 건 다만 그의 음악이 한없이 유쾌한 천진난만함에서 한없이 깊은 진지함까지 아우른다는 것이다. 반면 그의 삶은 외적으로 별스러울 것 없는 면모만 알려져 있다. 그러나 그의 편지 여기저기에는 그 어떤 낌새와 암시가, 그의 내면으로 이끌어주는 표현이 드문드문 담겨 있다. 편지 곳곳에서 이 훌륭한 인간의 선량함과 사랑하는 능력이 득의양양하게 웃으며 반짝인다. 어느 특출한 전기 작가가 이 사랑스러운 남자의 오롯한 초상을 우리에게 선사해주기 전에는, 우리는 온갖 자료에서 그러모아 그려볼 수밖에 없다. 이 편지들은 그런 자료 중 가장 높은 곳에 있다.

(1914년 6월 5일 〈뮌히너 차이퉁〉 서평 「애서가를 위하여」에서)

얼마 전 이 지면에 소개했던 슈리히의 모차르트 전기에 이어 한층 더 중요한 모차르트 관련 도서가 나왔다. 모차르트와 가족의 편지다. 모차르트 초상화까지 실린 다섯 권 분량의 책으로, 본의 역사학자 루트비히 시더마이어가 편집했다. 이제 막 출간된 이 위대한 책은 뮌헨의 게오르크 뮐러 출판사에서 발행되었다.

모차르트를 사랑하고 모차르트를 탐구할수록 모차르트라는 인물은 더욱 신비로워 보인다. 열한 살 된 아이의 초상화들은 조숙하고 숙련되고 고도로 완성된, 자기 안에 침잠한 한 인간을 보여준다. 더 나이 든 모습의 초상화들과 편지들에서는 한 아이가 우리를 응시하고 있다. 기존의 전기들에 기대 모차르트의 생애를 추적하는 이에게 이 불가사의한 이의 초상은 호기심을 품고 해명을 바라는 바로 그 지점에서 거의 언제나 형체 없음으로 도로 미끄러져버린다. 모차르트가 심신을 불살라 사랑하고 고통받으며 살아간 것처럼 보일 때도 있다. 그런가 하면 모차르트는 도무지 인간의 삶을 살았던 적이 없던 것처럼, 이 축복받은 정신 속에서는 그 어떤 자극도 현실의 유혹도 우회로를 거치지 않고 곧장 음악이 되어버린 것처럼 보이기도 한다. 모차르트의 인간적 면모와 됨됨이, 쉽게 화내면서도 사랑 많은 성격, 살면서 많은 어려움을 겪었으리라는 추정 따위에 어떤 의견을 내놓기가 어렵다고 느낄수록 천천히 파고들어야 한다. 그래야 이 대가의 음악은 자신의 영혼을 내밀하고 또렷하게 들려줄 것 같다. 이런 식으로 접근하면 마력이 다시 걷히고, 우리는 다시 원점에서 감사의 애정과 성스럽고 경애하는 호기심을 품고 더없이 사랑스러운 이 거장을 탐구해나갈 수 있을 것이다.

모차르트 고유의 내적 전기에 이르는 캄캄한 길에서 그가 쓴 편지와 아버지의 편지보다 더 충직한 안내자는 없다. 궁극적으로는 아마도 유일하게 옳을 음악을 제외한다면 말이다. 참으로 별 생각 없이 제작된 몹시 부실한 옛 판본이 존재한다는 사실, 그리고 수십 년간 잘츠부르크 모차르테움에서 보인 고지식한 태도 때문에 이 극도로 중요한 자료의 비평판 출간이 오늘날까지 지연되었다. 이제 완간된 새 비평판은 어느 모로 보나 알차고 충실한 작업물이라는 인상을 준다. 제1권과 제2권에는 모차르트의 편지가 전부 실려 있다. 여태까지는 상상도 할 수 없던 규모로. 제3권과 제4권에는 아버지의 편지(무삭제본), 어머니와 누나와 아내의 편지 일부, 모차르트가 태어난 뒤부터 죽기 전까지 다른 친척들이 쓴 편지가 실려 있다. 제5권에는 시각 자료들만 담겨 있는데, 그중 거장의 초상화가 서른다섯 점이다. 그 밖에 친필 원고와 펜 그림의 복사본이 다수 있다. 보통은 괴테 연구에서만 보던 유의 풍성함, 아니 완전함이라는 이 호사 덕분에 어쩐지 행복한 기분이 든다. 수많은 모차르트 숭배자들은 이제 이 자료들이 들려주는 다성부의 서걱임을 해석하며 탐구하는 작업, 사색적 연구를 하게 될 것이다. 물론 이 다섯 권을 다 합쳐도 그 가치는 〈피가로의 결혼〉 서곡에, 케루비노의 아리아에, 〈레퀴엠〉의 열 마디에 미치지 못한다. 하지만 이 독특하고 유일한 정신을 탐색하기 위한 새롭고 매혹적인 가능성을 건네준다. 우리가 그 정신을 완전히 이해하는 일은 결코 없을 것이며, 빛과 봄을 사랑하는 것처럼 자연스럽게 사랑하게 될 뿐이다.

(1914년 6월 뮌헨, 〈메르츠〉 서평 「모차르트의 편지들」)

인젤 출판사에서 저작권 보호 기간이 만료된 리하르트 바그너의 글을 스무 권의 작은 책으로 펴내는 훌륭한 기획을 했다. '인젤 도서관 시리즈'로 출간된 이 각각의 책은 50페니히다. 나는 광고를 보는 걸로 족하다. 바그너의 논쟁적이고 강령적인 글들이 현재에도 중요한 영향을 주게 될 리는 만무하다. 멋들어진 열광이 담긴 그의 논설들이 더러 젊은이들을 뜨겁게 달군들 문제될 것 없다. 그의 시문학 작품들은 음악 없이 읽을 때는 확실히 별 매력이 없으며, 가령 「파르지팔」 같은 텍스트는 그 독보적인 음악을 계속 떠올리지 않고는 참고 읽어주기가 곤란하다. 이 글들은 그의 오페라처럼 세간에 다시 한번 범람하게 될 것이며, 청년들은 다시 한번 흥분하게 될 것이다. 반응이 시끄러울수록 더 빨리 잠잠해지리라. 세상은 이 시문학에 대해 침묵할 것이고, 예술사에서 바그너의 과장된 성향은 한스 마카르트, 신독일 르네상스와 함께 언급되고 지나갈 것이며, 〈트리스탄〉〈뉘른베르크의 마이스터징어〉〈파르지팔〉은 수려함과 고통받는 위대함 덕분에 불후의 명작으로 남게 될 것이다.

(1914년 8월 21일 〈뮌히너 차이퉁〉 서평 「애서가를 위하여」에서)

〈환상교향곡〉의 작곡가가 음악뿐 아니라 문학에서도 굉장한 재능이 있었음은 누구나 알고 있다. 그런데도 독일에서 그의 저술들은 거의 음악가들에게만 알려져 있다. 이제 처음으로 주요 저작인 『인생 회고록』(한스 숄츠 옮김, 뮌헨 베크 출판사 펴냄)이 상당히 저렴한 독일어본으로 출간되었다.

벤베누토 첼리니에 대한 오페라를 쓴 이 환상적이고 낭만적인 인물은 자신에 대한 눈부신 회상록 속에서 그 건장한 이탈리아인과 닮아 있다. 그 정열이며 의심을 품고 질투하는 자의식을 보건대 말이다. 어쨌든 베를리오즈는 첼리니에 뒤지지 않는다. 다만 첼리니가 순진했다면 베를리오즈는 낭만적이라는 게 다를 뿐. 그의 책을 읽고 있으면 즐거움이 크다. 음악에 식견이 있는 이가 아닌 독자에게도 그렇다. 숄츠의 번역은 훌륭하며, 완역본이라는 사실도 중요하다.

현대 관현악법의 이 위대한 대부는 작가로서도 계속 살아 있을 것이다. 게다가 그의 인생이 심리적인 면에서만 흥미로운 것이 아니라 외적으로도 격동과 모험욕이 충만했기에 그의 회상은 가장 매혹적인 예술가 고백록이기도 하다.

문체를 음미하는 의미에서 몇 문장을 인용해본다.

"내 의지에 열정이 서릴 때 낯선 의지가 내 의지에 대적한다는 건 화약의 폭발을 압력으로 저지할 수 있다고 믿는 것만큼 부질없고도 위험천만한 일이다."

(오케스트라 곡을 피아노로 연주하는 것에 대하여): "기악곡 작곡가들에게 피아노는 그야말로 기요틴이다. 모든 고상한 머리를 베어버린다는 사명을 지녔으니. 겁날 게 없는 이는 폭도뿐이다."

"내가 가톨릭 안에서 교육받았다는 걸 구태여 말할 필요는 없을 것이다. 이 종교는 더는 아무도 화형하지 않은 뒤 사랑스러운 면이 많이 생겼고, 내게 행복을 주었다. 꼬박 칠 년 동안 그랬다. 오래전에 갈라서긴 했지만 나는 이 종교를 언제나 아주 다정한 마음으로 추억하고 있다."

(1914년 뮌헨, 〈메르츠〉 서평 「엑토르 베를리오즈의 회고록」)

인간을 양심으로 이끄는 길은 어렵다. 대부분이 이 양심을 거슬러 살며 뻗대다 갈수록 무겁게 짓눌리고, 질식한 양심으로 인해 파멸한다. 그러나 매 순간 누구에게나 괴로움과 절망의 저편에 인생을 현명하게 이끌어주고 죽음을 수월하게 해주는 고요한 길이 열려 있다. 어떤 사람은 자기 양심에 맞서 날뛰고 죄를 짓지 않고는 못 배겨서 지옥이란 지옥을 다 겪어보고 별의별 소스라치는 것으로 더럽혀질 대로 더럽혀진 뒤에야 한탄하고 잘못을 느끼며 변화의 시간을 체험한다. 어떤 사람들은 양심과 좋은 친구로 지낸다. 행복하고 성스러운 소수의 사람들로, 무슨 일이 닥치든 일은 그들 바깥만 건드릴 뿐 결코 심장을 가격하는 법은 없다. 그들은 언제나 해맑고 미소가 가시지 않는다. [도스토옙스키의 『백치』에 나오는] 므이쉬킨 공작이 그런 사람이다.

이 두 목소리와 가르침을 나는 도스토옙스키에게서 들었다. 그의 책을 좋아했던 시절, 좌절과 아픔으로 그에게 이끌렸을 때. 어느 예술가의 음악을 들으며 비슷한 경험을 했다. 그 음악가는 내가 도스토옙스키를 아무 때나 읽을 수 없듯이 아무 때나 좋아하고 들을 수 없다. 베토벤이다. 그는 행복과 지혜와 조화라는 것이 어떤 것인지 안다. 그러나 행복, 지혜, 조화는 평탄한 길에서 만날 수 있는 게 아니며 늪가의 길에서나 빛날 뿐이다. 미소 지으면서가 아니라 눈물과 고통으로 지쳐야 딸 수 있는 열매다. 그의 교향곡과 사중주곡에는 너무나 비참하고 고립된 나머지 한없이 감동적으로 환히 아이처럼 애틋하게 빛나는 대목들이 있다. 의미의 예감, 구원의 지각. 이런 대목들을 나는 도스토옙스키에게서 다시 발견한다.

(1919년 「도스토옙스키의 『백치』에 관한 사색」에서)

나는 바로 이날, 내 다채로운 생애의 한 페이지에 단어 하나를 적고 싶다. '세계'나 '태양' 같은, 마법과 울림과 풍요로 가득한 단어를. 가득한 것보다 더 가득하고 풍성한 것보다 더 풍성하며 완전한 실현과 지식의 의미를 지닌 단어를.

단어가 떠오른다. 이날을 위한 마법의 단어가. 나는 종이에 커다랗게 쓴다. 모-차-르-트. 세계에는 하나의 의미가 있고 이 의미는 음악이라는 비유 안에서 감지할 수 있다는 뜻이다.

(1920년 11월 무렵 메모)

당신은 개혁의 놀라운 원천을 음악에서도 발견한 겁니다! 음악을 사랑하고 마음 깊이 이해하게 된 사람의 눈에 세계는 마을 하나가, 아니 차원 하나가 더 생긴 셈이지요! 모차르트를 으뜸으로 하는 음악은 제게 색채와 더불어 최고의 행복입니다.

(1922년 7월 9일 게오르크 알터에게 보낸 편지에서)

음악적으로 최고의 문화를 이룬 시대에 나온 어떤 종류
의 합창곡들이 있었다. 힘 있고 천사처럼 낭랑한 아카펠
라 합창곡들이. 오를란도 디 라소를 비롯해 여러 대가들
이 작곡한 작품들로, 오늘날에는 상연할 수 없다. 이 작품
들의 오묘하고 영묘한, 축복이 가득 너울거리는 아름다움
을 지금은 그저 상상해볼 수 있을 뿐이다. 후고 발이 쓴
성인들의 생애를 읽으며 우리는 저 합창곡들의 총보를 넘
겨볼 때와 비슷한 감회에 젖는다.

(1923년 12월 베를린, 〈노이에 룬트샤우〉에 실린 후고
발의 『비잔틴의 기독교』 서평에서)

저는 부소니가 세상에서 놓여나게 되어 다행이라고 생
각합니다. 그는 지난 몇 년간 몹시 고생했고, 저는 그의
죽음을 이미 몇 년 전부터 예상했습니다. 그의 부음을 들
었을 때 어떤 순간이 떠오르더군요. 칠팔 년 전쯤 어느 저
녁 취리히에서 참석했던 상당히 큰 모임에 그도 함께였는
데, 그 자리에서 그는 재치 넘치고 특유의 도발적인 방식
으로 독일 음악에 대해 극도로 가혹한 몇 마디 말을 했습
니다. 나중에 음악이 연주되려 하자 그는 모차르트 사중

주곡을 요청했지요. (취리히 톤할레 사중주단이 와 있었거든요.) 그들은 연주했습니다. 그리고 저는 보았지요. 경청하던 부소니의 손으로 감춘 얼굴에서 흐르던 눈물을요.

(1924년 8월 5일 롤프 쇼트에게 보낸 편지에서)

인젤 출판사가 이번에 보내온 책 중 가장 근사한 건 라이츠만의 『모차르트의 편지』다. 모차르트의 편지와 그 가족의 편지, 그리고 동시대인들의 보고가 실려 있다. 책을 읽는 내내 즐거웠다. 이 책의 더없이 무미건조한 보고조차 사랑스러운 동화처럼 다가온다. 그 보고들이 독일이 배출한 최고의 존재, 한없이 사랑스러운 존재, 바로 모차르트에 대한 것이기 때문이다. 지난겨울, 심란하고 힘든 마음으로 시내에서 빈둥대며 보낸 그 겨울에 〈마술피리〉를 세 번 더 들었다. 이 시간들은 헛되이 보낸 나날들로 착잡하고 혼란스러운 나를 향해 영롱한 빛을 비춘다. 이제 나는 아담한 테라스 햇빛 아래 의자 곁에 이 훌륭한 모차르트 책을 두고 읽으면서 나의 신을 경배한다. 그의 삶에 대한 보고들을 읽으며 감동한다. 한 떨기 꽃의 생애처럼 아름답고 슬프고 귀감이 되었던 그 삶에 대해.

(1926년 4월 29일 〈베를리너 타게블라트〉 서평 「책 더미」에서)

밤길을 거닐면서 음악과 나의 기묘한 관계에 대해서도 오랫동안 생각했고, 음악과의 이 감동적이고도 치명적인 관계가 독일 정신성 전체의 운명임을 다시 한번 알게 되었다. 독일 정신에서는 모권, 즉 자연과의 유대가 음악의 헤게모니라는 형태로 지배하고 있다. 이는 다른 어떤 민족에서도 유례가 없다. 우리 정신적인 인간은 남자답게 그것에 저항할 생각은 않고, 또한 정신과 로고스와 말에 순종하고 귀 기울일 생각은 않고, 다들 말 없는 언어를 꿈꾼다. 말할 수 없는 것을 말해줄, 형상화할 수 없는 것을 그려줄 언어를 말이다. 정신적인 독일인은 최대한 충실하고 성실하게 자기 할 일을 이행할 생각은 않고 늘 말과 이성에 반항하고 음악에 추파를 보냈다. 또한 경이롭고 성스러운 음의 형상, 경이롭고 섬세한 감정과 분위기를 한량없이 탐닉하면서 자신의 현실적 과업을 등한시했다. 우리 정신적인 사람들 모두는 현실 속에서 편안하지 못했고 현실을 낯설어하고 현실에 적대적이었으며, 그렇기에 우리 독일 현실, 우리 역사, 우리 정치, 우리 여론에서 정신의 역할은 그토록 별 볼일 없다. 그래, 나는 간혹 이런 생각이 강렬하게 들었다. 그저 미학과 정신적 예술 행위에나 몰두하는 대신, 한 번쯤 같이 나서서 현실을 만들어가며 진지하고 책임감 있게 활약하고 싶다는 격렬한 갈망이. 하지만 항상 체념하고 저주받은 운명에 항복하는 것으로 끝났다. 장군과 중공업 기업가 나리들 말씀이 옳았다. 우리 '정신적인 사람들'은 아무짝에도 쓸모가 없다. 우리는 없어도 그만인, 세상 물정 모르고 책임감 없는 말 많은 재주꾼들이었다.

(『황야의 이리』에서)

쇤크의 〈비가〉*는요. 제가 보기에 이 작품에서 낱낱의 곡은 중요하지 않습니다. 선율이랄 만한 것도 그다지 없습니다. 피아노 악보를 봐서는 알 수 있는 게 너무 없을지도 몰라요. 소규모 실내악 오케스트라를 위한 오케스트레이션이 마법의 향기를 지녔다는 것, 그게 핵심이니까요. 쇤크와 이에 대해 이야기를 나누어본 적은 없지만, 저는 이 작품을 대략 이렇게 느낍니다. 성악가 한 사람이 서 있어요. 그는 이 경이로운 시들에 자신의 아픔과 행복을 투영해 조용히 되뇌고 있습니다. 노래한다기보다 기억에 젖어 읊조리거나 자기 안에 몰입한 채로요. 그에 맞춰 소규모 오케스트라는 그의 사랑과 꿈 전체, 시냇물과 숲을 연주합니다. 뭐, 보면 아실 거예요. 피아노 악보를 보고 알게 되면 좋겠네요.

(1927년 12월 25일 하인리히 비간트에게 보낸 편지에

---

* 레나우와 아이헨도르프의 시에 붙인 연가곡.

서)

이 고독한 후고 슈테펜볼프*는 강렬한 눈빛과 아름다운 모습을 지닌 인물이지요. 그는 평생 저의 가장 내밀한 벗이었습니다. 그의 가곡들을 처음 접한 열일곱 살 무렵부터요.

(1928년 1월 27일 하인리히 비간트에게 보낸 편지에서)

예를 들면 월요일 저녁에 함께 교향악단 연주회에 갔거든. 모차르트의 교향곡, 바흐의 〈브란덴부르크 협주곡〉, 베토벤 〈교향곡 5번〉이 연주될 예정이었고, 나는 R에게 바흐가 끝나면 내가 사라질 수도 있다고 조심스레 마음의 준비를 시켰고, 그녀와 함께 나오는 데 성공했지. 그렇게 우리 모두 베토벤이 시작되기 전에 나와서 연주회 1부의 감동을 구해냈어. 더할 나위 없이 좋았지. 어떤 모차르트 교향곡이었을까요, 똑똑한 친구? G단조 교향곡이었어. 우리가 스위스 아로자에서 들었던 바로 그 작품! 안단테 악장의 개시부는 최고였고, 오케스트라는 환상적이었

---

* 슈테펜볼프는 '황야의 이리'라는 뜻으로, 헤세의 소설 제목이기도 하다. 여기에서 헤세는 후고 볼프의 성을 위트 있게 변형해 부른 것이다.

어. 푸르트뱅글러의 지휘는 사실 뛰어나지 않았고 세세한 부분에 집착을 보였는데도 정말 괜찮았지. 플루트와 바이올린, 피아노가 어우러진 바흐의 협주곡은 매혹적이었어. 가벼우면서도 꿈꾸듯 자기 안으로 침잠한 음악, 그 유장함을 발휘한 후세대 작곡가는 브루크너 정도밖에 없어.

　(1928년 3월 말 니논 돌빈에게 보낸 편지에서)

　대규모의 준수한 합창단이 함께한 〈마태수난곡〉 공연은 좋았어. 하지만 나무랄 데 없는 공연은 아니었어. 솔리스트 중에는 알토 성악가만 탁월했지. 그러나 작품은 굉장했지. "나 언젠가 세상을 떠나야 한다면" 부분과 마지막 코랄 전주곡 부분을 들을 때는 눈물방울이 뚝뚝 떨어지더군. 그렇게 베를린 한복판에서 예수가 죽는 걸 보다니 기묘했어.

　(1928년 4월 8일 니논 돌빈에게 보낸 편지에서)

　저에게 모차르트의 오페라는 연극의 본질입니다. 연극을 본 적 없는 아이가 상상하는 연극 같은, 달콤한 선율과 보물과 온갖 색채가 어우러진 천상의 세계 같은 거죠. 저는 연극 자체에는 관심 가져본 적이 없어요. 배우와 극 자체에는 말입니다. 자발적으로 연극을 보러 간 적도 없고요. 의무감으로 몇 번, 아니면 친구들에게 끌려간 게 다예요.

　저는 〈햄릿〉도 〈리어왕〉도 〈파우스트〉도 〈돈 카를로스〉

도, 하우프트만의 작품도 공연으로 본 적이 없어요. 한마디로 관심이 없는 거죠. 하지만 그런 만큼 오페라를 보러 가는 건 좋아해요. 모든 오페라는 아니고, 모차르트나 로시니나 도니체티, 로르칭의 작품이나 〈카르멘〉을 좋아해요. 〈마술피리〉와 〈피가로의 결혼〉은 헤아려볼 수도 없을 정도로 자주 보러 갔고요.

(1929년 1월 10일 에미 발헤닝스에게 보낸 편지에서)

바젤에서 열린 모차르트 페스티벌에 갔어. 니논이 없는 시기를 견뎌보려고. 음악은 아주 아름다웠고, 바젤의 공기도 유년 시절부터 이어진 기억으로 가득 차올라 다시 한번 감동을 받았단다. 네 엄마와 알기 전, 한때 그곳에서 사랑했던 소녀도 다시 보았어. 그녀가 바로 『페터 카멘친트』와 여러 시에 등장하는 엘리자베트란다. 이십칠 년 만에 재회한 셈이지. 나이 들고 희끗해진 모습으로.

(1930년 5월 26일 아들 브루노에게 보낸 편지에서)

역시 오늘 있었던 이야기입니다. 슐레지엔 지역의 젊은 여성이 제게 편지를 보냈습니다. 제 수채화 한 점이 너무나 갖고 싶답니다. 하지만 가난하고 압제당한 독일은 너무 쪼들려서 가질 수 없다는군요. 그 대신 보답으로 제 시들을 노래로 만들어 각지에서 공연할 수 있게 만들겠다고 합니다. 시란 작곡되어 불릴 때라야 비로소 생생해지기 때문이라고요. 그런 작업을 할 수 있도록 '헤세 공동체'를 세우려고 한다는군요. 독일인들이 음악과 맺는 관계의 본질을 어리석을 만큼 분명하게 보여주는 일이지요. 독일인들은 음악을 사랑해요. 정신적인 부분에서는 하나도 책임지지 않을 요량으로요.

(1930년 7월 15일 하인리히 비간트에게 보낸 편지에서)

저는 전혀 다르게 생각합니다. 순전히 예술적인 면에서만 보면 『황야의 이리』는 아무리 못해도 『나르치스와 골드문트』만큼 훌륭해요. 논문-간주곡을 기준 삼아 소나타처럼 엄격하고 팽팽하게 짜였고 주제를 철저하게 장악하지요. 다만 그 책은 전쟁(내일모레면 또 일어날 전쟁)과 재즈 음악, 영화, 오늘날 여러분의 삶 전부를 떠올리게 할 겁니다. 여러분은 그런 삶의 지옥을 시인이 보여주려고 하면 막으려 들지요. 물론 독자들은 모릅니다. 그들은 착실하게 읽으면서 미약한 저항의 법칙을 따릅니다. 아픔을 덜 느껴도 되는 쪽에 끌리는 거지요. 『나르치스와 골드문트』에서 제기되는 문제는 예술가의 문제, 끔찍하고 비극적인 문제입니다. 하지만 독자 본인은 예술가가 아니니 그런 이야기를 멀리서 아무 위험 없이 바라볼 수 있어요.

반면 『황야의 이리』를 읽으면서 독자는 자신의 시대와 자신의 문제들을 마주해야 하고, 결국 스스로 부끄러워질 수밖에 없습니다. 그런 것을 원하지 않겠지요. 예술은 아프게 하자고 존재하는 게 아니라고 생각하면서요. 자기가 바흐의 음악을 감당할 수 있는, 아니 심지어 '즐길' 수 있는 이유가 바흐의 신앙과 문제들이 이제는 자기와 상관없기 때문이라는 생각도 안 하고요.

(1930년 11월 13일 M. W.에게 보낸 편지에서)

『오트마 쇠크』. 악보 샘플 아흔한 편이 실려 있는 한스 코로디의 연구서로, 프라우엔펠트의 후버 출판사에서 나왔다. 종합적 현상으로서의 음악가 쇠크를 제대로 기린 첫 번째 저서다. 사랑과 열광과 무조건적 긍정을 담았고, 나는 이 긍정에 진심으로 동의한다. 작곡가 오트마 쇠크처럼 내가 무조건적으로 신뢰를 보낼 수 있는 예술가, 이토록 고맙고 조건 없이 인정하는 가치 높은 예술가는 우리 시대에 몇 안 되기 때문이다. 이해하기 어렵게도 그는 여전히 마니아들에게만 알려져 있다. 그는 고집스럽고 태평한 태도로 극장과 연주회 산업을 피해 다니면서 명성을 우습게 알고 자신이 작곡한 가곡을 그 자신과 친구들을 위해 고즈넉하게 부른다. 그러나 오늘의 예술 시장을 차지하는 것들 거의 모두가 사라지고 마는 때가 온다 해

오트마 쇠크 (1886~1957)

도 그는 살아남을 것이다. 코로디는 쇠크라는 인물과 그의 삶에 대해 적절한 간결함과 거리감을 보이며 풀어낸다. 그에 비해 작품들은 분명히 조명하며 서술한다. 음악 전문가만을 위해서가 아니다. 그 어떤 식으로든 음악과 친근한 관계를 맺고 있는 모든 이를 위해서다.

(1931년 3월 22일 뮌헨과 다하우, 〈뷔허부름〉 서평)

네 편지를 받고 무척 기뻤어. 네가 쇠크에게 별 관심이 없으리라는 것, 나도 짐작했지. 하지만 쇠크의 아주 원천적인 선율 사랑, 그리고 진정한 서정시에 대한 쇠크의 깊은 이해를 발견한다면 그에게 이끌리게 되지 않을까 해. 언젠가 그의 〈비가〉나 다른 연가곡을 듣는 날도 오겠지.

(1931년 4월 11일경 카를로 이젠베르크에게 보낸 편지에서)

내가 우리 시대의 가장 진실되고 자연스럽고 사랑스러운 음악가로 여기는 오트마 쇠크에 대한 첫 번째 연구서가 '오트마 쇠크'라는 제목으로 출간되었다. 저자는 한스 코로디 박사, 펴낸 곳은 프라우엔펠트의 후버 출판사다. 가곡 작곡가로서 쇠크는 분명 우리 시대 첫째가는 사람이다. 슈베르트와 볼프를 잇는 그의 가곡들은 널리 알려져 많은 이들이 부르고 있다. 오페라 중에서는 〈돈 라누도〉

가 폭넓게 인정받고 있고, 동화극 〈어부와 그의 아내〉도 급속한 위력을 발휘해 머지않아 방방곡곡 스미게 될 것이다. 이 작품은 쇠크의 오페라로서는 처음으로 취리히에서 숱하게 상연되면서 음악성 있는 사람들만 매혹시킨 게 아니라 고도로 폭넓은 청중에게 가 닿았다. 그러니 쇠크를 다룬 첫 책의 출간 시점은 유리했다 하겠다. 이 책에는 열광과 사랑이 담겨 있다. 하지만 철저한 연구를 바탕으로 한 책이기도 해서, 교육적으로 선별한 수많은 악보 샘플과 상세한 분석을 담아 더욱 돋보인다.

(1931년 6월 19일 〈뮌히너 차이퉁〉 서평 「문화 및 예술 도서」에서)

취리히에서 본 〈피가로의 결혼〉은 사막에서 마신 시원한 음료 같았네. 음표 하나 놓치지 않고 들었지. 하이든의 〈천지창조〉도 멋지고 경이로웠어. 하지만 역사적으로 한계가 있고 다루는 범위는 제한적이지. 모차르트와 바흐는 언제나 인류 '전체'를 다루는데 말이야.

(1932년 2월 28일 빌헬름 해커에게 보낸 엽서에서)

정말 훌륭한 음악도 들었지. 제일 멋졌던 건 하이든의 사중주곡, 모차르트의 두 대의 피아노를 위한 협주곡, 보케리니의 오중주곡이었어. 현대음악 작품도 있었어. 합창

대목이 있는 스트라빈스키의 신작이었는데 설득력은 떨어졌지. 하지만 강렬하고 생생했어. '설득력이 떨어졌다'는 말은 합창이 꼭 들어가야 했는지 알 수 없었다는 이야기이고, 음악이 합창 텍스트와 긴밀하게 연결된 것 같지 않았다는 뜻이야. 하지만 대체로는 박력 있고 형식적으로 풍요롭고 아름답고 독창적인 음악이었어.

(1932년 3월 18일 알리체 로이트홀트에게 보낸 편지에서)

괴테가 베토벤을 온전히 이해하지 못했다는 건 전혀 이상하지 않아. (약간은 이해했어. 그가 베토벤에 대해 멋진 말을 한 적이 있지.) 음악에서 베토벤과 더불어 시작되는 것은 문학에서 실러 등과 더불어 시작되는 것이고 정치에서 프랑스혁명과 더불어 시작되는 것인데, 이 모든 것은 괴테라는 존재 전체와 정확히 반대되는 것이거든. 나 자신도 비슷한 것 같아. 소소한 예외가 있긴 하지만 음악에 대해서는 워낙 반동적이라서. 나는 베토벤이 바흐와 모차르트의 반열에 결코 들 수 없는, 쇠퇴의 시작이라고 생각해. 장대하고 영웅적이며 찬란한 시작이지만, 이미 부정적 전조가 배어 있는 음악이라고. 취리히에서는 올해 부활절에도 바흐 수난곡이 아니라 베토벤의 〈장엄미사〉를 공연한다고 해서 퍽 울적해. 내일 들으러 가긴 할 거야.

하지만 그 작품 말고 〈마태수난곡〉이나 〈요한수난곡〉을 들을 수 있다면 비용을 얼마든지 치를 수 있네.

(1932년 3월 24일 무렵 루트비히 핑크에게 보낸 편지에서)

세상에, 톤할레를 지나가는데 연주 목록이 내걸려 있었어. 오늘 저녁 연주될 목록이. 어떤 곡이었는지 알아? 모든 모차르트 교향곡 중 가장 아름다운 곡이자 내가 가장 좋아하는 곡, 바로 〈G단조 교향곡〉이더라고. 1악장은 환상적으로 마음에 들고 2악장은 참으로 신비로운 긴장감으로 시작하는 곡! 이 곡을 듣는 것이 올해 반년 동안 세 번째야. 매번 다른 공연장에서 다른 지휘자와 다른 오케스트라 연주로 들었지. 게다가 그 연주회들은 전부 여행 중에 우연히 만났어. 그리고 매번 행운의 징표가 되어주었지.

(1932년 4월 니논 헤세에게 보낸 편지에서)

바흐 이전의 음악과 바흐의 음악과 모차르트, 여기까지가 독일 고전주의라고 생각한다. 괴테와 실러, 헤르더와 레싱은 기품 있고 훌륭한 인물들이었지만 고전주의자들은 아니야. 그들은 위대한 유산을 잇는 가교가 되어주지도 않았고 새 이상을 본격적으로 세우지도 못했어. 중세 이후 독일이 세상에 선사하게 될 것, 그건 음악이었지. 기독교가 내게 얼마나 중요한지, 혹은 어디에 기독교가 마지막으로 순수한 형상으로 보존되어 있는지 가끔 곰곰이 생각해보면 바흐의 칸타타와 수난곡이 여지없이 떠오른다. 시문학이 아니라 이 음악 속에서 기독교는 마지막 형태를 빚어냈거든. 네가 교회음악을 하면서 오늘도 여전히 이 큰 강의 강변에 앉아 있다는 것, 그건 분명 멋진 일이란다.

(1932년 11월 10일 카를로 이젠베르크에게 보낸 편지에서)

언젠가 네가 나에게 바흐 레코드판을 선물해주었지. 성가곡이 녹음된 음반을. 〈아, 우리 곁에 머무소서〉였던 것 같아. 내게 이 곡은 세상에서 가장 좋아하는 음악이 되었고, 내 가장 깊은 데 자리한 최고의 사색과 분위기에 잘 어울려. 지금은 살아가기가 어렵지. 아주 힘들어. 하지만 이 음악은 영원해. 우리는 그 음악과 함께하고, 음악은 우리 안 구석구석에 퍼져. 지상의 나머지 공기가 숨을 못 쉴 지경이 되고 청산가리 맛이 나서 갑갑해진다 해도 우리 영혼은 여전히 이 성가곡 같은 것들로부터 좋은 양식을 얻을 거야. 이 음악은 도교야. 도의 천 가지 양상 중에 완벽한 형식이라는 게 있거든. '내용'을 삼키고 녹여낸 다음 다만 호흡하며 아름다울 뿐인 상태를 말해. 이 음악을 임종의 순간에 듣고 싶어. 아니 그렇다기보다 이 음악과 같은 모습으로 죽기를, 그렇게 자신을 바쳐 무거움에서 벗어나 떠다니며 유일자와 하나가 되기를 소망해.

(1933년 7월 파니 실러에게 보낸 편지에서)

그사이 저는 쇠크의 〈비너스〉*를 다시 들었습니다. 마법처럼 아주 아름다운 음악이에요. 하지만 이 음악은 본능의 욕망일 뿐인 정열을 예찬하는 데 쓰이기 때문에 최고의 기품은 존재하지 않으며 존재할 수도 없습니다.

(1933년 11월 28일 오토 바슬러에게 보낸 편지에서)

지난번 당신께 보낸 편지에 라이프치히의 '도취적인 바그너 행사'** 보도가 실린 신문을 동봉한 건 그저 우연이었습니다. 제가 당신께 편지를 쓰던 아침에 신문이 배달되었거든요. 저는 독일 신문을 접하는 일이 아주 드물기에 한순간 잊었던 겁니다. 당신은 그런 종류의 시대 기록을 마주할 기회가 저보다 훨씬 많다는 사실을요. 그러나

---

* 오트마 쇠크가 프로스페르 메리메의 노벨레를 바탕으로 작곡한 오페라.
** 1933년 바그너가 태어난 도시인 라이프치히에서 리하르트 바그너 50주기를 기념해 동상 제작과 공원 조성을 추진 중이었다. 당시 권력을 장악한 히틀러는 기념상 제작을 정치적으로 활용하고자 3월 6일 화환을 들고 와 바그너 동상 제작의 초석을 놓았다.

더 곰곰이 성찰해보면 유감스럽게도 약간의 심술이나 고소해하는 심보 같은 것도 있었습니다. 아시지요, 당신이 바그너의 연극적 제스처와 과대망상에 대해 평가절하하며 비판적으로 말씀하신다는 점에서 저와 똑같다는 것을요. 그럼에도 당신은 바그너를 사랑하시기에 저로선 경외스럽고 감동적이기는 하지만 온전히 이해하지는 못한다는 것도요. 솔직히 말씀드리면 저는 그를 못 봐주겠습니다. 아마 저는 바그너에 대한 히틀러의 최상급 찬사가 실린 그 신문을 보았을 때 대략 이런 기분을 당신에게 느꼈던 것 같습니다. "여기 당신의 바그너 좀 보시죠! 이 약아빠지고 파렴치한 수완가야말로 작금의 독일에 안성맞춤인 우상입니다. 그가 아마 유대인이라는 사실은 더 가관이고요!" 뭐 그런 마음이 함께 있었을 겁니다.

당신이 독일에서 사실 수 없는 것도 아주 잘 이해합니다. 그곳에서는 정신적이라 할 만한 모든 것이 점점 권력과 갈등을 빚고 있고 기독교인도 함께 박해받고 있는 상황인데(경찰은 심지어 콜벤하이어의 아주 무해한 강연도 금지했지요*), 그쪽에서 가공할 만큼 무장 중이라는 건 의심의 여지가 없기에 모든 상황이 아주 심각해 보입니다. 만일 세계사가 일 분간 제 수중에 있다면 어떤 소원을 빌고 무슨 지시를 내릴지 잘 모르겠습니다. 이런 생각마저 들 정도거든요. 프랑스가 라인강 너머 진군해서 독일을 지금 당장 패배하게 만들었으면 좋겠다고요. 독일이 몇 년 뒤 이길지도 모르잖아요.

(1934년 3월 토마스 만에게 보낸 편지에서)

우리가 지나간 시대에 정말로 감정을 이입해야 할 때면 그 시대가 얼마나 다르게 보이는지, 새삼 놀라워! 멀리서 보면 1730년경의 독일은 한마디로 제바스티안 바흐 같은 이들의 나라야. 실제로는 당대 사람들의 99퍼센트가 바흐 같은 이들의 영향을 전혀 받지 않았고, 정신적 문화적으로 한 세대 내지 두 세대쯤 더 옛날에 살고 있었지. 새로울 것 없는 이야기지만 매번 새삼스러워.

(1934년 봄 카를로 이젠베르크에게 보낸 편지에서)

음악 한번 못 듣고 부활절이 지나가네. 지금 바흐를 잠

---

* 작가 콜벤하이어는 나치 정권 초기인 1934년 1월 뮌헨대학교에서 진행한 강연 〈정신적 창조자들의 삶의 표준과 새로운 독일〉에서 나치의 일부 행태를 겨냥해 문화적 수치를 언급하며 독일의 몰락을 우려했고, 강연 후 나치 돌격대의 거센 항의와 공격을 받았다. 이후 라이프치히와 드레스덴 등에서 이어질 예정이던 강연은 모두 금지된다. 콜벤하이어가 비판적 진보적 지성인이었던 건 아니다. 그의 세계관은 독일성에 대한 유사 종교적 신비화 및 사회적 다윈주의로 이루어져 있었고, 근본적으로 히틀러 정권에 호의적이었다. 훗날 실제로 그는 나치를 적극적으로 지지하며 입당했다. 전후 동독과 오스트리아에서는 콜벤하이어를 나치 부역 작가로 지목해 금서 목록에 올렸다.

깐이라도 들었으면 좋겠어. 〈요한수난곡〉이 제일 좋을 거야. 마지막 부분이 특히 좋아. 아니면 누군가가 내게 피아노로 칸타타 〈악투스 트라지쿠스〉를 연주해주면 좋겠어.

(1934년 봄 카를로 이젠베르크에게 보낸 편지에서)

우리 집에 피아노를 빌려놓을 테니 와서 한 번씩 음악에 대해 이야기했으면 해. 듣고 싶은 곡이 따로 있는 건 아니야. 음악이나 음악에 대한 기억이 지적 문학적으로 재현될 수 있는지, 만일 재현될 수 있다면 어떻게 가능한지, 이런 문제에 조금이라도 진전을 볼 수 있을까 해서. 이를테면 고전음악 분석이 오늘날의 언어로 얼마나 가능한지 같은 주제를 이야기하고 싶어. 지식을 쌓으려는 욕심은 없어. 그저 몇몇 음악 작품이 내게 미치는 영향력을 좀 더 이해하고 싶어. 또 음악을 아무 거리낌 없이 문학적으로 상상하는 것과 오늘날의 수단으로 분석하는 것, 이 둘 사이의 경계를 더 잘 알 수 있게 되지 않을까 싶기도 하고. 가령 내게 헨델은 환하게 빛나고 감미로우면서도 남성적인데, 네 이야기 덕분에 그런 면이 아주 특정한 화음 등의 선호에서 온다는 것을 알게 된다면, 걸음마하듯 나아갈 수 있을 거야. 많이 번거롭게 하지는 않을게…

바흐 악보를 뭐라도 들고 와줘. 바흐 직전 이들의 악보도. 파헬벨이나 쉬츠 같은 사람들 말이야. 헨델도 좀 갖고 오면 어떨지.

(1934년 8월 초 카를로 이젠베르크에게 보낸 편지에서)

며칠 전부터 조카가 와 있습니다. 오르가니스트이자 음악 교사이고, 민요 분야의 철저한 전문가이지요. 그는 민요가 아직 살아 있는 거의 모든 유럽 지역에 가서 선율 등을 채록했어요. 특히 발칸, 세르비아, 보스니아, 마케도니아 등에서요. 조카는 매일 잠깐씩 고음악을 연주해줍니다. 또 우리는 고전음악의 구조와 기법, 정신적 문화적 기능과 의미에 대해 자주 이야기 나눠요.

(1934년 8월 8일 한스 포프에게 보낸 편지에서)

『유리알 유희』를 위한 작업 노트에서

'소나타' 악장 안의 드라마: 우선 위딸림조에 도달하고자 애쓰다 위딸림조에 이른다. 중간 부분에서는 위딸림조를 유지하려고 부질없이 고투하며 긴장이 비극적으로 고조된다. 낯선 조성들을 헤쳐가며 탐색하고 내몰리다가 마침내 재현부인 세 번째 부분에서 으뜸조로 되돌아간다. 재현부는 첫 번째 부분 전체를 반복한다. 하지만 첫 부분에서 딸림조를 향해 가던 것과 달리 으뜸조를 향해 간다.

좀 더 낮거나 좀 더 높은 음에서 모티프를 반복 진행한다. 이 지연 상태는 대체로 금방 지나간다. 다만 계단식 지형을 보여주듯—예를 들어 3도씩—하강할 수도 있다.

'구둣방 가죽 쪼가리Schusterfleck'는 지나치게 식상한 화성적 반복 진행을 가리키는 옛 표현이다.

고음악과 현대음악의 '화성학'

16세기와 17세기에 들어서도 오랫동안 기본음 위에 화음을 쌓는 것이 지배적이었다. 이런 화음들은 음악에 뭔가 단단하고 정적인 특징을 부여한다. (헨델에 와서도 잘 드러난다.) 불협화음은 드물었다. 불협하는 음 하나가 나올 때는 대개 일단 협화음적 기능을 하며 들어온다.

고음악: 더 단단하고 (고)정적이다.

현대음악: 더 사뿐하고 떠다니며 유연하다.

즉흥연주 훈련을 위한 예시

헨델의 오르간 협주곡 중에는 오르간 솔로 중 도입부만 작곡된 악장이 있다. 그 처음 몇 마디에 이어지는 마디들을 위한 모티프의 재료가 주어지고(이 이어지는 마디들은 대개 동형으로 진행할 수 있다), 이후 종지부나 합주로 넘어가는 경과구만 제대로 적혀 있다. 오르가니스트는 저 발단부와 종지부 사이의 공백을 즉흥연주로 채워넣어야 한다. 이때 중요한 것은 목표점으로 수렴하는 화성의 패턴을 찾아내 여러 가지 아르페지오로 화려하게 장식하는 일이다.

다른 중요한 즉흥연주 연습은 아다지오 장식음 연주다. 작곡가는 아다지오-칸틸레나의 골격만 지정해두었을 뿐, 연주자는 이를 당김음, 경과음, 전과음을 활용하고 온갖 음표를 이용한 풍부한 표현으로 확장하며 자잘한 장식음을 덧붙여야 한다. 그러다 보면 연주자가 총보에 적혀 있는 것보다 몇 배 더 많은 음표를 연주하게 될 수 있다. 만일 연주자가 오늘날의 솔리스트들 하는 식으로 헨델이나 코렐리의 아다지오를 악보대로만 연주한다면, 청자나 선생에게 야유를 단단히 받을 것이다.

장식된 코랄 전주곡을 즉흥연주하는 기교도 똑같은 기법에 기초한다.

옛날에는 솔리스트에게도 아리아 연주 중 다카포 기호가 나오면 그저 반복하는 데 그치지 않고 가볍게 변주해 풍성한 음악을 들려주기를 기대했다.

세 번째 즉흥연주 훈련은 카덴차 기법을 처음에는 경과구로(패시지나 분산화음 주법), 다음에는 종결 카덴차의 장식과 대미의 절정으로 들리도록 연습하는 일이다. 가령 모차르트 시대에는 사륙화음으로 규모가 큰 카덴차가 존재했다.

그 밖의 중요한 훈련은 푸가와 프렐류드다.

다섯 번째 즉흥연주 훈련은 주어진 테마를 변주하는 연습이다. 이때 중요한 것은 주제의 디미누션(축소) 기법, 다시 말해 선율을 작은 음가로 쪼개는 것이다. 가령 4분음표, 8분음표, 8분 셋잇단음표, 16분음표, 16분 여섯잇단음표, 32분음표 등의 순서로 진행한다. 그다음에는 (푸가에서도 항상 연습해야 하는 부분인데) 소프라노 선율을 알토-테너-베이스 음역으로 옮겨 새로운 대위 성부로 연주해본다. 나중에는 기본 화성을 여러 가지 분산화음으로 변주해본다.

푸가

종지를 최소화하고 그 흐름을 유지한다. 종지부까지 진행한 다음에는 가능하면 바로 다시 새로운 전개부를 향해 밀고 나간다.

쉬지 말 것!

푸가는 대개 세 부분으로 나뉜다.

1) 제시부. (대개 처음 세 개에서 다섯 개 성부로, 모두 5도 간격 또는 4도 간격으로!) 첫 번째 부분은 보통 딸림음으로 마무리한다.

2) 보다 자유롭고 조바꿈하는 5도 간격에 매이지 않으며 유사한 주제들로 진행되는데, 여기서도 주제 도입이나 연장이 가능하다. 새로운 대위법이라고 할 수 있을까?

3) 종지부. 으뜸조를 재확인한다. 버금딸림조 같은 소소한 조바꿈을 통하기도 한다. 독자적 페달 포인트로 움직임이 자주 정체된다.

위딸림조는 흥분과 상승의 분위기를 조성한다. 버금딸림조는 진정의 분위기를 조성하며, 사색 따위의 차원에서 전환을 뜻하기도 한다.

나는 내가 잘 알고 아주 좋아하는 음악이라면 모든 것을 기억과 약간의 흥얼거림과 노래와 휘파람으로 마술처럼 불러낼 수 있어. 가령 웅장한 오라토리오라든가 〈피가로의 결혼〉과 〈마술피리〉 등에 나오는 곡들을. 나에게 이 시대 이후의 음악은 베토벤이 아닌 (나는 그와 별로 가깝지 않아) 슈베르트와 쇼팽으로 이어져.

(1934년 파니 실러에게 보낸 편지에서)

최근 손님 중 한 사람은 제게 좋은 영향도 많이 주고 작업*에도 도움을 줘요. 제 조카인데, 저는 오르가니스트인 그 아이가 쓸 수 있게 14일 동안 피아노를 빌려다 두었습니다. 조카는 저녁이면 우리에게 고음악을 연주해주고 이론적인 내용, 대개는 대위법에 대한 이야기를 자세히 나눠줍니다. 제 이후 작업을 위해 필요하거든요.

(1934년 8월 24일 헬레네 벨티에게 보낸 편지에서)

음악에 대한 제 이론적 관심은 매우 제한적입니다. 별가치도 없을 거고요. 실제 연주자가 아니니까요. 대위법, 푸가, 화성 양식의 변화에 관심은 있습니다. 하지만 미학

---

* 헤세는 당시 「요제프 크네히트의 네 번째 이력서」를 집필 중이었는데 결국 원고를 완성하지 못했고, 다른 이력서 세 편과 달리 『유리알 유희』 최종 원고에도 싣지 않았다.

적일 뿐인 이런 질문들 너머 다른 질문들이 생생하게 떠올라요. 진실된 음악 본연의 정신과 모럴이요. 이에 대해서는 우리의 음악 이론가들보다 옛 중국인들이 더 많이 알고 있었습니다. 여불위의 『여씨춘추』 2장에는 이런 말이 나와요. "완전한 음악에는 이유가 있다. 이 음악은 중용에서 생겨난다. 중용은 바름에서 생겨나며, 바름은 천하의 의미에서 생겨난다. 하여 천하의 의미를 깨달은 사람이라야 음악에 대해 더불어 이야기하는 게 가능하다." 독일 제2제국의 쥐잡이*이자 전속 음악가이며 제3제국에서는 더더욱 그런 인물로 자리 잡은 바그너에 대해서도 여불위는 이미 정확히 알고 있었습니다. 여불위가 쓴 책에 이런 말이 있지요. "음악이 취하게 할수록 백성들은 더욱 우울해지며 나라는 더욱 위태로워지며 군주는 더욱 깊이 영락한다." 이런 말도 있어요. "그런 음악은 취하게 한다. 하지만 음악의 본질로부터는 멀어진 것이기에 이 음악은 명랑하지 않다. 음악이 명랑하지 않으면 백성이 투덜거린다. 생활이 망가진다." 하나만 더 쓰자면, "태평성대의 음악은 고요하고 명랑하며 왕정은 균형 있게 통치한다. 불안한 시대의 음악은 흥분해 있고 격앙해 있으며, 그 정부는 괴

---

* 유명한 독일 전설 「피리 부는 사나이」를 염두에 둔 표현. 음악의 정서적 힘을 이용해 대중을 유혹하는 인물로 비유된다.

이하다. 망해가는 나라의 음악은 감상적이며 슬프다. 그리고 그 왕정은 위태롭다."

(1934년 8월 25일 오토 바슬러에게 보낸 편지에서)

저와 다른 입장에 있고 실제 음악적 경험이 훨씬 더 많은 당신이 음악에 대한 제 의견이 전반적으로 타당하다고 말씀해주시니 참 좋습니다. 이런 의견이 지금 제 작업을 위한 기둥 중 하나거든요. 이 작업에 몰두한 지는 삼 년이 넘었지만 진척은 아주 더딥니다. 올여름 한동안은 카를로 이젠베르크가 와 있었어요. 그를 위해 피아노 한 대를 빌렸고요. 음악에 대한 지극히 개인적이고 문외한적인 제 의견이 전문가와 처음 마주한 것이었는데, 이 또한 긍정적인 일이 되었습니다.

(1934년 가을 아델하이트 랑에게 보낸 편지에서)

의사인 당신에게 승화라는 것은 의도된 무엇, 원래 향하던 곳이 아닌 영역에 적용한다는 의미에서 충동의 전환을 가리키지요. 저에게도 승화는 궁극적으로 '억압'이에요. 하지만 저는 이 엄숙한 단어를 '성공한' 억압 등으로 표현할 수 있는 데만 적용합니다. 원래의 자리는 아니되 문화적으로 높은 영역에서 충동이 작용한다고 말할 수 있는 데만요. 예술의 영역 같은 데요. 가령 저는 고전음

260

악의 역사를 표현 및 태도의 기법의 역사라고 생각합니다. 역사에서 많은 세대의 많은 대가들이 거의 늘 부지불식간에 충동을 어떤 영역으로 전환시켰고 덕분에 이 영역은 이 참된 '희생'에 기초해 완성, 즉 고전주의에 이른 것이에요. 제가 보기에 이런 고전주의를 위해서라면 어떤 희생이든 가치가 있습니다. 그리고 만일 유럽 고전음악이 1500년부터 18세기까지 그 완성을 이루는 급격한 여정에서 거장들과 훨씬 더 많은 시종들을 삼켜버렸다면, 그 대가로 이후 내내 빛과 위로와 용기와 환희를 끝없이 찬란히 비추었다고, 마찬가지로 부지불식간에 수많은 이들에게 지혜와 의연함과 삶의 기술을 위한 교본이 되어주었다고, 앞으로도 오래도록 그럴 거라고 생각합니다.

그리고 어떤 재능 있는 사람이 자기 충동력의 일부를 활용해 그런 대업을 행한다면, 저는 그의 존재와 행위에 최상의 가치를 부여하겠습니다. 비록 개인적으로는 병적인 존재일지 모른다 해도요. 그러니까 정신분석 과정에서 허락하지 않는 듯한 것, 즉 사이비 승화로 도피하는 것은 제가 보기엔 괜찮은 일이에요. 심지어 고도로 가치 있고 소망할 법한 일입니다. 성공한다면, 그 희생이 열매를 맺는다면 말이에요.

바로 이런 이유에서 예술가에게는 정신분석이 참으로 난감하고 위험한 것이겠지요. 정신분석은 그것을 진지하게 받아들이는 사람에게 쉽게 예술 활동 전체를 평생 금지할 수 있으니까요. 딜레탕트에게 그렇게 한다면 좋습니다. 다만 헨델이나 바흐에게 그렇게 한다면, 차라리 정신분석이란 것이 아예 없고 바흐가 남는 것이 훨씬 좋겠습니다.

(1934년 9월 카를 구스타프 융에게 보낸 편지에서)

나는 모든 것을 '사랑'하지는 않아야 한다고 말한 적도 없고 앞으로도 그렇게 말하지 않을 거야. 할 수 있는 한 모든 사람을 사랑해야 한다는 말도 했고. 반면 이런 말을 자주 했지. 모든 예술은 결코 똑같이 좋은 것이 아니고, 고전적인 예술도 있고 몰락하는 예술도 있다고. 예를 들어 바흐의 음악은 좋고 리하르트 슈트라우스의 음악은 아니라고. 당신은 똑같은 것을 로마에서 확인하고 있는 거야. 당신은 당신 분야에서 고전적인 것을 더 완전히 인식해서 이제 모작과 아류를 거부하는 것이고.

물론 그 모방 운운하는 예술은 역사적 상황이 낳은 진솔하고 합법적인 결과물이야. 그 예술은 후기 로마인들의 영혼과 아주 정확히 일치하지. 슈트라우스와 바그너의 도취적인 음악이 오늘날 독일 대도시인의 영혼과 일치하듯이. 그렇기에 그것을 '사랑할' 수는 있어. 인간과 역사의 한 조각을 표현한 것으로서 말이야. 하지만 사랑하는 것과 '옳다'고 (또는 고전적이라고) 여기는 것은 별개의 문제야. 퇴폐한 것이나 병든 것도 사랑할 수 있어. 하지만 그걸 '옳다고' 여길 수는 없고 그러지도 않아야 하고, 그냥 그것을 있는 그대로 받아들이는 거야. 왜냐하면, 여불위가 뭐라고 했지? 음악이 취하게 하면 풍속이 몰락하며 국가는 위협받는다고 했거든.

(1934년 11월 3일 니논 헤세에게 쓴 편지, 미발송)

어쨌거나 바그너가 음악가들을 거듭 매혹한다는 것, 저도 그런 많은 사례를 알고 있습니다. 그건 모든 유해한 마법이 행사하는 해묵은 마력이지요. 이 매혹의 끝에는 전쟁과 대포가 기다리고 있고, 신이 금지한 다른 모든 것이 있어요. 그런데 말이에요. '파우스트적' 인간도 쾌락을 맛보고 싶어하잖아요. 다른 사람들이 그 비용을 함께 치러야 한다는 것이 애석할 뿐입니다. 뭐, 저는 곧 그 문제에 신경 쓰지 않게 될 겁니다.

(1934년 12월 7일 한스 포프에게 보낸 편지에서)

오늘 취리히로 갑니다. 〈B단조 미사곡〉을 다시 한번 듣기 위해서이기도 하고, 유감스럽게도 제 출판업자랑 만나 그와 저의 상황에 대해 상세히 의논하기 위해서이기도 합니다. 유쾌한 자리는 아닐 것 같지만요. 말하자면 오늘 오후에 제가 또 한 번 당신이 한때 사셨던 뤼슐리콘과 예의 그 언덕*을 지나가게 될 거라는 뜻입니다. 전쟁이 한창일 그때도 〈B단조 미사곡〉 공연을 들은 적이 있는데, 〈도나 노비스 파쳄(우리에게 평화를 주소서)〉을 듣는 순간에는 견디기 어려웠어요. 심장이 너무나 에는 듯해서요.

(1935년 4월 18일 슈테판 츠바이크에게 보낸 편지에서)

물론 음악을 시로 본뜰 수는 없어. 고작해야 음악의 '내용'을 본뜨는 거지. 청자가 상상한 것을 말야. (우리가 레코드판으로 갖고 있는) 토카타를 들을 때면 나는 어떤 심상을 봐. '빛이 있으라'라는 말로 표현할 수 있는 심상을. 다르게 말하면 세상이 암흑의 카오스에서 형상을 갖추기 시작하는 천지창조의 한 순간으로 묘사할 법한 심상을.

(1935년 알리체 로이트홀트에게 보낸 편지에서)

---

* 슈테판 츠바이크는 1918년부터 1919년까지 적십자와 로맹 롤랑을 위시한 평화주의자 집단의 긴밀한 협조를 받아 취리히 호수 위쪽 뤼슐리콘의 벨부아 호텔에서 지냈다.

바흐의 어느 토카타에 부쳐

태초의 침묵이 응시한다… 암흑이 지배한다…
이때 빛 한줄기가 날카로운 구름 조각을 찢고 나온다.
맹목의 무無에서 세계의 심연을 부여쥔다.
공간을 만든다. 빛으로 밤을 파헤친다.
산등성이와 산봉우리를 땅에 부린다. 절벽과 계곡도.
공기는 가볍고 푸르러지고 대지는 단단해진다.

업적과 전쟁, 둘로 나뉘어 창조된다.
빛이 맹아였던 것을 두 동강 냈으니
소스라쳐 놀란 세상이 불붙어 번쩍이며
변화를 일으킨다. 빛의 씨앗이 떨어지는 곳에
질서가 생겨난다. 오색찬란함이 울린다.
생명에게는 찬사, 창조자 빛에게는 승리가.

그리고 진동은 계속된다. 신을 돌아보며
모든 분주한 피조물로 파고든다.

아버지 정신을 향한 거대한 열망으로.

열망은 욕망과 비참이 된다. 언어, 그림, 노래가 된다.

세상을 차근차근 구부려 성당의 나선 계단을 만든다.

충동이요 정신이요 투쟁이자 행복이다. 사랑이다.

(1935년 5월 10일)

바흐 시에서 거슬리는 건, 그 시가 음악이 아니라 그 음악이 내게 자아내는 상, 즉 빛의 창조를 다룬다는 점이야. 내 앞에 어른대는 상은 카오스 위로 빛이 번쩍하며 생겨나는 얼굴과 형체야. 명과 암, 몸통, 앞과 뒤지. 그런 진행은 극적이거든. 반면 바흐의 음악은 완전하고 완벽한 코스모스이자 형상이야.

(1935년 6월 말 카를로 이젠베르크에게 보낸 편지에서)

시학은 음악과 마찬가지로 엄격한 학문이 아니라 그야말로 예술입니다. 도처에서 우연과 연상이 일어나고요. 시의 제목도 그렇습니다. 당신은 '토카타'라는 제목이 순전히 우연이라 보시지요. 저에겐 수년 전부터 특정 토카타(그 작품이 뭐였는지 보다 구체적으로 댈 수는 없군요)와 천지창조의 심상이 밀착되어 있습니다. 구체적으로 말하면 빛이 생성되는 순간이요. 평소에는 좀처럼 우주적 상상을 하지 않는 데다, 시를 집필하게 된 심상이 천지창조에 대한 사색을 통해서가 아니라 그 토카타를 들으면서 떠올랐기에, 저로선 이 의존 관계를 제목에서 표현하는 것이 당연했습니다.

저 역시 짧지 않은 시간 동안 주저하며 써내려간 이 시에 문제가 있다고 느꼈는데 당신의 분석과 비평으로 충분히 확인받아서, 언짢다기보다 재미있습니다.

(1950년경 유스투스 헤르만 베첼에게 보낸 편지에서)

토카타에 대해 이렇게 말할 수 있을 겁니다. 그 시는 요제프 크네히트와 『유리알 유희』에 속하는 것이라고요. 반만 제 작품인 셈이지요. 제 눈에 그 시 자체는 파토스가 과해요. 저는 거창한 분위기를 별로 좋아하지 않거든요. 그런데 달리 어떻게 할 수 없었던 거지요. 물론 음악을 시구로 재현할 수는 없습니다. 시구는 토카타가 아니라 제 주관적 체험이고, 수년 전부터 이 음악을 들을 때마다 떠오른 심상입니다. 저는 이 음악을 듣고 있으면 천지창조의 과정이 보이거나 느껴집니다. 구체적으로는 빛이 생성되는 순간이요. 그 장면을 재현하고자 했던 것이고, 그 이상이 아니에요.

(1935년 7월 22일 체칠리에 클라루스에게 보낸 편지에서)

토마스 만은 바그너에 대한 에세이* 때문에 뮌헨의 옛 동료들과 친구들과 '지식인들'로부터 저열하고도 한심한 방식으로 공격당하고 지탄받았다. 한평생 바그너를 깊이 사랑했음에도, 그가 이 천재의 미심쩍고 병적인 면에 대해 지휘자들보다 조금 더 깊이 이해했다는 이유로 말이다. 나는 만의 깊은 바그너 사랑에 함께하지 않는다. 그러

나 나는 이 바그너 에세이를 무척 각별히 기리지 않을 수
없다.

(1935년 9월 스톡홀름, 〈보니에르스 리테레레〉)

프리드리히 슈나프가 페루초 부소니가 아내에게 쓴 편
지들을 모아 편집해 펴냈다. 여기에 취리히의 빌리 슈가
근사한 서문을 썼다. (펴낸 곳은 로트아펠 출판사다.) 내
가 알았던 많은 음악가 중에서도 부소니는 가장 깨어 있
고 민첩하며 눈 밝은 사람이었다. 그는 번뜩이는 재담을
할 줄 알았고 역설을 즐겼다. 그의 재담은 그야말로 그의
내면을 들여다볼 수 있는 창이었다. 즉 현대식 교육을 받
은 비감상적이고 반낭만주의적인 의식을 지닌 지성, 어린

---

* 토마스 만은 1933년 바그너 사망 50주기를 맞아 암스테르담 콘세르트헤바우
에서 진행될 기념 강연을 위해 「리하르트 바그너의 고뇌와 위대함」을 썼다. 이
글에서 만은 바그너에 대해 특히 낭만주의자이자 데카당으로서의 면모를 언급했
다. 물론 바그너가 데카당의 경향을 극복하고 위대한 작품을 창조했다고 긍정적
으로 평가했지만, 리하르트 슈트라우스와 한스 크나퍼츠부슈 등의 지휘자를 비
롯해 주로 뮌헨에서 활동하는 마흔다섯 명의 예술계 인사들은 이 발언을 바그너
에 대한 모욕으로 받아들여 뮌헨의 일간지에 공개 항의문을 실었다. 만과 그의
자녀를 비방하고 위협하는 일이 이어지자 그는 암스테르담, 브뤼셀, 파리 등으로
이어진 강연 여행을 마친 후 독일로 돌아가지 않고 망명길에 올랐다. 이 에세이
에서 문제가 된 표현은 데카당 외에도 딜레탕트와 정신분석 등이 있다. 뮌헨에서
토마스 만을 비판한 주도자들은 여러 사실에서 볼 때 강연 원문을 읽지 않았고,
원래의 맥락도 모르고 있었다.

아이처럼 시대 초월적이면서도 낭만주의와 은밀히 친밀한 영혼. 그 지성과 영혼 사이의 계속된 다툼을 그의 재담에서 들여다볼 수 있었다.● 그의 이중적 천성이 일독의 가치가 있는 이 편지들에서도 드러난다. 위대한 비르투오소이자 명민한 조소꾼이 편지 수신자인 자기 아내에게 꼬마처럼 매달리는 모습은 감동적이다. (뷜로 이래) 그의 세대 중 이 정도 수준의 편지를 썼던 음악가는 없을 것이다. (1936년 4월 스톡홀름, 〈보니에르스 리테레레〉 서평에서)

엄밀한 의미에서 볼 때 일대기도 존재하지 않고 심리학적 규명도 불가능한 이들이 있다. 덕분에 그들은 너무나 완벽한 수수께끼가 되고 마법처럼 신비해져서 인격체가 높이높이 실종돼버린다. 우리를 벗어나 위로 올라가 비밀이 된다. 초개인적이자 초시간적인 예술이 반 이상을 빨아들이기 때문이다. 모차르트는 그런 몇 안 되는 가장 위대한 예술가다. 역사 이래 이런 신비에 둘러싸인 시인은 거의 없다. 셰익스피어 말고는. 음악가 중에는 또 하나의

● 『방랑』(1918/19년 집필)에서 헤세는 부소니에 대해 이렇게 썼다. "이 영롱한 존재, 오늘날 우리에게 아직 남아 있는 반속물의 날렵한 의식을 보며 다시 한번 쾌감을 느꼈다."

불가사의인 바흐가 모차르트와 더불어 그런 신비에 싸여 있다. 바흐의 일대기는 어쨌든 모차르트의 일대기보다는 한 뼘 더 두툼한데도 말이다. 이 거장들의 생애가 그토록 불가사의해진 건 자료와 문서가 부족하기 때문이 아니다. 모차르트는 편지도 남겼고 동시대인들의 증언과 보고도 있다. 그토록 불가사의해진 건, 그들 예술의 천사들이 사는 하늘의 영역에서 이 예술가들을 빨아들였기 때문이다. 그래서 그들의 인격과 일대기에 이렇듯 기묘한 공백이 생겨났으며, 이렇듯 천사 같기도 하고 유령 같기도 한 피안적 성격이 나타난 것이다.

그렇기에 모차르트의 새 전기를 읽는 것은 다음과 같은 경우에만 의미가 있다. 먼저, 전기 저자가 기존의 자료들을 갖고 새로운 결론을 끌어냄으로써 일대기와 관련된 실제 사실을 풍요롭게 만드는 경우다. 또는 이 작가가 사랑으로 마음을 빼앗겨 그 힘으로 최고 권위자가 되는 경우다. 아네테 콜프가 쓴 아름답고 독특하고 고집스럽고 두툼하고 다부진 사랑의 힘으로 충만한 책은 후자에 속한다. 이 책의 매력 중 하나는 모차르트를 대할 때는 무조건적으로 감사해하는 사랑만 주면서, 모차르트 생애의 모든 관계자와 주변 인물들을 대할 때는 열렬히 비판하고 공격하며 평가하고 얕보려 한다는 점에 있다. 이 책은 그 위대하고 신비스러운 인물을 위해 하나의 시민적 전기를 창작

한 작업물이 아니다. 말하자면 모차르트를 그 삶의 등장
인물들과 같은 층위에 세우는 작업물도 아니고, 모차르트
를 말도 못하게 괴롭혔던 이들을 정당화시켜줄 가능성이
있는 작업물도 아니다. 아니, 콜로레도 대주교를 대할 때
든 아내와 아내의 가족 베버가家를 대할 때든 부친이 모
차르트를 대하는 태도를 말할 때든 결혼 생활을 조명할
때든, 이 작업물은 과격한 판단과 공격의 욕구를 동원해
직설적으로 이야기한다. 그러면서도—이것은 이 책의 수
준을 보장하는 점이기도 한데—이들 인물 모두가 실제와
달랐을 수도 있고 더 나았을 수도 있다는 점을 결코 잊지
않는다. 그렇다 한들 지상에서의 모차르트가 겪은 깊은
비극이 작아지지는 않겠지만. 모차르트의 생애 이야기는
보다 고귀한 부분이 반 이상을 차지하는 초인격적 이야기
다. 지상에 거했던 정신의 이야기, 시민들과 살았던 천재
의 이야기다. 그리고 제왕들과 세계 무대의 위대한 인물
들도 이 자리에서는 시민이 되어버린다. 그것이 이 책의
기본 선율이다. 이 삶의 희망 없음과 몸서리쳐지는 비극성
에도 불구하고 하나의 승리이자 개선인 삶을 그려내는 것
이. 이 책에는 모차르트 말년의 억눌리고 격노한 분위기가
내가 아는 그 어떤 모차르트 연구서에서보다 더 훌륭하게
묘사되어 있다. 이 굉장히 생산적이며 굉장히 고생스러운
시기의 속도감이. 〈피가로의 결혼〉과 〈마술피리〉 작업 시

기 동안 겪은 성스러운 열병이.

이 책은 모차르트를 알고 사랑해서 뭐라도 말하고 싶은 평범한 누군가가 쓴 게 아니다. 이 책은 시인이자 투사인, 그 자신의 무기를 여러 작업에서 입증한 단단한 여성이 썼다. 저자가 잘못 알았거나 잘못 생각한 것들이 더러 있을 수 있다. 그건 전문가들이 체크하면 될 일이다. 그렇지만 지상에서 정신이 (그리고 천재가) 겪는 운명, 창조자의 비극성, 음악의 사명을 그려나가는 부분에서 저자의 나침반은 제대로 된 방향을 겨눈다. 그리고 저자의 사랑과 경외심, 지식과 추측은 섬세하고 숙련되고 수준 높게 가꾼 표현력을 맘껏 활용한다. 이 표현력 덕분에 우리는 그녀의 책을—그녀가 쓴 책이 이처럼 숭고한 현상을 소재로 한 게 아니라 해도—공들여 읽게 될 것이다.

(1937년 5월 9일 바젤, 〈나치오날 차이퉁〉 서평 「아네테 콜프의 『모차르트』」)

당연히 그 시(「오르간 연주」)에서 오르간은 언제나 실제 오르간만 의미하지는 않아. 시에서 오르간은 여러 세대에 걸쳐 지어 올린 '정신의' 문화와 정신 모럴의 상징이야. 오늘날에도 많은 젊은이들이 연주할 수 있는 오르간이고.

(1937년 7월 25일 카를로 이젠베르크에게 보낸 편지에서)

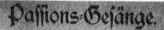

1890년 수난 금요일, 헤세의 삼촌 프리드리히 군데르트가 지휘하고 헤세의 형 테오도어와 카를이 독주자로 출연했던 칼프시립교회 연주회의 연주 목록.

너희가 〈마태수난곡〉을 무대에 올렸다니 굉장해! 나는
그 작품을 (칼프에 살던) 소년 시절에 처음으로 들었어.
당시 공연은 과하게 편곡된 형식에 그저 그런 수준의 연
주였는데도 굉장한 힘을 발휘했어. 네 아버지가 지휘하
고, 빈송이 오르간을 연주하고, 형들이 복음사가와 그리
스도를 맡고, 네 자매들과 아델레가 합창단에 참가해 노
래했지. 이번에 나는 취리히에서 폴크마 안드레에와 (일
로나) 두리고, 그리고 (카를) 에르프 등 옛 친구들 연주를
다시 듣고 인사를 나눴단다.

(1937년 파니 실러에게 보낸 어느 편지에서)

우리 헤세 집안의 아이들은 두 의붓형 테오와 카를을
몹시 사랑하고 감탄했단다. 테오는 매력적인 사람이었어.
진심을 다하고 명랑하며 언제나 열정적이고 낙관적이었
지. 상대적으로 카를은 말수 없고 냉철하지만 아주 철저
하고 훌륭한 문헌학자이자 훌륭한 피아노 연주자였어. 테
오보다 목소리가 아름다운 편이었지. 하지만 그의 노래는
수줍고 겸손한 편이었어. 테오야 극장에도 있었으니 그렇
지 않았고. 나는 테오가 복음사가를, 카를이 그리스도를
맡아 부른 바흐의 수난곡 공연들을 보러 갔어. 지휘는
삼촌 프리드리히 군데르트가 했던 공연이었지. 돌이켜보
면 젊을 때는 테오에게 푹 빠졌지만 나이가 들면서 카를

이 더 좋아졌어. 카를이 계속해서 특히 음악을 갈고닦았
다는 점만 해도 더 좋아진 이유였지. 반면 테오는 인상 깊
은 가곡과 아리아 레퍼토리를 늘리지 않고 나이 들어서까
지 그 곡들에 머물렀어.

　(1961년 11월 28일 그레테 브라운에게 보낸 편지에서)

　나 자신은 그 가곡들●에 대해 평가하지 않아. 그건 전
문가들에게 맡기지. 다만 쇠크의 가곡들을 제외하면 내
글에 곡을 붙인 작품 중 반가웠다 할 만한 것은 사실 아
직 없어. 나한테 온 곡들만 해도 수두룩해. 전부 합하면
수백 곡은 될 거야.

　(1937년 12월 12일 파니 실러에게 보낸 편지에서)

　시인은 언어의 '단일화'와 통속화 과정에서 필시 보전
하고 지연시키는 입장에 있습니다. 그런 까닭에 철자법
등 형식적인 문제들에서도 가능한 한 그 편이어야 할 것
이고요. 어떤 저자가 앞에서 'anderer[다른]'라는 단어를
썼다고 해서 다음 쪽에서 그저 '일관성 있다'는 이유로
'andrer'라는 표현을 쓰지 말아야 하는 것은 아닙니다. 두
낱말은 리듬상의 차이가 있지요. 그리고 저자가 한번은

● 빈의 작곡가 리하르트 모가 헤세의 시에 곡을 붙인 가곡들.

이렇게 한번은 저렇게 쓰는 동기를 항상 명확히 할 수 있는 게 아니라 해도, 어쨌든 예술가적 필요에서 다양한 표현을 위해 쓸 수 있다는 말이지요. 슈베르트가 사중주곡 어느 악장의 코다를 쓰면서 끝에서 세 번째 음표에 부점을 찍고 다른 악장에서 다른 부분은 모두 동일한 마지막 프레이즈를 부점 없이 두었다면, 어떤 음악가든 알겠지요. 이 또한 통일시킬 수 있겠지만 그렇게 하면 훨씬 단조로워지리라는 것을요.

  (1938년 7월 23일 헤르베르트 슈타이너에게 보낸 편지에서)

  음악은… 장구한 세월에 걸쳐 일차적으로 감각적인 것에 대한 기쁨, 숨결의 흐름, 박자의 두드림, 목소리들의 어우러짐, 합주에서 나오는 음색과 마찰과 매혹에 대한 기쁨에서 생겨난 것이다. 물론 정신이 가장 중요하다. 그리고 새로운 악기의 발명과 옛 악기의 변화, 새로운 조성과 구조적 화성적 법칙 혹은 금지의 도입은 언제나 하나의 제스처이자 외적 요소일 따름이다. 민족의 복식과 패션이 외적 요소인 것과 마찬가지다. 하지만 시대들과 양식들을 그것들 자체로 이해하려면 이 외적이고 감각적인 특징들을 감각적이고 집중적으로 포착해 맛보아야 한다. 음악은 손과 손가락과 입과 허파로 하는 것이지, 두뇌만

277

활용해 해나가는 게 아니다. 그리고 악보는 읽을 수 있지만 악기를 완전하게 연주할 수 없는 사람은 음악에 대해 이야기 나누지 않아야 한다. 음악의 역사 역시 추상적 양식사만으로는 이해할 수 없다. 가령 우리가 음악의 쇠락기에는 정신적인 것보다 감각적이고 양적인 부분이 더 비중 있게 내세워졌다는 것을 인식하지 못한다면, 이 쇠락기는 일절 납득할 수 없는 채로 남게 될 것이다.

(『유리알 유희』에서)

오늘날 인간은 산다고 할 수 없습니다. 그저 연명할 뿐, 반쯤 질식한 채 숨 쉬고 있지요. 인간이 때때로 아름다운 꿈을 품는다면, 유년 시절에 들었던 음악이라든가 바흐나 모차르트의 진정한 음악 한 소절을 떠올릴 수 있다면, 그 때때로가 좋은 시간인 것이지요. 오늘날 인간은 만 년 전 모습과 다르게 변화하고자 합니다. 그건 남자아이들과 변화 과정에서 명령권이 있는 사람들에게나 재미있지요.

한편 다른 세상이 있습니다. 참되고 환한 세상이요. 그 세상은 모차르트를 생각한다든가 고서적을 읽을 때만 존재하는 게 아니며 우리 안에도 살아 있습니다. 자그맣고 연약하게요. 그 세상의 불꽃 하나를 이어 전해주는 것이 우리가 다해야 할 최고의 의무입니다.

(1938년 12월 17일 채칠리에 클라루스에게 보낸 편지

에서)

시인들도 다른 예술가들과 마찬가지입니다. 다시 말해
첫 번째 조건은 재능입니다. 비상한 언어 능력과 언어 감
각 말이에요. 하지만 재능에는 당신이 '근면'이라고 부르
는 근성이 보태져야 합니다. 꼼꼼하게 끝까지 작업해내는
일이요. 시 한 편이 생겨나는 과정은 대체로 다음과 같을
겁니다. 발단은 영감입니다. 어떤 생각, 내적 심상, 몇 마
디 말이 먼저 있지요. 그것들이 착상이자 가장 중요한 것
입니다. 나중에 가서야 비로소 적어둔 것들을 작성하고
점검하면서 의식적으로 규칙에 따라 계속 작업하게 됩니
다. 음악가들은 예를 들면 이런 식이에요. 악상이 하나 떠
오릅니다. 그 악상을 음표로 고정한다는 건 거의 불가능
해 보이지요. 음악가는 규칙을 활용해 이 악상을 도와야
합니다.

그러니까 당신이 제대로 봤어요. 근면만 갖고는 예술
작품이 만들어지지 않지요. 반면 딜레탕트를 예술가와 가
르는 건 바로 이런 점이에요. 딜레탕트는 대체로 첫 착상
에 이미 안주하고 언어와 운율을 끝까지 파고들지 않아
요. 반면 진정한 예술가는 가능한 한 완벽하게 자기 작업
을 수행합니다. 많은 수정 작업이 필요하다고 해도요.

(1940년경 프로니 켈러에게 보낸 편지에서)

플루트 연주

어느 집 한밤중 덤불과 나무 사이
어느 창 은은히 빛나고
저 보이지 않는 공간에 서서
플루트 연주자가 연주하고 있었다.

너무나 귀에 익은 노래
참으로 선하게 밤 속으로 스몄다.
마치 모든 곳이 고향인 것처럼
마치 모든 길이 완성된 것처럼.

세계의 오묘한 의미가
그 노래의 숨결에 계시되었으니,
마음은 기쁘게 헌신했고
모든 시간은 현재가 되었다.

부연하자면 이 시의 마지막 행은 음악의 본질에 대해 다년간 사색한 것의 최종 결과물입니다. 음악을 철학적으로 표현한다면, 미적으로 지각 가능하게 된 시간이라고 할 수 있을 것 같아요. 그 시간이란 현재를 말하고요. 음악을 듣고 있으면 순간과 영원의 동일성이 또다시 떠오릅니다.

(1940년 4월 무렵 오토 코라디에게 보낸 편지에서)

그래요. 수정한 시에 대해 당신이 해주신 말씀 또한 감사합니다. '붉은 창문'이라든가 '은은히 빛나고' 같은 표현에 대해 언급하신 부분은 아마 당신이 맞을 겁니다. 저도 '은은히 빛나고'가 더 좋고 아마 되살리게 될 듯합니다.* 과정은 이랬습니다. 이 시를 주관적이고 서사적인 것에서 일반적이고 순수하게 비유적인 것으로 옮겨낸 것, 그렇게 한 것은 분명 적절했습니다. 참으로 순수한 정신적인 인식으로 마무리되었다는 이유 때문에라도요. 다시 말해 이 시는 음악의 본질이란 시간, 즉 순수한 현재라는 통찰로 마무리되어요. 저는 유년 시절부터 음악을 벗으로 삼아왔는데도 이 통찰에 도달하는 데 육십 년 가까이 필요했어요. 그런데 첫 연을 삭제하면서 '구름 가득한 이른 봄의 밤'도 사라졌습니다. 전체에서 가장 따사롭고 감각적인 행이자 가장 강렬하게 공간의 깊이를 암시하는 행이요. 저로서는 이 상실이 애석했던 겁니다. 이를 대체하

＊ 헤세는 1940년 4월 3일 「플루트 연주」의 4연짜리 초고를 완성했는데 1연은 다음과 같다. "어느 집 앞에 멈춰 섰다. / 구름 가득한 이른 봄의 밤 / 나를 여기로 이끈 것이 무엇인지도 모른 채. / 그것은 흩날리는 플루트 연주였다." 헤세는 4월 중순 1연 전체를 삭제하고 3연짜리 시로 다듬어 완성했다. 1연을 제외한 나머지 연들이 대체로 그대로 유지된 것과는 달리 1연 2행에서 중요한 수정이 있다. "어느 창 은은히 빛나고"를 "붉은 창문이 작열하고"로 바꾼 것이다. 본문에서 인용된 최종 원고는 편지를 쓴 이후에 다시 고친 것으로, "어느 창 은은히 빛나고"를 되살렸다.)

려는 마음으로 창을 묘사한 행에 '붉은' 빛깔과 '작열'을 표현한 것이고, '은은히 빛나고'는 결국 되돌리는 게 좋겠다는 생각이 들 때까지 그대로 둘 생각입니다! 우리 시인들이 하는 일이 이래요. 어린 시절 저는 치과 대기실에서 〈플리겐데 블레터〉*에 실린 콩트 한 편을 읽었어요. 상업 고문관이 시인을 만나 오늘도 작업을 하셨는지 묻습니다. 시인은 무척 진지하게 말하지요. "오, 그럼요. 오전 내내 어제 쓴 걸 다시 검토했고 마침내 한 문장을 삭제했습니다." 상대가 묻습니다. "그럼 오후에는요?" 시인은 말합니다. "오후에는 전체를 다시 한번 점검했고 그 문장을 다시 살리기로 했습니다." 저는 1890년 즈음 슈투트가르트의 어느 치과에서 읽은 이 일화를 잊은 적이 없습니다.

(1940년 4월 18일 G. 슈템플리에게 보낸 편지에서)

산산조각 난 우리 세계 한복판에서 아름다움과 만나는 일은 한층 더 강렬하고 압도적인 경험이 됩니다. 그래요, 때로 이 만남은 우리에게 너무 강렬하고 견디지 못할 정도지요. 저는 결코 잊지 못합니다. 세계대전 마지막 두 해 동안 음악을 견딜 수 없었던 일을요. 바흐, 모차르트, 슈베르트 음악의 몇 소절이 그저 눈물과 절망만 일깨웠던

---

* 1845년부터 1944년까지 뮌헨에서 발행된 풍자 주간지.

것을요. 어제만 해도 우리 것이었던 그 찬란했던 세계를 기억하고 있기 때문입니다. 그 모든 것이 파괴되었기 때문입니다.

(1940년 12월 30일 빅토어 비트코프스키에게 보낸 편지에서)

당신이 레나우를 좋아하신다는 것, 그의 묘지를 방문하셨다는 것을 듣고 얼마나 기뻤는지 쓰는 걸 잊었던 것 같습니다. 청년 시절에 저는 시인 중에서 레나우를 횔덜린과 더불어 가장 사랑했습니다. 덧붙이자면 제 어머니께서도 그를 좋아하셨고 시집 『사보나롤라』 중 몇 작품은 암송도 하셨습니다.

요즘 사람들 중에는 이 시대 가장 중요한 가곡 작곡가인 오트마 쇠크가 레나우를 특별히 좋아해 그의 많은 시에 곡을 붙였습니다. 연가곡집 〈비가〉는 아이헨도르프와 레나우의 시들로 이루어진 가곡집입니다.

(1941년 1월 17일 알프레트 비더만에게 보낸 편지에서)

베른이라는 도시, 그리고 자네와 가까워지기 시작한 건 1908년 봄이었지. 그때 나는 뮌헨 시절부터 친하게 지낸 화가 알베르트 벨티의 집에 처음 가서 며칠간 손님으로 있었어. 우람한 느릅나무들이 그림자를 드리우는 멜헨빌베크의 오래된 집이었지. 사 년 뒤 벨티가 세상을 떠나자 내가 이 집으로 들어왔고, 이미 친구였던 우리는 내가 베른에서 사는 동안 막역한 사이가 되었어. 물론 이 교제의 성격을 한마디로 표현하자면 음악이었고 자넨 주는 쪽이었지. 저 시절 음악을 이해하는 내밀한 여정에서 자네의 전문성, 대화, 지휘, 피아노 연주, 곡 창작은 동행이자 안내자였다네. 우리에겐 공통의 친구들이 있었잖나. 몇 사람만 들자면 쇠크, 안드레에, 셰델린, 슐렝커가 있었어. 우리는 축제도 여러 번 함께했지. 그중 자네 집에서 보낸 크리스마스 저녁들이 특히 기억나. 자네가 지휘한 황홀한 공연도 수없이 보러 갔고.

(1941년 4월 27일 지휘자 프리츠 브룬에게 보낸 편지에서)

빌 아이젠만은 최근 유럽 음악계에 등장한 인물 중 가장 우수하고 반가운 인재 중 하나다. 이는 음악계의 수많은 지도자들도 인정했다.

내가 특별히 좋아하는 것은 그의 다면성이다. 그는 강인하고 건강한 본능과 삶의 기쁨을 지닌 데다 잘 교육받은 오성과 높은 수준의 정신적 교양을 갖추었다. 무엇보다 나는 음악의 본질에 대한, 삶과 교육과 문화에서 차지

하는 또는 차지해야 할 음악의 위상에 대한 그의 견해와
소신을 높이 사고 동감한다. 아이젠만은 음악가, 작곡가,
음악 교육자이기만 한 것이 아니라, 원체 주목할 만한 이
론가이자 비평가이기도 하다. 그래서 나는 그의 논문 여
러 편을 찾아 읽었고, 내 생각과 가까운 의견들을 발견했
다. 그의 정신성은 E. T. A. 호프만, 베를리오즈, 슈만 등
낭만주의 시대 문학적 음악가들의 정신성과 가깝다.

(1941년 7월 「작곡가 빌 아이젠만에 대한 의견」)

명랑함은 시시덕거림도 자아도취도 아니야. 그것은 최
고의 인식이자 사랑, 모든 현실에 대한 긍정, 그 어떤 나
락과 심연의 언저리에서도 깨어 있는 상태를 말해. 그것
은 성자들과 기사들의 미덕이기도 하지. 그것은 의연하며
나이를 먹고 죽음에 가까워질수록 더욱 쌓여가지. 그것은
아름다움의 비밀이자 모든 예술의 본질이야. 생의 찬란함
과 경악스러움을 시구의 춤으로 기리는 시인과 순수한 현
재로 울려 퍼뜨리는 음악가는 빛을 가져다주는 자이자 지
상에 환희와 밝음을 더하는 존재야. 비록 그들이 우리에
게 일단은 눈물과 고통스러운 긴장을 선사하겠지만. 어쩌
면 우리를 매혹하는 시구를 읊는 시인은 슬픈 은둔자였을
지도 모르고, 음악가는 음울한 몽상가였을지도 몰라. 하
지만 그렇다 해도 그의 작품들은 신들과 별들의 명랑함

에 동참하고 있어. 그렇게 해서 이제 우리에게 전해지는 것은 예술가의 암담함, 시련, 두려움이 아니야. 순수한 빛한 방울, 영원한 명랑함 한 방울이지. 모든 민족과 언어가 신화, 우주진화론, 종교로 세상의 심연을 탐색하려고 할지라도 그들이 궁극적으로 도달할 수 있는 최고의 것은 이 명랑성이야.

(1941년경에 쓴 『유리알 유희』 중 「대화」에서)

쇠크의 오페라 〈뒤랑드 성〉* 베를린 초연에 대한 보도들은 흥미로웠어. 삼십 년 전에 쇠크에게 이렇게 말한 적이 있어. "내가 아이헨도르프에게 안쓰러운 마음만 들지 않는다면 자네에게 〈뒤랑드 성〉을 오페라 소재로 추천할 텐데."

(1943년 5월 10일 빌헬름 그림에게 보낸 엽서)

자네에게 『유리알 유희』에 대해 알려준다는 건 거의 불가능해. …문학을 설명하는 건 괜한 일인 것 같거든. 그리고 이미 나와 있는 책의 이미지를 대략이라도 직접 그리지 못한다면 그 또한 내 알 바 아닌 거고.

---

* 요제프 폰 아이헨도르프의 노벨레. 프랑스혁명 때 젊은 사냥꾼이 자신의 여동생을 납치한 귀족에 저항해 폭동을 일으키지만 자신이 오해했다는 사실을 뒤늦게 깨닫고 스스로 목숨을 끊는 이야기다.

이렇게 상상해봐. 곡의 음표와 대수학 및 천문학 공식의 수학기호처럼, 유리알 유희자들도 수백 년 동안 기호언어를 만들어낸 거야. 모든 시대의 사유, 공식, 음악, 문학 등을 일종의 악보 언어인 이 기호언어로 재현할 수 있는 거지. 여기서 새로운 건 오로지 모든 학문 분과에서 이 유희가 일종의 공통분모라는 것뿐이야. 그러니까 일련의 좌표를 아우르며 또 하나의 좌표를 만들어내는 거지.

그나저나 자네도 책 갖고 있지. 그 속에 이와 관련된 내용이 여기저기 나와. 예를 들면 「학창 시절」에. 또 다른 곳에도.

(1943년 말 테오 베슐린에게 보낸 편지에서)

삽화에 대한 당신의 의견은 옳습니다. 시에 곡을 붙이는 작업도 비슷해요. 이렇게 작곡된 열 곡 중 아홉 곡은 불필요하지요. 하지만 성공한 한 곡 덕분에 모두가 함께 유지되고 정당화됩니다. 만일 우리에게 슈베르트의 괴테 가곡이나 볼프의 뫼리케 가곡이 없었다면 분명 아쉬웠을 겁니다.

(1944년 4월 어느 독자에게 보낸 편지에서)

너에게 위대한 조력자인 음악이 있다니 좋구나. 스케일 같은 기계적 연습이 좋은 영향을 미치리라는 것도 잘 이

해한다. 그런 연습은 정연함과 명징함을 자아내며 눈앞의
문제들 밖이나 위에 공간을 창출하지.

(1945년 3월 4일 파니 실러에게 보낸 편지에서)

리하르트 슈트라우스에 대해 이야기하자면, 아무래도
네 예감이 맞을 것 같아. 그러니까 뭘 어떻게 하려고 했
든 너는 어떻게든 괴로워질 거야! 모든 투쟁 전선이 겹친
다는 것, 방금 제대로 해놓고 나서도 잘못한 건 아닌지 매
순간 물어야 한다는 것, 그게 우리의 현재 상황에서 제일
거슬리는 것 중 하나지. 나도 그런 처지네.

바덴에 있는 동안 슈트라우스도 와 있었어. 나는 그와 아
는 사이가 되는 일을 조심스럽게 피했지. 그 잘생긴 노신
사가 마음에 들었지만 말이야. 한번은 마르크발더 형제●와
저녁에 만나기로 했는데 조금 이따 그들이 나에게 오더니
때마침 잘 되었다고, 슈트라우스도 같은 시간에 온다고
말해주었어. 슈트라우스가 나와 만나게 되었다고 좋아한
다면서. 나는 약속을 취소했지. 슈트라우스와 아는 사이
가 될 마음이 없다고 말하면서. 물론 그들이 말을 그대로
전한 건 아니고 어찌어찌해서 내가 못 오게 되었다고 했

● 바덴의 온천 호텔 베레나호프의 소유주. 헤세는 1923년부터 1952년까지 연
말이면 이곳에서 몇 주씩 머물렀고, 훗날 이들에게 『요양객』을 헌정했다.

어.

슈트라우스에게 유대인 일가친지가 있었다는 건 물론 자랑거리도 변명거리도 아니야. 바로 그 가족 관계를 생각해서라도 나치가 주는 혜택과 경의는 포기해야 마땅했거든. 필요한 건 진작에 넘치도록 가졌으니까. 그의 나이는 일선에서 물러나 거리를 둘 수 있을 만큼 충분히 들었어. 그가 거리를 두지 않은 것은 그 왕성한 생명력 덕분이겠지. '인생'이 그에게 의미하는 건 성공, 예우, 막대한 수입, 연회, 축제 공연 등이었을 거야. 그는 그런 것 없이 살 생각도 살 수도 없었어. 그러니 그 악마에게 저항할 방법을 찾을 수 없었던 거지. 우리에게 그를 심하게 비난할 권리는 없어. 그래도 그와 거리를 둘 권리는 있다고 생각해.

거기에 대해 뭐라 더 할 말이 없군. 결국에는 늘 슈트라우스가 이기게 될 걸세. 그가 머리카락을 쥐어뜯는다든가 양심의 가책으로 힘들어하는 일은 결코 없을 테니까. 나치에 순응했으면서도 전승국들로부터 스위스행 출국 허가를 바로 받아낸 몇 안 되는 독일인이잖아. 그와 같은 연배이면서 히틀러 치하에서 고통받고 수감되었던 다른 사람들●은 스위스로부터 반년도 더 전에 요양 체류 초대를

● 당시 헤세는 작센하우젠 강제수용소에 갇혔다가 건강이 심각하게 나빠진 채 석방된 페터 주어캄프의 스위스 입국 허가를 위해 애썼으나 허사로 돌아갔다.

받았지만 전승국들이 내보내주질 않고 있거든. 그걸 생각하면 속이 타.

　(1946년 2월 1일 에른스트 모르겐탈러에게 보낸 편지에서)

　바덴의 백발 신사[리하르트 슈트라우스] 건은 네가 틀림없이 옳아. 노인을 꾸짖으려 하는 것이 부질없는 짓이라 해도, 오랫동안 성공의 틀 안에만 있던 사람이 한 번쯤 버터 말고 돌을 씹는다 해서 나쁠 건 없거든. 더 중요한 건 소시민, 집단, 대중이 틀린 방향으로 판단을 바꾸는 계기가 생기지 않도록 하는 거야. 그들이 전시된 그림을 본다면 반응은 둘 중 하나일 거야. "모르겐탈러가 슈트라우스를 그리다니 모르겐탈러도 글렀어." 아니면 "모르겐탈러가 슈트라우스를 그리다니, 자기가 한 일이 어떤 건지 알고 있을 거야. 예술은 과연 정치와 아무 상관이 없다는 것을 우리에게 일깨워주는 셈이야."

　(1946년 리하르트 슈트라우스의 초상화 작업을 거절한 에른스트 모르겐탈러에게 보낸 편지에서)

　잠깐만 상상해보세요. 선생님이 문학작품 인쇄소의 교정자가 아니라 악보 인쇄소의 교정자라고요. 인쇄를 위한 원안으로 총보든 피아노보든 어떤 작품이 당신 앞에 놓여 있다고요. 작곡가의 친필이나 구판 인쇄본으로요. 또 악보 인각공 직원과 길잡이이자 방침이 되어주는 음악 분야의 두덴 사전*이 있다고 해봅시다. 이 사전은 음악적 표현이라는 게 악보로 재현되는 것인 한, 표현의 법칙과 수단에 대해 알려주는 교사 같은 교본이지요. 사전의 저자는 음악의 언어를 잘 아는 전문가이지만 창작자는 아니고, 어쩌면 음악 거장들의 참다운 벗도 잘 이해하는 사람도 아닐지 몰라요. 사전은 작곡의 법칙, 습관, 용법을 완전히 숙지하지 못한 채 작곡하고자 하는 사람들에게 조언을 전해줍니다. 취지도 좋고 제법 유용하지만, 다만 고분고분함에 길들여진 대중은 그 사전을 국가로부터 권위를 인정받은 무조건적 표준으로 받아들이게 되니 위험하지 않을 수 없습니다.

자, 당신은 이제 음악 두덴 사전으로 훈련받은 악보 인각공과 함께 인쇄를 시작합니다. 장편소설 정판 작업 때 했던 대로 진행하시게 될 겁니다. 요컨대 당신은 전반적으로 원본을 충실하게 재현하되 과정을 감독하면서 악보의 통일성을 중요하게 생각하실 겁니다. 예를 들어 한 마디를 통째로 누락한다든가 하는 일은 결코 없을 겁니다. 하지만 여기저기 4분음표 하나, 8분음표 하나, 16분음표

---

* 대표적인 표준 독일어 사전.

하나는 빠뜨릴지도 몰라요. 아니면 작곡가가 너무 자의적으로 도식에 어긋나는 것처럼 작업한 듯한 군데군데를 찾아 8분음표 두 개를 4분음표 하나로 만들고, 적합해 보이는 아첼레란도[점점 빠르게] 기호를 삽입하고, 부적합해 보이는 기호는 뺄 수도 있겠지요. 그건 아주 사소한 시술이자 두덴이 허락하는, 아니 제안하는 시술일 겁니다. 그러나 그건 음악 작품을 난폭하게 난도질하는 일입니다. 그리고 십 년 이십 년이 지나 또 다른 악보 인쇄업자가 당신의 버전을 바탕으로 이 작품의 개정판을 제작하게 되겠지요. 인각공이 최신 개정판 두덴 사전에 따라 사소한 시술을 덧붙일 테고요. 그렇게 되면 이 음악 작품의 개정 3판, 개정 4판, 개정 10판은 출판업자와 간행인이 양심을 다시 지키기 전이었던 시절에 나왔던 우리 작가들의 염가판 고전들 대부분과 닮은 모양새가 될 것입니다.

　(1946년 10월 어느 교정자에게 보낸 편지에서)

　우리의 음악 취향이 얼마나 옳은지 하는 물음, 레하르와 모차르트가 대등할지도 모른다는 물음, 이런 문제의 불확실성을 담은 사유는 이미 『황야의 이리』에서 이리와 파블로가 나눈 대화에서 변주해 녹여낸 것 같아…

　그러나 이―내가 보기엔 지금은 아무 가치도 없는―사유 과정은 심리학적 관심사고 부질없는 짓이야. 레하르가 모차르트와 동등하다면, 히틀러가 예수와, 혹은 사르트르와 소크라테스가 동등하지 말라는 법도 없겠지. 우리가 이미 본 것처럼 세상은 총명함보다 모럴이, 심리학보다 가치들의 질서가 더 필요해.

(1947년 2월 1일 에리히 오펜하임에게 보낸 편지에서)

(헤세는 1947년 7월 23일 토마스 만과 루체른 트립셴 지역에 있는 바그너 기념관을 방문했고, 일주일 뒤인 29일 친구인 화가 군터 뵈머에게 다음과 같은 편지를 보낸다.)

토마스 만과는 퍽 좋은 시간을 보냈습니다. 우리는 트립셴의 바그너 기념관에도 함께 갔습니다. 당신도 함께 갔다면 19세기 말 독일 낭만주의 회화 작품 중 극도로 경악스러운 것들이 소규모로 집약되어 있는 것을 볼 수 있었을 겁니다.

(리하르트 벤츠에게는 이런 편지를 쓴다.)

며칠 전 루체른에서 토마스 만과 만났습니다. 우리는 한 시간 동안 트립셴에 머물면서 바그너 기념관에 갔어요. 몇몇 사진과 편지를 제외하면 모든 물건에서 저속하기 짝이 없는 19세기의 악취가 진동했어요. 악취 나는 그 모든 건 이제는 사라진 연극 세계죠. 하지만 작은 옆방에서 전에는 본 적 없는 젊은 니체 사진을 발견했어요. 유리가 씌워져 있었지요. 포르타 학교 재학 시절 사진이에요.

그 모습은 개구쟁이 시절의 장 파울이라 해도 좋을 정도였어요. 그 사진 한 장 덕분에 나머지 속임수와 허섭스레기가 상쇄되었습니다.

그런데도 몇 년 뒤 다시 한번 소소한 문학적 재미를 찾아 카덴차에 대한 글을 써보려고 했다는 것이 나 자신도 놀라워. 물론 음악적 기교 면에서 참신하거나 독자적으로 표현했다고 할 만한 건 전혀 없어. 그 글은, 대담할 정도로 길고 찬란한 단 하나의 산문 문장으로 카덴차를 묘사함과 동시에 어느 정도 흉내 내보려는 시도야.
(1947년 10월 무렵 파니 실러에게 보낸 편지에서)

비르투오소 문제는 카스탈리엔 사회와 똑같아. 인물됨이야 전제 조건이지. 하지만 중요한 건 높은 서열에 들 수 있는 역량이야.
(1947년 11월 쿠르트 리히디에게 보낸 편지에서)

공연 예술가가 공연하는 순간 작품에 압도되고 전율에 휩싸여야 한다는 당신의 견해에 절대 동의하지 않습니다. 만일 그렇다면 그 어떤 연극 공연도 오케스트라 공연도 가능하지 않을 거예요. 아니, 전율은 먼저 도착해야 합니다. 가수나 배우는 이런 전율 속에서 창조자의 작품을 추

체험하는 것이고요. 하지만 재현하면서 매번 새롭게 전율을 느낄 필요는 없어야 합니다. 그런 갱신이 필요한 이들은 조율이 안 된 피아노처럼 준비가 안 된 성악가들이에요. 연주회 열 번 중 아홉 번은 망치거나 취소해버리는 성악가들이요. 그런 건 딜레탕트입니다. 이 또한 제법 그럴듯해 보일 수는 있어요. 다만 전문가라면 그래서는 안 됩니다.

  (1947년 12월 한스 슈라이버에게 보낸 편지에서)

  제 시로 가곡을 만드는 일은 독자나 비평가의 의견 표명과 비교할 수 있어요. 하나의 반응이지요. 가곡 작곡은 시인의 글에 대한 메아리이고, 나름의 고유한 법칙이 있습니다. 글을 쓴 시인이 판단할 문제가 아니에요. 저는 늘 그런 식으로 받아들였습니다.

  (1948년 1월 22일 한스 마르틴 브라이어에게 보낸 편지에서)

  나는 시인으로서의 실러가 절대적으로 과대평가되었고 그의 수사학적 관념론을 추종한 세력도 전적으로 나쁘다고 생각해. 이 세력은 독일적 자기 만족과 독일적 비장함을—이건 히틀러가 리하르트 바그너를 사랑하는 대목에서 절정을 이루었지—굉장히 과소평가했어. 반면 실러의 인품과 도덕적인 면모는 변함없이 전적으로 우러를 만한 것이라고 생각해. 사물과 사람은 한 가지 면모만 지니는 법이 절대 없잖아.

(1948년경 에드문트 나터에게 보낸 편지에서)

…마침 어릴 적 기억이 하나 떠오릅니다. 저는 바흐의 위대한 작품 중에 〈마태수난곡〉밖에 몰랐어요. 한두 번 들었지요. 시연도 여러 번 보았고요. 그런데 음악을 아주 잘 아는 남자가 자기는 〈요한수난곡〉이 더 좋다고 말하더라고요. 제 삼촌이 칼프의 소규모 교회 합창단을 이끌고 연습해 무대에 올린 〈요한수난곡〉은 몹시 실망스러웠습니다. 〈마태수난곡〉보다 덜 극적으로 진행되었거든요. 그리고 한참 뒤 저도 〈요한수난곡〉이 훨씬 더 좋다고 생각한 때가 있었지요. 지금은 둘 다 똑같이 좋습니다. 진작부터 그랬고, 계속 그럴 거예요.

(1949년 2월 7일 엘리자베트 펠러에게 보낸 편지에서)

토마스 만은 있는 모습 그대로 받아들여야 하네… 그가 음악과 이루는 관계는 대략 이런 것 같아―낭만적이고 감상적인 관계. 그는 이걸 엄청난 노력으로 지적인 관계로 만들었지. 하지만 부탁이니 이 이야기는 오직 우리끼리만 하기로 해! 이런 건 전적으로 외적인 부분이고, 사방 천지가 그를 규탄하는 것을 의무로 여기게 되었으니 우리는 대수롭지 않은 사안에서도 그를 지지해주어야 해.

(1949년 8월 18일 카를 데팅거에게 보낸 편지에서)

시에 곡을 붙이는 게 나은지 그냥 두는 게 나은지, 이런 질문은 잘못된 질문인 것 같습니다. 힘을 발휘하기 위해서 곡이 붙여져야 하는 시라면, 그 시는 별로 가치가 없는 거예요. 그런 시가 재능 있는 음악가에게는 근사한 작업의 계기가 되어줄 수는 있어요. 그런 예는 허다하지요. 또 어떤 시가 그 자체로 힘을 발휘할 수 있다면 거듭 독자를 만나게 될 테고, 작곡가들의 작업이 그 시를 망가뜨릴 수도 없을 거예요. 전체적으로 보면 이렇게 말할 수 있겠군요. 개성 있고 섬세하게 구별되는 시일수록 작곡가에게 맞서 더 세게 저항한다고. 그리고 단순하고 보편적이고 관습적인 시일수록 곡을 붙이기가 수월하다고.

(1940년대 말 리하르트 멘첼에게 보낸 편지에서)

저는 1912년인지 1913년부터 아돌프 부슈를 알았습니다. 베른에서 처음으로 만났을 때 그는 에드빈 피셔나 많은 음악가처럼 중고등학교 시절 제 시로 곡을 썼다고 말하더군요. 이후 그의 연주를 많이 들었고 몇 번은 연주회가 끝난 뒤 함께 저녁 시간을 보냈어요. 그가 미국으로 떠날 때까지요. 그 뒤에도 스위스에 몇 번 왔지만 다시 만나지는 못했습니다. 저는 이미 여러 해 전부터 라디오로만 음악을 들었던 데다 사교 활동도 접었기 때문입니다.

부슈의 벗이자 반주자인 사위 제르킨은 유대인입니다. 여동생 하나는 슈바벤 지방의 목사 부인 중 유일하게 유대인 혈통이었지요. 그녀도 남편과 함께 1933년 독일을 떠났습니다.

(1949년 12월 19일 발터 바우어에게 쓴 편지에서)

일요일, 이제 곧 정오야. 물먹은 함박눈이 하염없이 내려서 집 주위에도 소복하게 쌓였어. 내 감각과 사유는 대개 열정도 없고 활기도 없는데 지금은 아주 밝고 씩씩해. 방금 라디오에서 〈브란덴부르크 협주곡〉 두 곡을 잇따라 들었거든. 연주가 귀와 마음을 깨끗하게 쓸어주었어. 한 곡은 〈5번 협주곡〉이었어. 너무도 대담한 곡이지. 이 곡에서는 기교적 완벽성과 자기 성찰, 우울함과 씩씩함이 사랑스러우면서도 치열하게 격투를 벌여. 위대한 악사는 몇 번이고 염세적 실존철학의 한계에 이를 때까지 끌려가 고립되었다가, 몇 번이고 내향성의 우울한 늪에서 있는 힘껏 빠져나와 우주적이고 신적인 질서로 되돌아가…

나는 가정과 학교에서 기독교적 인문주의적 교육을 받으며 얻은 것 말고도 여전히 도움과 위로가 필요해. 다행

히 이 도움과 위로는 이미 알고 있고 도달할 수 있는 것
이야. 그것은 인간에 대해, 그리고 세상을 헤쳐나가는 인
간의 험난한 여정에 대한 통찰이 집약된 초민족적 초종교
적 범론, 즉 지혜라는 훌륭한 사유거든. 모두 기원전에 사
유되고 언설되었던 것들이지. 그건 『우파니샤드』 저자들
에서 중국 스승들에 이르는, 소크라테스 이전과 소크라테
스 주변 그리스인들에서 예수에 이르는 불멸의 존재들의
공동체야. 바라는 것 많고 좀 소심한 우리 인간들이 그 모
든 것으로도 아직 부족해서 그 이상의 것을 구하고 싶어
하다니, 사실 이해하기 어렵지. 하지만 빛과 위로를 찾고
영혼을 북돋으려고 이렇듯 그 이상의 것을 희구하면서 실
제로 고안해내고 수행했다는 사실은 황홀하기도 해. 스피
노자처럼 고결하고 고아한 정신이 옛 현자들을 그저 따
르기만 한 게 아니잖아. 현명함, 질서, 온전함과는 거리가
먼 우리 서구의 영혼들 또한 이 질서의 분신을 만들어냈
어. 추앙하고 추구할 가치가 있는 모든 것에 대한 드높은
상징을 만들어냈다고. 음악 이야기야. 예술과 아름다움으
로 인간이 정말 나아지고 강해질 수 있는지 하는 문제는
차치하기로 하지. 그것들은 우리에게 적어도 별이 빛나는
밤하늘처럼 빛, 질서와 조화의 관념, 카오스에서 떠오른
'의미'의 관념을 되새겨주거든.

　(1950년 P. H.에게 보낸 편지에서)

가곡 작곡가를 대하는 문제는 꽤 간단하게 해결했어요. 가곡 악보가 쌓이면 한 번씩 음악 전공자 친구 보드머에게 전해줍니다. 그의 넓은 집에 악보를 전부 보관할지 일부만 선택해 보관할지는 그의 결정에 맡기고요. 작곡가들에게는 친절한 태도로 감사를 표하되, 음악가가 아닌 만큼 어떤 판단도 하지 않아요. 그리고 때에 따라 자비 출판본이나 책을 한 권 답례로 보냅니다.

(1950년경 알브레히트 괴스에게 보낸 편지에서)

제 시로 만든 노래는 기타 반주를 곁들인 반더포겔[도보 여행 운동 집단] 딜레탕트 가요에서 화려한 오케스트라 곡에 이르기까지, 이천 곡 정도 돼요. 제게 보내온 경우 저는 이 모든 곡 작업에 대해 친절하게 감사를 전했고 그러면서 어떤 판단이나 개인적 취향은 말하지 않았으니, 저로선 자책할 거리가 없습니다. 이들 작곡가 모두가 그 자신만이 시를 정확히 파악했다고 확신해요. 가곡 작업이 작곡가 본인에게 성공을 안겨주었다면 저는 그게 누구든 잘됐네 하고 생각합니다. 하지만 모두가 그런 정도를 넘어서 독보적인 인물이 되고 싶어해요. 거기에는 답하지 않습니다.

(1950년 6월 말 유스투스 헤르만 베첼에게 보낸 편지에서)

알프레트 슐렝커 박사를 만난 건 내가 1904년 운터제호슷가 가이엔호펜에 정착한 직후였다. 그는 콘스탄츠의 치과 의사로, 호의적인 그 소도시에서 젊고 이상주의적이며 자유롭고 고결하고 예술을 탐하는 사람들의 은밀한 모임에 함께했는데, 특히 음악 애호가이자 후원자였다. 그가 선사해준 가장 멋진 시간 가운데 하나는 당시 약 스무 살이었던 오트마 쇠크를 데려온 순간이다. 그는 쇠크와 친해졌고 곧이어 우리 세대의 스위스 음악가들과 친교를 맺었다. 특히 프리츠 브룬과 폴크마 안드레에와 가까웠다.

그와 콘스탄츠에서 열린 음악 행사나 치과 진료 때만 만난 건 아니었다. 우리는 부부 동반으로 자주 서로의 집을 방문했고 연주회를 들으러 취리히에 함께 가기도 했다.

언젠가 나의 벗 슐렝커는 자신의 원대한 사랑이자 동경에 대해서도 말해주었고, 피아노로 전체 윤곽을 보여주며 악상과 스케치한 구상을 연주해주었다. 그가 작곡 능력을 선보인 처음 몇 번 동안 나는 그에게 사로잡혔다. 이 작곡가의 개인적 매력 때문만은 아니었다. 그 어떤 허영심이나 기교의 과시로 탁해지지 않은 순수함과 구상, 그리고 짜임새 있는 면모 때문이었다. 나는 이 친구의 재능을 금방 굉장히 신뢰하게 되어 오페라 대본을 써달라는 요청에 오래 저항하지 않았다. 내게 극작 재능이 없다는 것은 이미 알고 있었지만, 글의 결함을 상쇄해줄 음악의 위력에 대해 믿음이 컸기 때문이다. 그렇게 해서 오페라 대본「도망자들」*을 집필하게 되었다. 시름없는 청년 시절 싱그러운 우정의 고무적인 공기 중에나 감도는, 멋모르는 당돌함을 발휘해 두서없이 구상한 원고다.

하지만 음악이 대화와 편지의 유일한 주제였던 것은 아니다. 문학과 철학 또한 큰 부분을 차지했다. 자신이 좋아한 마르부르크 철학자 헤르만 코엔의 철학에 입문시켜준, 말할 수 없이 자극받았던 시간이 특히 기억에 남는다.

알프레트 슐렝커는 따뜻한 심성과 열광하는 능력까지 지닌 우정의 천재였다. 이 시간 나를 비롯해 많은 이들이 사랑과 감사의 마음으로 그를 추모할 것이다.

(1950년「알프레트 슐렝커를 추모하며」)

얼마 전 자네 편지를 받고 기뻤어. 우리는 지난 토요일에 라디오에서 나오는 〈우라흐 방문〉**을 함께 들었어. 그 저녁 나는 마음으로나마 자네와 무척 가까이 있었어. 연주는 그냥 그랬지만. 성악가의 목소리는 내내 앞쪽 너무 가까이에서 들렸고, 오케스트라는 저 뒤에서 멀찍이

● 헤세의 유고에는 베르너 캐기, 한스 라인하르트, 마인라트 쉬터가 다듬고 축약한 필사본 한 부만 있었다.
●● 에두아르트 뫼리케의 시에 붙인 연가곡집 〈사랑스러운 소식〉 중 한 곡.

울렸거든. 더 가까이 다가왔으면 했던 오케스트라는 환상적으로 연주한 반면, 성악가는 드문드문 힘겨운 듯 불렀어. 하지만 음악은! 자네는 음악으로 사랑하는 뫼리케에게 우정의 선물을 바친 거야. 그리고 뫼리케와 쇠크의 친구들인 우리는 고마운 마음으로 함께했고. 얼마나 멋진 시인지! 나는 그 시를 잘 알고 있다고 생각했어. 그런데 새로운 만남이 다 그렇듯, 아주 참신한 깊이와 비밀이 새삼 모습을 드러냈어. 자네는 이 마법의 노래를 구석구석 파고들어간 거야.

(1952년 1월 13일 오트마 쇠크에게 보낸 편지에서)

예술이 위협받는 일은 없어야 합니다. 동시대 예술이 마뜩지 않은 예술 애호가는 동시대 예술을 지탄하지도 말고 억지로 즐기려고 애쓰지도 말아야 할 것입니다. 우리가 삼백여 년간의 음악 작품을 보유하고 있고 즐길 수 있다 해서, 오늘날 음악가들한테 새로운 시도와 여정을 포기하라고 요구하지는 않아야겠지요. 시도와 새로운 여정 덕분에 예술 세계는 더 빈곤해진 게 아니라 더 풍족해지니까요. 만일 우리에게 오늘날의 음악이 때로 냉정하고 작위적인 소리로 들린다면, 우리는 이것이 지난 반세기 동안 나온 작품―어쩌면 지나치게 감미롭고 감각적인 음악(몇 명만 예를 들자면 바그너, 차이콥스키, 슈트라우스)—에 대한 반응이라는 점을 염두에 두어야 합니다.

(1952년 초, 현대 예술과 특히 현대음악이 너무 차갑고 이성적이라고 여기는 어느 부인에게 보낸 답장)

요즘 어떤 음악을 좋아하는지 물으셨네요. 맨 위에 바흐가 있습니다. 그다음엔 코렐리에서 보케리니에 이르는 이탈리아 현악곡이 있고요. 19세기 음악으로는 베토벤이 좋습니다. 젊어서는 피아노 음악 중 쇼팽을 가장 좋아했습니다. 지금도 그를 사랑합니다. 하지만 지금은 사실 슈만이 더 좋아요. 현대음악은 별로 듣지 않습니다. 라벨과 버르토크에서 관심이 멈춥니다. 그래도 라디오에서 새로운 음악이 나오면 관심이 생기기도 해요. 벌써 거의 잊힌 현대음악가 중에는 부소니와 베르크를 좋아합니다.

(1952년 빌리 케어베커에게 보낸 편지에서)

유년 시절과 청년 시절 초반에는 바흐와 헨델의 오라토리오를 제외하면 다른 음악은 거의 못 들었고 주로 가정 음악을 들었습니다. 집에서 노래하고 피아노 연주하는 일이 많았거든요. 피아노 음악 중 가장 좋아하는 음악가는 베토벤과 쇼팽이었고, 지금도 가장 좋아합니다. 다만 제 내적 삶은 갈수록 더 동양을 지향하게 되어 우리의 문제의식과 비장함에서 멀어졌어요. 그러자 차츰 바흐와 모차르트가 제일 앞자리로 오게 되었습니다. 하지만 베토벤의 소나타와 교향곡은 지금도 여전히 소중합니다. 며칠 전에도 라디오에서 〈4번 교향곡〉을 들었어요.

(1952년 3월 19일 베르너 베르미히에게 보낸 편지에서)

안드레에와 쇠크는 제 친구들이고, 사라사테의 연주는 저도 들은 적이 있어요. 요아힘과 메스헤르트의 연주도요. 후고 볼프는 1894년 무렵 칼프에서도 노래한 적 있는 친구 파이스트를 통해 알게 되었습니다.

(1952년 5월 마르가레테 클링커푸스에게 보낸 엽서)

시인 본인만이 자기 글로 만든 노래의 가치와 허용 여부를 판단할 수 있다는 당신의 견해에 동의하지 않습니다. 어쨌든 저는 한 번도 그런 권력을 써본 적이 없습니다. 개인적으로 말하자면 제 시에 붙인 수많은 곡들 중에 극소수만이 의미 있는 작업이긴 했어요. 말이 나왔으니 이야기하자면 저는 제 시가 작곡되지 않은 채로 남는 게 좋습니다. 그러나 이건 순전히 주관적인 입장이에요. 저는 출판과 동시에 제 시들을 '공공'에 넘겨준 셈이니까요. 누구나 읽어도 될 뿐 아니라, 누구나 낭송하고 작곡해도 되지요. 정말 어울리지 않는 라디오 프로그램이라고 해도

제 시들을 방송해도 괜찮습니다. 저로선 민망한 일일 수도 있어요. 하지만 저는 그 문제에 관한 한 그 어떤 입장에도 속하지 않습니다.

괴테는 음악적으로 신통찮은 첼터나 라이하르트 정도 말고는 자기 시에 곡을 붙인 누구에게도 반응하지 않았어요. 괴테가 더 젊고 섬세한 음악적 소양이 있었다면 슈베르트의 가곡들에 반하지 않을 수 없었을 텐데요. 하지만 당신 생각이 맞아요. 그는 '둘도 없이 전문적인' 비평가는 분명 아니었던 거죠. 저처럼 음악 애호가이지 음악 비평가는 아니었습니다.

요컨대 자기가 작곡하고 싶은 글에 곡을 붙일 권리는 누구에게나 있다는 이야기입니다. 곡을 붙인 노래를 인쇄하거나 공연할 경우에는 통용되는 관례에 따라 물질적 수익을 시인과 나누어야 할 겁니다. 그런 사안 말고는 작가가 나서서 음악가에게 이러쿵저러쿵 말할 필요는 없습니다. 대단찮은 시를 쓴 시인이 수준 있는 작곡가 덕분에 유명해진 경우가 간혹 있지요. 반대로 시가 훌륭하다면 작곡 실력이 형편없어도 장기적으로 아무런 해를 입지 않았습니다.

(1952년 9월 1일 H. 슈바이케르트에게 보낸 편지에서)

시 작곡에 대한 자네의 촌평은 아주 옳아. 물론 유능한 음악가들이라면 결실을 기대할 수 있어. (내가 보기에 내 시를 활용한 작곡가들 중 그런 인물은 쇠크뿐이네.) 하지만 시는 기껏해야 연주회가 끝나고 프로그램 책자를 다시 읽는 몇몇 관객에게나 힘을 발휘하지. 내 원칙은 이래. '모든 음악가에게 시 작곡을 허락하고, 음악에 대해 판단하지 않고, 신경 쓰지 않을 것.'

(1952년 9월 말 카를 데팅거에게 보낸 편지에서)

제게 니체는 이런 존재입니다. 1896년인지 1897년에 그의 책을 읽게 되었을 때 저는 완전히 넋을 잃었습니다. 『차라투스트라는 이렇게 말했다』였어요. 그보다 조금 앞서 바그너 음악에 취했던 것과 흡사하게 니체에게 취했습니다. 두 경우 다 몇 년 뒤에 깨어났어요. 바그너의 경우 완벽히 각성했습니다. 그를 더 견딜 수 없었어요. 그 잠깐의 열광을 돌이켜보는 일은 대학생이 한때 [통속소설 작가] 카를 마이를 좋아하던 일을 돌이켜보는 것과 비슷합니다. 물론 니체의 경우는 달랐습니다. 첫 각성 이후 『차라투스트라는 이렇게 말했다』는 두 번 다시 즐길 수 없었지만, 그의 책 중 찬가스럽지 않은 것은 좋아하게 되었습니다. 『이 사람을 보라』가 나왔을 때, 그의 책을 읽는 일은 다시 한번 멋진 경험이었어요.

(1953년 7월 파울 뵈크만에게 보낸 편지에서)

산정에서 보낸 이번 여름●의 첫 번째 귀한 만남은 인간적이고 음악적인 만남이었다. 우리가 묵는 호텔에는 수년 전부터 첼리스트 피에르 푸르니에가 우리와 같은 시기에 여름 손님으로 왔다. 많은 사람들이 판단하기로 그는 오늘날 자신의 분야에서 첫째가는 사람이며, 내 인상으로는 모든 첼리스트들 가운데 가장 견실한 인물이고, 비르투오소의 기량 면에서는 선배 카잘스에 필적하며, 예술적인 면에서는 연주의 엄격함과 신랄함으로 보나 연주 목록의 순도나 고집으로 보나 카잘스보다 윗길이라 하겠다. 내가 그의 연주 목록 구성에 항상 동의한다는 말은 아니다. 나라면 쓰라린 심정 없이 단념할 몇몇 작곡가, 예를 들면 브람스를 그는 애정을 담아 연주한다. 하지만 이 음악 또한 진지하며, 진지하게 받아들일 수 있는 음악이다. 반면 예의 그 유명한 노인[파블로 카잘스]은 한때 진지하고 참된 음악 말고도 권력자와 후원자를 위한 온갖 종류의 음악을 연주했다. 아무튼 우리는 부인과 아들과 함께 온 푸르니에의 체류에 대해 듣기도 하고 보기도 해서 알고 있었다. 하지만 우리는 몇 년 동안 서로를 가만히 내버려두고 멀리서 목례만 하면서, 우리 중 한 사람이 호사가들에게 시

● 헤세는 1949년부터 1961년까지 매년 7~8월이면 몬타뇰라의 더위와 휴가객들을 피하고자 실스 마리아에서 지냈다.

달리는 걸 볼 때면 말없이 상대를 안쓰러워했다. 그런데 이번 여름에는 자매단 시청에서 열린 연주회 뒤 좀 더 아는 사이가 되었고, 그는 친절하게도 나를 위해 개인적으로 연주해주겠다고 했다. 그가 며칠 뒤에 떠나야 했기에 객실 연주회는 이튿날 열기로 했다. 그런데 하필 이날 공교롭고 불운하게도 찌뿌둥하고 언짢고 지치고 기분이 가라앉았다. 지혜에 도달한 것처럼 보이는 노년 시절에도 주위 환경과 다스리지 못한 마음의 집착 때문에 그런 상태가 찾아들 수 있다. 늦은 오후 약속 시간에 예술가의 방으로 가려면 스스로를 밖으로 내몰아야 했을 정도다. 언짢고 슬픈 기분으로 가려니 마치 씻지도 않은 채 연회의 식탁에 앉아야 하는 것만 같았다. 걸음을 옮겨 그의 방에 들어서자 의자를 하나 받았다. 거장은 앉아서 튜닝을 시작했다. 그런 다음 피로, 실망, 나 자신과 세상에 대한 불만 대신 곧장 제바스티안 바흐의 순수하고 엄정한 공기가 나를 둘러쌌다. 마치 우리가 묵는 고지대 골짜기에 있다가—그 휴양의 마법이 오늘은 효과가 거의 없었는데—돌연 훨씬 더 높고 명징하고 수정 같은, 온 감각을 열어주고 불러내고 예리하게 다듬어주는 산악 세계로 들어올려진 것만 같았다. 이날 나 자신은 할 수 없었던 것, 즉 일상에서 탈피해 카스탈리엔°으로 이동하는 일을 음악은 순식간에 해주었다. 나는 한 시간 내지 한 시간 반 동안 머물렀다. 바흐의 〈무반주 첼로 모음곡〉 두 곡을 들으면서. 잠깐 휴식이 있었고 대화는 거의 없었다. 힘차고 정확하고 신랄한 연주로 들은 음악은 고통스레 죽어가는 이가 맛보게 된 빵과 와인 같았다. 음악은 양식이자 목욕물이 되어 영혼이 다시 용기를 얻고 숨 쉴 수 있게 해주었다. 내가 한때 독일의 수치와 전쟁이라는 오물 더미 속에서 컥컥대면서 구원과 피난을 위해 지어 올린 저 정신의 마을 입구가 다시 열렸고, 진지하면서도 경쾌하고 연주회장에서는 결코 오롯이 실현될 수 없는 위대한 축연이 반겨주었다. 나는 치유되어 감사해하며 나왔고 한참 동안 그 힘이 남긴 여운을 누렸다.

예전에도 자주 이에 비견할 만한 이상적인 연주를 경험했다. 나는 음악가들과 항상 가깝고 진심 어린 관계를 맺었고 그들 가운데 많은 이들과 친구가 되었다. 틀어박혀 살며 더는 여행할 수 없게 된 이후 이런 행복한 날은 물론 드물어졌다. 덧붙이면, 나는 음악을 즐기고 평가할 때 몇 가지 면에서는 까다롭고 구식이다. 나는 비르투오소나 연주회장이 아닌 가정음악과 함께 성장했다. 제일 멋진 음악은 언제나 나 자신이 역할을 맡을 수 있던 음악이었다. 어릴 적에는 바이올린과 약간의 노래로 음악의 제

_____

● 『유리알 유희』의 배경인 가상의 엘리트 교육 주州.

국에 발을 내디뎠다. 주로 여동생들이, 특히 카를이 피아노를 맡았고, 카를과 테오, 두 형이 노래를 불렀다. 소년 시절에 베토벤 소나타나 별로 유명하지 않은 슈베르트 가곡을 비르투오소 실력을 갖추지 못한 애호가를 통해 듣긴 했지만 나름 도움이 되었고 성과도 있었다. 가령 옆방에서 카를이 소나타 한 곡을 위해 오랜 시간 정진하고 분투하는 소리를 듣다가 마침내 그가 소나타를 '터득하게 되면' 나도 함께 이 투쟁의 승리와 결실을 체험했던 것이다. 훗날 유명한 연주자들의 초기 연주회에 가게 되면 비르투오소의 마력에 넋 나간 듯 굴복하는 일이 있기는 했다. 출중한 실력자가 줄이나 공중그네를 타는 곡예사처럼 힘 하나 안 들이는 얼굴로 미소를 머금고 기교를 선보이는 일은 매혹적이었다. 그리고 그들이 감사해하며 앙코르로 감명 깊고 찬란한 부분, 애끓는 비브라토나 비감에 젖어 사그라드는 디미누엔도 대목을 연주해주면 고통스러울 만큼 달콤했다. 하지만 이렇게 마법처럼 매료된 상태가 오래가지는 않았다. 나는 한계를 감지하고 감각적인 고혹 너머 작품과 정신을 탐색할 수 있을 만큼, 현란한 지휘자나 독주자의 정신이 아니라 거장의 정신을 탐색할 수 있을 만큼 건강하고도 남았다. 그리고 세월이 흐르면서 실력자의 마력에 대해, 힘과 정열이나 감미로움을 작품에 가미해주는 어쩌면 매우 사소할지 모를 과도함에 대해 몹시 예민한 축이 되었다. 재기 넘치는 지휘자나 비르투오소도 몽유병자 같은 지휘자나 비르투오소도 좋아하지 않았고 담백함을 숭배하는 사람이 되었다. 수십 년 전부터 어쨌든 금욕을 지향하는 과장을 그 반대보다는 훨씬 수월하게 견딘다. 이런 입장과 선호에 나의 벗 푸르니에가 온전히 부합했던 것이다.

음악에 관련해 또 다른 일화가 있다. 바로 뒤이어 생모리츠에서 열린 클라라 하스킬의 연주회에서 경쾌하고 심지어 재미있는 에피소드가 기다리고 있었다. 스카를라티의 소나타 세 곡 외에는 그다지 내 취향이 아닌 프로그램이었다. 이 말은, 연주 목록은 어디까지나 멋지고 기품 있었지만 스카를라티 외에 좋아하는 곡은 없었다는 뜻이다. 나에게 '선택권'이 있었다면 베토벤의 다른 소나타 두 곡을 골랐을 것이다. 연주 목록에는 슈만의 〈다채로운 작품집〉도 있었다. 나는 니논에게 연주회가 시작되기 직전 속삭였다. 〈숲의 정경〉이 아니라 〈다채로운 작품집〉이라서 얼마나 아쉬운지. 〈숲의 정경〉이 더 아름답다고 혹은 훨씬 더 좋다고. 슈만의 작품 중 가장 좋아하는 소품 〈예언하는 새〉를 한 번, 아니 여러 번 더 듣는 것이 너무나 중요하다고. 연주회는 매우 좋았고 덕분에 자못 사적인 취향과 소망을 잊었다. 하지만 그날 저녁은 기대 이상 행복했다. 열렬한 환호를 받은 예술가가 앙코르 곡을 선사했는데 오, 세상에, 다름 아닌 내가 좋아하는 〈예언하는 새〉를 연주했던 것이다! 그리고 이 우아하고도 신비로운 작품을 다시 들을 때면 늘 그랬듯 언젠가 이 작품을 처음 들었던 시간이 눈앞에 다시 나타났다. 가이엔호펜의 집, 피아노가 있는 아내의 방이 나타났다. 연주를 하는 어느 사랑스러운 손님의 얼굴과 손이 보였다. 어둡고 슬픈 눈동자와 수염을 기른 크고 창백한 얼굴, 건반 위로 깊이 숙인 자세. 이 사랑스러운 친구이자 섬세한 음악가는 얼마 후 자살했다. 그의 딸 하나가 요즘에도 드문드문 편지를 보내온다. 그녀는 거의 알 기회가 없었던 제 아버지의 자애롭고 수려한 면모를 내가 들려줄 때 기뻐했다. 상류층 청중이 대부분이었던 꽉 찬 홀에서 있던 오늘 저녁 공연 또한 내게는 소박한 기억의 잔치였고 내밀하고 진귀한 연상들로 충만했다. 우리는 우리 자신과 함께 사멸하고 침묵하게 될 많은 것을 긴 생애 내내 끌어안고 다니는 법이다. 슬픈 눈동자를 지닌 그 음악가가 죽은 지 거의 오십 년이 되었다. 하지만 나에게 그는 살아 있는 존재이며 때론 가까이 있다. 여러 해가 지나도 〈숲의 정경〉의 소품 〈예언하는 새〉는 들을 때마다 슈만이 걸어둔 작품 고유의 마법을 넘어 기억을 불러들이는 샘이 되어준다. 그 음악가와 그의 운명과 가이엔호펜의 피아노 방은 그런 기억의 편린일 뿐이다. 다른 많은 슈만의 음들은 어린 시절까지 거슬러 올라 울려온다. 형들과 누나들이 피아노 연주를 해준 덕분에 슈만의 소품 몇몇을 기억할 수 있다. 유년 시절 처음 본 슈만의 초상화도 잊지 않고 있다. 그것은 한 점의 채색화로, 요즘은 참고 봐주기 곤란할 1880년대 컬러 인쇄물이었다. 유명한 예술가들의 초상화와 그들의 주요 작품이 기록된 어린이 게임 카드 '삼중주'에 그려진 것이었다. 나는 셰익스피어, 라파엘로, 디킨스, 월터 스콧, 롱펠로 등 다른 예술가들의 카드 초상화도 잊지 않고 있다. 청소년과 서민을 위해 만든 예술가와 예술 작품의 교양 판테온을 담은 삼중주 카드, 그것이 어쩌면 훗날 시대와 문화를 아우르는 문학예술 우주 '카스탈리엔'과 '유리알 유희'에 대한 심상을 떠올리게 해준 최초의 자극이었는지도 모른다.

(1953년 「엥가딘에서의 체험」에서)

최근 유행하는 예술 중 특히 회화에서 제가 재미있어하는 몇 가지와 진지하게 받아들이는 몇 가지가 있습니다. 스트라빈스키도 그가 옛 형식들을 갖고 유희할 때는 즐겨 듣습니다. 그러나 저의 사랑과 경외심은 전혀 다른 데 있어요. 제가 몰락이라고 느끼는 것이 음악에서는 훨씬 일찍부터 시작됩니다. 바그너에서요. 어떤 때는 베토벤만 해도 벌써 지나치게 자의적으로 다가와요. 가령 〈9번 교향곡〉은 1악장이 월등하게 좋습니다.

당신이 통탄하는 내용을 저는 모든 예술 분야의 많은 사람들로부터 듣습니다. 예술의 유행이 독재 이데올로기 성격을 취한 이후 굉장히 힘드시지요. 그러나 바로 이 잔인한 양상이 우리에게는 우리가 어디에 속하는지 보여줍니다.

(1953년 12월 31일 안톤 뷔르츠에게 보낸 편지에서)

올해도 부활절에 라디오에서 〈마태수난곡〉을 들었다. 이 성스러운 축제를 나는 매번 조금씩 다르게 체험한다. 왜냐하면 예전 체험이 너무나 많아 기억이 떼지어 몰려오며 서로 겹치곤 하기 때문이다. 어머니가 쥐여주신 초콜렛을 1부가 끝나기도 전에 진작 먹어치우고 나서는 오랫동안 수동적으로 얌전히 앉아 있는 걸 아직 감당할 수 없기에 아리아와 합창에서의 반복을, 마지막 합창에서의 숱한 반복을 그저 안달하며 견디던 내 어린 시절까지 거슬러 간다. 하지만 그런 기억들 중에 초기의 것이 항상 가장 강렬한데, 칼프의 교회에서 내 삼촌 프리드리히의 지휘하에 기교적으로는 불완전한, 하지만 연주자와 청자에게는 깊은 체험이 된 수난곡들이 있다. 삼촌은 내 어머니의 어둑하고 아름다운 눈을 가졌고 삼촌의 교회 합창단에서는 여동생들과 숙모들도 함께 노래했다. 음악에 대한 기억이 가장 정확하게 간직한 공연은 두 의붓형이 복음사가와 예수 역을 맡은, 앞서 말한 최초 공연 때의 거북함과 어린애의 조바심을 내가 이미 극복했던 공연이었다. 훗날 내가 들었던 셀 수 없이 많은 수난곡들에서, 예수와 복음사가를 누가 맡건 특정 대목에서 번번이 다시 형들의 목소리와 표현이 들렸다. 친구 폴크마 안드레에의 지휘로 이루어진 몇 번의 공연 또한 이런저런 디테일과 함께 뇌리에 남았는데, 밀라노에서 있었던 〈마태수난곡〉 이탈리아 초연으로, 일로나 두리고와의 인연과 긴 세월의 우정이 시작된 계기이기도 하다. 그런 뒤 훨씬 나중에 안드레에가—친구인 우리에게도 소중했던 그의 어머니가 임종의 자리에 누워 있는 동안—씩씩하게 완수해낸 다른 공연이 있다. 그리고 내가 일로나의 목소리를 마지막으로 들었던 공연이 있다. 그녀의 죽음이 얼마 남지 않은 때였다.

수십 년 전부터 기독교 축제 중 부활절은 내가 여전히 경건함과 외경심을 품고 체험하는 유일한 축제다. 이 축제에는 봄의 태동이라는 수줍은 감미로움이 담겨 있다. 부모님에 대한 기억, 정원의 라일락 덤불 틈새에서 달걀 찾기를 하던 기억도, 내 견진성사 무렵의 분위기도, 그에 못지않게 바흐의 음악도 담겨 있다. 한편으론 내 부모님의 독실함에 느끼는 경외심, 다른 한편으론 형식적이고 교회에 얽매이는 신앙을 향한 최초의 반감과 이의, 그 둘 사이의 다툼을 둘러싼 분위기도. 바흐의 수난곡들을 다시 들을 때면 언제나 외경심과 반항 사이의 저 끌림과 반감이 수십 년을 넘어서까지 나지막이 다시 내 안에 울린다. 때론 애수의 감정이, 때론 반어의 감정이 강조되며. 내 외경심은 예수의 고난, 겟세마네에서 그가 고투하는 대목에서 일어난다. 내 비판은 텍스트의 몇몇 대목을 겨눈다. 특히 제자들을. 그들이 자고 있었다는 것 때문만이 아니다. 그들의 스승은 외로이 최후의 사투를 벌이는데! 자고 있다는 것은 결국에는 이해가 되었다. 그건 용서할 수 있는 일이었다. 그렇게 된 건 태만해서라든지 감내하기 어려운 것 앞에서 무서워서만은 아니었다. 거기에는 뭔가 아이 같은 것, 자연 그대로의 모습도 있었다. 그러나 한 제자는 그의 스승을 배반했다는 것, 다른 제자 '반석[베드로]'은 그를 부인했다는 것, 그리고 기적에 대한 집착과 설화 만들기와 교회 창건의 저 과열된 기풍, 불화와 서열 다툼도 마다하지 않는 기풍이 그들 그룹에서 생겨났다는 것, 그것이 생의 특정 시기에 나로 하여금 제자들에게 단단히 거부감을 품게 만들었다. 그리고 몇 번인가는, 오래전 일인데, 나의 비판적 입장이 수난곡 청취 때 축일 정서를 다소 해치기까지 했다. 마치 바흐 수난곡에 나오는 제자들이나 화가들과 조각가들이 제작한 십자가 책형 군상 속 제자들이 프로테스탄트 교리사와 성서 비판 속 그 제자들과 정말 동일 인물이기라도 하다는 듯! 마치 내가 베드로의 부인에 대한 보고를 들을 때 그의 두려움, 혼란, 그의 엄청난 수치감과 후회를 예수의 고난보다 훨씬 더 잘 추체험할 수도 없고 공감할 수도 없다는 듯! 하지만 비판적 동력이 함께 작동함으로 인해 내 경건의 시간이 침해당한 것은 한때는 상처였던 것의 흉터 자국을 찌릿하게 하는 것일 뿐이었다.

(1954년 「부활절 무렵의 메모」에서)

라디오를 많이 듣지는 않는다. 일주일에 한두 번 정도. 겨울에는 조금 더 자주. 여기 높은 산속에서는 전혀 듣지 않는다. 우리의 휴가 여행을 몇 주 앞두고 니논이 프로그램에서 그녀가 듣고자 하는 것을 발견했다. 그리고 거기서 나는 뭔가 이례적이게 단아하고 애감 어린 것을 체험했다. 슈만의 연가곡 〈여자의 사랑과 생애〉 음반이 방송되었다. 젊은 나이로 죽은 영국 여자 캐슬린 페리어가 부른 것이었다. 그때 들은 것은 지금도 깨어 있는 밤시간이면 종종 뇌리에 맴돈다. 나는 시구와 단어 몇몇을 모든 파동까지 함께 기억에 간직하고 있다. 복잡다단하고 층층이 여러 겹 쌓이고 기억과 연상이 강도 높게 작동하는 체험, 기계 방송을 통해 이 노래를 듣는 일은 그런 체험의 하나였다. 무엇보다도 연가곡 자체가 하나의 체험이다. 약간은 구식이며 약간은 감상적인 이 연가곡. 마지막으로 들은 게 수십 년은 되었고 다시 듣고 싶어한 적도 없지만 풋풋한 시절에 외우다시피 했던 곡이다. 당시에는 노래하는 젊은 여성 치고 이 가곡들을 부를 줄 몰랐던 사람은 없었을 것이기 때문이다. 이 작품의 악보는 우리 집에도 있었고, 나는 가사를 자주 읽었으며 그 가곡들 중 하나의 선율을 따라 여동생들의 피아노를 두드려보곤 했다. 그 청년기가 시작될 무렵의 일렁이고 문제 많고 어렵고도 황홀했던 시절이 기억났고, 그게 나를 사로잡고 심금을 울린 것이다. 가곡 하나하나를 서서히 다시 알아보게 되면서 칼프의 우리 집 음악실, 매년 크리스마스트리가 서 있기도 했던 그 방이 눈앞에 떠올랐다. 그리고 몇몇 가곡들을 들을 때는 한때 내가 들은 적 있는, 노래했던 젊은 여자들의 모습도 보였다. 여동생들의 친구인 그들의 머리 모양과 옷차림까지, 다른 세기이던 그 시절의 연애 감정과 장난까지도. 당시 반은 앳된 소년 반은 청년이던 나는 이 슈만 가곡의 가사를 (사실 그래야 마땅하기도 하고) 그 아름다운 음악과 마찬가지로 진지하게 받아들이고 믿었다. 그리고 소녀들에 대한 수줍음과 낭만적 기사 같은 여성 숭배 차원에서 내가 속으로 품고 있던 것은 이—초현실적으로 고상하며 이상화된 여성이 자신의 기쁨과 시름을 노래하는—가사들에서 계속 공급받고 강화되었다. 당시의 딜레

탕트 여자성악가들 중 두세 명은 실제로 내게 이렇듯 고
도로 아름답고 감동적이며 이상적인 인상을 주었다. 반면
그들 무리 중에는 내가 봐도 풋내기인 걸 알겠다 싶어 터
져나오는 웃음을 억누르기 힘들었던 소녀들도 있었다. 그
얼마나 일렁일렁하고 격정적이고 절망했다 흥겨웠다 하
던 시절이었는지! 그 시절이 내게 말을 걸어왔다. 슈만의
우아한 음악 속에서 이상적 모습으로, 가곡 가사 속에서
미심쩍은 모습으로. 낙조의 빛을 받으며 창문 앞 둥근 등
나무 화분 탁자 위에 놓인 내 어머니의 테이블 야자와 칼
라 꽃이 다시 보였다. 베토벤과 슈베르트의 악보들, 질허
의 가곡들, 뢰베의 담시곡들이 꽂혀 있는 악보 책장이, 마
룰라가 연습하거나 아델레가 앉아서 카를의 가창에 맞추
어 반주해주던 피아노가 보였다. 그녀는 내 연주에도 곧
잘 반주해주었다. 나는 밝고 당돌하게, 리듬을 군데군데
제멋대로 타면서 유달리 맘에 들어하고 외울 수 있는 노
래들을 수시로 불렀다. 피아노 성부를 내 열광적 표현에
맞춰줄 줄 알았던 여동생의 인내심과 나긋함에 대해, 고
백한 적은 없지만 고마워하고 있었다.

음악을 들으며 나를 채운 건 대략 이런, 다시 부활한 과
거였다. 이제는 차분함과 이해력과 감식안을 좀 더 갖추
어 이 연주의 시적인 면과 음악적인 면에 동참하고 있다
는 점도 더해졌다. 인생 초기의 감동 어린 기억들이 비판

적 사유와 다투었고, 이 〈여자의 사랑〉 전체는 더 이상 한 때의 그 작품과 같을 수 없었다. 그것은 세월에 잠식되었고, 나 자신의 나이 듦에도 육십 년간의 세상 변화에도 온전히 버텨내지 못했다. 슈만의 음악 속에는 웅대하고 매혹하는 착상이 있었다. 시 가사에는 오늘날에도 여전히 생명력을 지닌 몇몇 행이 있었다. 그러나 나는 음악 때문에건 시 때문에건 그 전체를 언젠가 다시 듣고 싶은 바람은 사실 없었다. 그보다 훨씬 더 고귀한 것, 완벽한 것, 지속적인 것이 너무나 많이 있었다.

그럼에도 나는 라디오 방송국이 이걸 곧바로 다시 방송하게 할 수만 있다면 많은 것을 내놨을 것이다. 그 후로 흘러간 몇 주 동안 이 연주의 인상은 변함없이 남아 있었고, 음악의 대목들이 거의 매일같이 나를 따라다녔으며, 젊은 나이에 세상을 떠난 이 영국 여자가 슈만의 가곡을 부르는 방식에 대한 기억은 응축되어 뭔가 굉장한 것이자 영원한 것이 되었고, 참된 예술 수련의 예이며 모범이 되었다. 왜냐하면 이 가창 앞에서 아무것도 아닌 게 되어버린 건 다른 세상과 시간 속에서 내게 이 연가곡을 불러준 소녀들뿐만이 아니기 때문이다. 묘지를 넘어서까지 보존되어 남은 이 청초와 무결 앞에서는 몇몇 유명하고 존경받는 예술가들과 예술 업적도 바래버렸기 때문이다. 목소리는 힘 있고 따사로우며 완벽하게 제어되어 있었다.

언어와 연주는 거의 수학적이다 싶을 정도의 충실과 정결, 절대적인 정확성을 보였다. 그럼에도 그 어떤 딱딱함도 없었다. 왜냐하면 이 축복받은 고인의 목소리가, 아울러 인간적인 온기와 성숙이, 그녀 가창에서 수정 같은 명징함을 누그러뜨렸기 때문이다. 혹은 거의 비물질화한 이 명징함에 사람의 마음을 아주 애틋하고 감동적으로 움직이는 무언가 꽃과도 같은 우아함을 부여했기 때문이다. 그렇게 하여 내게 라디오를 듣는 이십여 분은 지극히 개인적이고도 사적인 것으로부터 출발해 추상에까지 이르는, 정서적으로 포근한 것에서 출발해 절대적 아름다움을 흠모하는 경건의 시간까지에 이르는 체험이 되었다. 병들고 산산이 뒤흔들린 우리 세상에서 우리는 이런 경건의 시간이 필요하다. 그것은 우리가 꺼지게 두어선 안 될 영원한 호롱불이다. 여기가 보호처고 피난처다. 동방의 쾌활한 심오함에 필적하는.

(1954년 8월 「실스 마리아에서 띄우는 회람」에서)

푸르트벵글러가 세상을 떠났다니 저도 매우 황망합니다. 당신이 그와 가깝게 지냈으니 제가 경험한 그의 모습을 전하고자 합니다. 지난겨울인지 올봄에 푸르트벵글러가 루가노에서 연주회를 열었어요. 저도 들었습니다. 하지만 집에서 라디오로 들었지요. 루가노는 저녁에 갈 수 있는 거리가 못 되었거든요. 나중에 들으니 푸르트벵글러가 연주회 막간에 제가 연주회장에 있는지 물었다더군요. 그는 아니라는 답을 들었지요. 그는 말했답니다. 아쉽군! 그를 생각해서 브람스를 안 넣었는데!

(1954년 12월 8일 엘레오노레 폰덴호프에게 보낸 편지에서)

모차르트는 외적으로는 개혁가가 아니었어. 그에겐 새로운 양식을 창출하겠다는 야심이 없었어. 그는 협주곡과 디베르티멘토 등 전승된 양식들을 받아들였지. 하지만 이 전승된 양식들에 완전히 새로운 내용을 담았어. 오늘날 평균 수준의 오케스트라 단원은 당시보다 곱절 더 비르투오소 같고 기교적으로 숙련되었어. 반면 예전 시대 단원들은 세 곱절 더 음악적이었지. 지휘자는 예전엔 오늘날처럼 중요한 역할을 하지 않았어. 대개 그 자신도 오케스트라 안에서 함께 연주했고. 오케스트라는 합창이 없는 협주곡 등을 흔히 지휘자 없이도 연주했어.

(1955년 5월 초 브루노 헤세의 「대화 속 아버지」에서)

비 오는 일요일, 바짝 메말랐던 여러 주 뒤에 촉촉한 서늘함은 기분 좋게 낯설다. 눈으로 보기에도 달라진, 반전된 세상. 전에는 먼 곳이 유리처럼 투명하게 또렷이 보였고 근경은 다소 먼지 낀 모습으로 보였는데, 지금은 근경이 촉촉하고 녹색으로 소담스레 너울거리다가 실루엣 없이 부글거리는 뒤편 수증기와 구름 속으로 사라진다. 맹위를 떨치는 통증 때문에 작업이나 독서가 불가능하다. 그 대신 베로뮌스터의 오전 프로그램에 유혹적인 게 있다. 헨델의 〈이중협주곡 C장조〉*와 버르토크의 1944년 작품인 〈오케스트라를 위한 협주곡〉이다. 이런 프로그램은 카를로 페로몬테라면 승인하지 않았을 것이며 내게도 다소 어이없는 조합으로 느껴졌다. 하지만 들어보니 뜻밖에도 일리가 있음이 입증되었다. 두 세계와 시대가 서로 맞서 있었다. 서로 생소하고 대립되는 두 세계, 음과 양, 코스모스와 카오스, 질서와 우연, 제각기 뛰어나고 역동적인 대가에 의한 표현. 헨델의 음악은 대칭, 건축설계, 절제된 명랑, 절제된 탄식, 수정 같고 논리적인 것이었다. 신의 모습대로 빚어진 인간이 다스리는 하나의 세계, 반석처럼 굳센 기반과 정확하게 정해진 중심이 있는 세계였다. 아름다웠다. 이 세계는 형언할 수 없이 아름다웠다. 빛줄기가 찬란하며 가장자리까지 기쁜 기운이 충만했고, 색색으로 환호작약하는 성당의 장미꽃 무늬 창 혹은 연꽃의 동그라미 안에 그려진 아시아 만다라처럼 구심점을 향

---

* 헨델의 이중 협주곡 HWV 332~334 중에는 C장조가 없다.

해 가지런히 배열되어 있었다. 이 고결한 세계는 멀리 있고 지나갔고 사라졌기에, 또한 상실한 낙원에나 부여되는 동경을 품고 우리 다른 시대와 세상이 불러낸 것이기에 한층 더 아름다워졌으며, 가치와 행복감과 수정 같은 모범성이 한층 더해졌다.

반면 다른 음악, 오늘날의 음악, 버르토크의 음악은! 코스모스 대신 카오스, 질서 대신 착종, 명징함과 윤곽 대신 흩뿌려지는 파도 같은 음향 센세이션, 짜임새와 냉철한 전개 대신 비율의 우연성, 건축설계의 부재. 그런데도 이 음악 또한 대가답다. 이 음악 또한 아름답고 심금을 울리며 장려하고 환상적이다! 헨델이 하나의 별처럼 혹은 장미창 장식처럼 아름다웠다면, 버르토크는 여름 바람이 풀밭에 그리는 환상적 악보의 은색 글씨처럼 아름다웠다. 휘날리며 엉기는 눈송이들처럼 아름다웠고, 사막의 모래 언덕 표면에 노니는 저녁 빛살의 짧고 드라마틱한 유희처럼 아름다웠다. 흩날려 사라진 소리처럼 아름다웠다. 웃음이었는지 흐느낌이었는지 알 수 없는 소리. 이를테면 여행 중 낯선 도시에서 처음 맞는 아침에 낯선 방과 침대에서 간신히 반쯤 깬 정신으로 듣는 소리. 무슨 소린지 알아내고 싶지만 그럴 시간이 주어지지 않는 소리. 하나의 소리가 쉴 새도 없이 단숨에 쏴르르 다른 소리로 넘어가기에. 감각적으로 풍부하고 빛깔 있고 고통스럽게 아름다운 이 음악은 그렇듯 졸졸 흐르고 웃고 흐느끼고 기침하고 신음하고 성내며 나아간다. 논리도 없고 정체 상태도 없다. 순간만이, 소멸해가는 아름다운 무상함만이 있을 뿐이다. 그 음악은 그래서 더욱 아름다우며, 그것이 그야말로 우리 시대의 음악이라는 점으로 인해 우리의 느낌, 우리의 생활감정, 우리의 약점과 강점을 발화한다는 사실로 인하여 한층 불가항력적인 것이 된다. 그 음악은 우리와 우리의 미심쩍은 생활 방식들을 표현해내며, 그럼으로써 우리를 긍정한다. 그 음악은 우리처럼 불협화음과 고통의 아름다움을, 펼침화음의 풍성한 음계를, 사유 방식 및 모럴의 뒤흔들림과 상대화를 알고 있다. 그리고 그 못지않게 질서 있고 아늑한 파라다이스를 향한, 논리와 조화를 향한 동경을 알고 있다.

위안이 되는 건, 어느 모로 미루어 보나 이러한 두 음악 유형과 세계가 그 중간 단계들까지 망라한 걸작들 안에 살아 있을 것이라는 점, 그리고 거듭거듭 기억해낼 수 있고 불러낼 수 있게 남아 있으리라는 점이다. 그리고 훗날 어느 시대에 그 두 음악 유형과 세계를 여는 열쇠가 유실된다 해도 이 열쇠를 십중팔구 다시 찾을 것이라는 점이다. 앞으로도 많은 세대가 물씬한 동경을 품고 혹은 재미있어하며, 찬탄하며 혹은 어리둥절해하며 과거 깊숙이 이끌어주는 터널 위로 몸을 숙이고 놀라워할 것이다. 존재

했던 만물이, 그것이 거장에 의한 표현인 한, 영속된다는
데 대해.

　(1955년 5월 15일 일기)

　여기 우리가 있는 곳은 매우 춥단다. 하지만 가끔 근사
하지. 우린 축제 주간에 열린 몇몇 연주회들도 듣고 있어.
거기서 내 생애 아마 최고일 아름다운 연주회를 들었다.
(실내악 현악 오케스트라, 초소규모, 쳄발로가 함께한)
로마의 콜레기움 무지쿰이 저녁 내내 비발디를 연주했거
든. 그중엔 알려지지 않은 곡들도 있었어. 화려한 비발디
를 제하면 유례없이 완벽했다. 한 번도 현악 앙상블이 그
렇게 연주하는 걸 들어본 적이 없어. 거기다 대면 슈투트
가르트의 허영심 들뜬 뮌힝거는 초보자야. 곡이 바뀔 때
마다 솔로 제1바이올린 주자도 바뀌고, 그룹이 조금씩 재
편성되더구나. 전원이 일류 솔리스트들이었던 데다 하나
같이 환상적인 악기들이었고, 그 작은 오케스트라 전체가
마치 단 하나의 솔리스트인 듯 전체는 세밀하고 정확하고
예민했단다.

　(1955년 8월 10일 파니 실러에게 보낸 편지에서)

　〈저지대〉의 작곡가[유진 달베르]는 굉장히 활기찬 천
재, 그러나 카스탈리엔에서는 거부하는 정확히 그런 유형

의 천재였습니다. 저는 그를 몇 번 만난 적이 있고, 한번은 위기 상황에서 그에게 살짝 힘이 되어준 적도 있습니다. 하지만 그와 그의 음악과는 한 번도 긍정적인 관계였던 적이 없습니다. 그 정반대입니다. 이 이야기는 당신께 사적으로 하는 것입니다. 그 말을 공공연하게, 심지어 새 공연의 기회가 있는 지금 하는 것은 당치 않은 일 같네요.

(1955년 9/10월 마르틴 포글러에게 보낸 편지에서)

우린 기뻐했다네… 자네가 〈브란덴부르크 협주곡 2번〉에 대해 말한 내용에 대해. 경이롭게 자기 안으로 침잠해 몇 안 되는 목소리들로 그윽하고 애정 어리게 연주하는 대목들을 나는 바흐 음악에서 각별히 좋아해. 예를 들면 〈B단조 미사곡〉의 몇몇 전주들도…

위대한 피아니스트, 내가 사랑하는 에드빈 피셔가 현재 루가노의 한 사립 종합병원에 있어. 나는 그가 소년이었을 적부터 그를 좋아해왔어. 그는 연주 여정 중에 몇 번 내게 반나절을 할애해 연주해준 적도 있지. 자네도 그를 알 거야. 최소한 라디오에서 들어서라도. 그는 기력과 정열로 치면 사자였어. 얼마 전 그가 우리를 방문했어. 늙고 의기소침한 남자, 둔하고 어눌하게 말하는 이의 모습으로. 그는 더 이상 연주할 수 없어. 나는 그를 몇 번 더 우리 집 티타임에서 볼 수 있기를 바라고 있다네.

(1956년 2월 헤르만 군데르트에게 보낸 편지에서)

…좋은 음악 또한 함께하고 있지. 예를 들면 오늘 저녁 우리는 생모리츠에서 내가 매우 높이 평가하는 로마의 지휘자 파사노가 하나같이 다들 비르투오소인 그의 소규모 실내악단을 이끌고 하는 연주를 듣게 될 거야. 이들은 일찍이 내가 만나본 가장 완벽한 앙상블이야. 뮌힝거가 추구하면서 도달하지는 못하는 것이지. 연주 목록은 전부 비발디야.

(1956년 8월 14일 오토 블뤼멜에게 보낸 편지에서)

『유리알 유희』 어딘가에 사적인 연상에 대한 이야기가 나온다. 특히 어떤 음악 작품의 특정한 여러 마디를 정확히 특정한 사적 체험들과 결부 짓는 이야기가. 얼마 전 쉬면서 라디오를 듣다가 그 이야기가 기억났다. 한 젊은 피아니스트의 쇼팽 연주를 들었다. 고단한 상태에서 음악을 들을 때면 그러기 마련이듯, 나는 그 연주자와 쇼팽을 주의력을 반쯤만 기울여 다소 산만하고 수동적으로, 구성의 선을 따라가기보다는 음향의 매력에 잠겨서 듣고 있었다. 쇼팽의 〈에튀드〉 중 제일 유명한 곡들도 나왔다. 이 대가의 다른 대부분 작품들에 비해 내가 덜 좋아하는 곡들이었다. 그래서 내 주의력은 한층 더 느른해졌고 스르르 잠들다시피 했다. 그런데 연주자가 홀연 〈장송행진곡〉의 첫 마디를 쳤고 나는 불현듯 깨어났다. 불시의 가격을 당한 것처럼. 그런데 나는 외적으로, 새삼 음악에 몰입하려고 깨어난 게 아니라, 내적으로, 기억의 나라 속으로 깨어난 것이었다. 왜냐하면 내게 쇼팽의 〈장송행진곡〉은 수십 년이 흐르는 내내 다시 들을 때마다 옛 체험을 어김없이 부활시키는, 기억과 연상적으로 결부되어 있는 작품들에 속했기 때문이다.

내가 이 〈장송행진곡〉을 처음으로 들었던 때는 기억하지 못하겠다. 청년 시절에 가장 좋아하는 음악가가 쇼팽이었음에도. 교회에서 여러 번 들은 오라토리오와 몇몇 가곡 연주회를 제외하면, 스무 살까지 나는 가정음악만 들었다. 그리고 그때 쇼팽은 베토벤 소나타들과 슈만, 슈베르트 바로 다음으로 선호하는 작곡가가 되었다. 몇몇 〈왈츠〉와 〈마주르카〉와 〈프렐류드〉의 슬프고도 감미로운 선율을 나는 어릴 적 이미 외우고 있었다.

(1956년 기념 글 「장송행진곡」에서)

악마와 전쟁에 맞서며 아무 때나 사용할 수는 없는 형이상학적 위로 수단 외에 다른 위로 수단이 있습니다. 무엇보다 이웃 사랑이라는 성서의 수단입니다. 이 실천은 대략 이런 식입니다. 세상의 모든 고통과 함께 느껴라. 하지만 네 힘은 네가 무력한 데 말고, 네가 도울 수 있고 네가 사랑해주고 기쁘게 해줄 수 있는 이웃을 향해라.

당신은 이 치유 수단을 의식적으로든 무의식적으로든 당신의 멋스러운 선물로 활용하신 겁니다. 우리는 당신의 프랑스 고음악을 즉시 들어보았습니다. 그 반짝이는 쾌활함, 간절한 사랑의 불꽃은 우리에게 기쁨과 관조의 한 시간을 선사해주었고, 라디오와 신문에서 홍수처럼 쏟아져 나오는 슬픔에 맞서 우리에게 힘을 주었습니다.

(1956년 12월 22일 카롤리네 칼렌바흐에게 보낸 편지에서)

브람스는 별로 좋아하지 않습니다. 후고 볼프 외에는 그의 시대 음악 전체를 별로 좋아하지 않아요. 음악 중 가장 좋아하는 건 바흐와 모차르트입니다. 그다음엔 헨델과 글루크, 물론 하이든도요. 특히 그의 후기 교향곡들요. '낭만주의자들' 중에는 슈베르트가 가장 좋아요. 슈만도 좋아합니다. 청년 시절에는 쇼팽을 가장 좋아했고요.

(1956년 12월 31일 헤르만 될에게 보낸 편지에서)

독일 뮌헨 박물관에 가보았다. 막 개관했을 때였어. 처음으로 클라드니 음향 도형*을 보았지. 그 장면이 제일 강렬하게 남아 있구나.

(1957년 아들 하이너에게 보낸 편지에서)

파니 실러와의 대화에서(주로 음악이 화제였던 대화). 아버지는 그동안 들어본 피아니스트 중 리파티를 최고라 여긴다 한다. 리파티는 뭔가 아주 특별한 경우였다는 것이다. 비르투오소로서 그렇다는 이야기가 아니라, 피아노에서 더 이상 거의 피아노 음악이 아닌 것처럼 여겨질 정도의 소리를, 뭔가 아예 다른 것을 만들어낼 수 있던 면을 말하는 거란다. 클라라 하스킬은 최소한 그와 똑같이 많이 연주하며, 어쩌면 더 깊은 감정을 갖고 연주할 거란다. 최소한 똑같이 이지적으로 혹은 리파티보다 더 이지적으로 연주한단다. 그러나 이 완전히 특별한 음향은 리파티 말고는 지금까지 아무도 도달한 적이 없을 거란다…

토요일에 벨린초나로 가는 도중 아버지는 파니에게 말씀하셨다. "언젠가 브람스가 스스로에 대해 내가 이미 늘 받았던 느낌을 말했더구나. '음악가로서 나는 내가 애초 하려던 말보다 월등히 더 많은 것을 할 수 있다'라고." 아버지는 브람스의 이 말을 예전에는 알지 못했다고 한다. 나중에야 브람스 전기 어딘가에서 발견했다고 했다.

(1957년 5월 브루노 헤세의 「대화 속 아버지」에서)

---

* 음향 진동이 고운 모래가 뿌려진 금속판에 전이될 때 생기는 도형들.

네가 클라라 하스킬의 연주를 들었다는 것이 특히 좋구나. 우리는 그녀와 약간 친분이 있지. 몇 년 전부터 말야. 대개 여름에 그녀가 두 차례 공연하는 엥가딘에서 만났지. 이따금 그녀는 내게 〈예언하는 새〉를 연주해주었어. 오늘날 아무도 슈만을 그녀만큼 못 쳐. 그래, 이렇게 말하자니 R. 제르킨이 떠오르는구나. 피아니스트로서 그는 지금 전성기지. 얼마 전 라디오에서 그가 연주하는 슈베르트와 바흐, 베토벤을 들었어. 그는 또 모차르트 협주곡 네 곡을 녹음해 내게 선물해주었지. 그는 지금 가장 멋스러운 유의 완숙함과 탁월함을 갖추었어. 그를 조만간 만나게 되길 바라고 있단다. 그는 이 무렵에 루가노를 거쳐가는데, 그때 우리 집에 식사하러 오시라 해두었거든.

(1957년 5월 그레테 군데르트에게 쓴 편지에서)

헤세는 캐나다의 독문학, 교육제도, 저의 연구 분야에 대해 물었습니다. 그래서 우리는 곧바로 토마스 만과 음악에 대해 대화하게 되었어요. 헤세는 그와 토마스 만이 근원적으로 다른 성정이라고 말했습니다. 청소년기에 그는, 토마스 만도 그랬듯, 주로 낭만주의 음악에 관심이 있었다 합니다. 헤세의 경우는 특히 쇼팽, 슈만, 슈베르트였다고 합니다. 음악 분야에서 그는 시간이 흐르면서 날로 더 과거로 향하게 되었답니다. 처음엔 모차르트와 바흐에게로, 그런 다음엔 퍼셀과 초기 이탈리아 거장들 비발디, 스카를라티, 몬테베르디에게로요. 반면 토마스 만은 언제나 현대 방향으로 파고들어갔으며 궁극에는 무조음악 영역에 착지했다는 겁니다. 서로 상이한 본성에도 불구하고 그들 둘 사이는 굳은 우정에 이르렀답니다. 이 우정은 뮌헨에 있는 만의 빌라로 그가 만을 방문했던 1920년대에 이미 시작했다고 합니다. 1933년 토마스 만은 망명 직후 여러 번 몬타뇰라에 왔었답니다. 헤세는 토마스 만이 이차대전 중에 체험한 것에 비견할 만한 것을 자신이 일차대전 중에 겪었다고 말하며 점점 더 생기가 돌았습니다. 헤세는 편협한 정치적 민족주의적 이유로 토마스 만처럼 독일 문학에서 위대한 인물을 배격하는 게 소름 끼친다고 합니다. 게다가 서로서로 형제 간이어야 마땅한데도 사람들을 그저 갈라놓을 뿐이니 민족주의란 모조리 거부할 일이라고 했습니다.

(1957년 6월 15일 헤르만 헤세의 집을 방문한 뒤 G. 윌리스 필드가 쓴 글)

리하르트 슈트라우스와는 한 번도 강도 높은 관계가 되어본 적이 없습니다. 그의 오페라 대부분을 저는 한 번도 들어본 적이 없고요. 제 인생 중반 무렵, 〈돈 후안〉이나 〈오일렌슈피겔〉 같은 관현악곡들이 한동안은 재밌었습니다. 그런 뒤 그는 제 관심 영역에서 점점 더 사라졌어요. 히틀러 치하에서 그가 환호받고 그가 히틀러에게 경외를 바친 것 때문에 아예 그가 꺼림칙해졌지요. 어느 날 이미 아주 연로하게 된 그를 스위스의 한 호텔에서 알게 되었고, 사람들이 그에게 저의 시들을 읽어보라고 전해주어 그가 몇몇 시를 작곡 중이라고 말했을 때 저는 자못 놀랐습니다. 그 가곡들로 말하자면 제겐 모든 슈트라우스 음악과 유사한 분위기가 납니다. 빼어난 기교에 세련되고 아름다운 세공이 가득한, 하지만 중심은 없고 그저 그 자체가 목적이지요. 저는 그걸 라디오에서 세 번 들은 게 다입니다.

(1957년 6월 23일 헤르베르트 슐츠에게 보낸 편지에서)

지난번 통화했을 때 우리는 질바플라나의 작고 아름다운 교회에서 환상적인 음악회 리허설을 보고 막 돌아온 참이었습니다. 연주 목록은 전체가 요한 제바스티안 바흐였고요. 플루트와 쳄발로로 구성된 연주였어요. 제가 이 년 전부터 알고 지내며 경탄하는 환상적인 플루티스트 일레인 셰퍼가 우리를 초대해주었어요. 조곡 하나와 훌륭한 소나타 두 곡이 세속을 초월한 듯 아름답게 합창석 창을 통해 쏟아지는 오전의 볕 속에서 울렸지요.

"당신은 헨델이나 바흐의 딸인 것처럼 연주하셨습니다.
감사과 경탄의 마음을 담아, 헤르만 헤세"

헤세가 자비 출판한 책에 쓴, 일레인 셰퍼를 위한 헌사.

(1958년 8월 1일 군터 뵈머에게 보낸 편지에서)

네가 늦게나마, 하지만 너무 늦지 않게 [모차르트의 오페라] 〈코지 판 투테〉를 듣게 되었다니 잘됐어. 나도 비슷한 일이 있었지. 라디오에서 연달아 헨델의 오라토리오 두 작품을 들은 거야. 둘 다 난생처음 듣는 곡이었네. 〈드보라〉와 〈에스더〉. 황홀했어! 헨델은 어린 시절 가장 사랑했던 음악가 중 하나였거든.

(1959년 6월 에른스트 모르겐탈러에게 보낸 편지에서)

우리는 아버지와 함께 라디오에서 〈브란덴부르크 협주곡 2번〉을 들었다. 그런 다음 크리스티네는 그에게 어떤 음악가를 가장 좋아하느냐고 물었다. 그는 대답했다. "어려운 질문이네. 나는 특정 작곡가 한 사람을 두드러지게 선호하는 편은 아니거든. 다양한 시기에 이런저런 다른 음악가들을 각별히 높이 사곤 했어. 하지만 내게 한 번도 싫증난 적 없는 작곡가들은 있어." 그러고 나서 그는 특히 다음과 같이 말했다. "바흐의 두 미사곡과 푸가 기법, 그건 아마 서양음악이 온 시대를 통틀어 배출한 가장 숭고하고 완전한 것일 테지. 바흐는 그의 전 작품을 관통해 고르게 높은 수준을 가장 많이 유지한 음악가야. 또한 우리는 그의 작품 중 어떤 것에 대해서도, 다른 경로로 알고

1958년 8월, 스위스 질바플라나의 교회에서 열린 연주회 리허설 뒤 함께 있는 플루티스트 일레인 셰퍼와 헤세.

있지 않다면, 그 작품을 그가 젊을 때 썼는지 나중에 썼는지 말할 수 없을 거야." 그런 뒤 베토벤에 대해서는 이렇게 말했다. "퍽 단순하고 원시적인, 가끔은 구태의연할 정도인 선율을 그는 많이 받아들였어. 그것들을 갖고서 자유자재로 유희하고 변주하고 끝내는 해체하는 면에서 그는 걸출하지. 하지만 그것들에 붙들려 못 벗어나는 면은 그다지 마음에 들지 않아." 우리는 〈5번 교향곡〉의 일부를 들었다. 아버지는 말했다. 당신은 이 곡이 베토벤 교향곡들 가운데 가장 좋다고. 유명한 〈9번 교향곡〉은 좀체 그렇게 좋아지지 않는다고. 대화는 슈베르트에 이르렀다. 슈베르트가 없었다면 베토벤은 오늘날의 위상에 한참 못 미치는 자리에 있을 거란다.

(1959년 10월 18일, 브루노 헤세의 「대화 속 아버지」에서)

〈신포니아〉는 즐겁고 관심 있게 들었습니다. 현대음악의 구조에 대해서는 아도르노와 교제했는데도 그다지 잘 이해하지 못합니다. 반면 현대음악의 음향적 마력에는 전적으로 감응하는 편이에요.

(1959년 10월 작곡가 파울 밀러에게 보낸 엽서에서)

신이 능력을 준 이는

몇몇이라면 모를까
모두는 아니야.
노릇한 시구에서
어둑한 보라색을 이해할 능력을 준 이는.

12음 선율
12음 노래를
몇몇은 이해하지.
아도르노의 도움이 있든 없든.
하지만
그 시에 서명한 이는
아니야. 그의 눈은
놀라서 멀어버렸거든.

(1960년 '아주 난해한 새로운 형식의 시를 보내주며 이
해가 되는지 묻는 친구들에게 보낸 답장')

어떻게 지내느냐고요. 좀 많이 늙어버린 사람들처럼 그
렇게 지냅니다. 매혹적일 건 없다는 거지요. 하지만 사실
나쁘지도 않아요. 여전히 많은 것에서 즐거움을 누릴 수
있기 때문이지요. 특히 책과 음악에서요. 일례로 얼마 전
에는 지금까지 몰랐던 헨델의 작품을 들었습니다. 칸타타

〈아폴로와 다프네〉요. 멋졌어요!

(1960년 11월 3일 안톤 뷔르츠에게 보낸 편지에서)

당신의 편지를 받고 무척 기뻤습니다. 우리 둘은 당신의 편지를 무척 관심 있게 읽었고, 당신 생각에 그저 동의할 따름입니다. 저는 음악 분석 차원에서 나서서 말하지는 못해요. 하지만 당신이 후기 베토벤과 다른 작곡가들의 곡에서 보이는 양식적 현상들에 대해 고찰한 것, 의미를 집약적으로 담고 있어 처음에는 난해한 『벽암록』 격언들이 음악의 현상들과 비교 가능할 것이라고 본 것, 이에 대해 저는 지체없이 동의합니다. 그 둘—중국인의 격언, 베토벤 음악에 담긴 축소되어 골자만 남은 형상들—은 『유리알 유희』의 규칙들과 동일한 영역에 속합니다. 이성과 마법이 하나 되는 영역에 속한다는 말이지요. 그건 어쩌면 보다 높은 차원의 모든 예술이 지닌 비밀일지도 모릅니다.

(1961년 2월 14일 요아힘 폰 헤커에게 보낸 편지에서)

저는 바흐에 관한 한 누가 무슨 말을 해도 듣지 않습니다. 열한 살 무렵에 〈마태수난곡〉을 처음 들었어요. 그 뒤 몇 년 몇십 년이 흐르는 동안 몇 번의 예외를 제외하면 매년 두 수난곡 중 한 작품을 들었습니다. 저에게 그 감

342

상이 얼마나 중요한지, 다시 듣기와 다시 체험하기가 예전의 그 모든 연주와 제 삶의 모든 단계를 얼마나 통렬히 일깨우는지, 아마 짐작할 수 없을 겁니다.

 (1961년 4월 초 Kl. J. 슈나이더에게 보낸 편지에서)

 저는 모차르트의 경쾌함과 무구함이 어린아이의 경쾌함과 무구함이 아니라 사무치도록 깨달은 자의 경쾌함과 무구함이라는 점을 내내 확신해왔습니다.

 (1961년 4월 4일 에리히 발렌틴에게 보낸 엽서에서)

 일로나를 생각하면 무수한 만남과 체험이 떠오른다. 취리히, 장크트갈렌, 바젤, 빈터투어에서 있던 저녁의 가곡 연주회들—그녀는 성악가로, 나는 낭독자로 함께 무대에 섰던 저녁들도 떠오른다—과 바흐 수난곡들의 공연들도. 베른의 내 집에서 연주하고 수다 떨던 시간들, 장크트갈렌에 있는 토만의 집에서, 나중에는 일로나와 자애롭고 아담한 그녀의 어머니가 사는 취리히 클로스바흐슈트라세에 있는 집에서도 만났다. 그리고 다른 많은 축제 체험, 사적 체험, 가령 우리 우정의 시작기에 밀라노에서 있었던 〈마태수난곡〉 공연이 있었다. 일차대전이 일어나기도 전이었다. 그때 일로나와 그녀의 남편은 둘 다 젊었고, 생의 기쁨과 행복으로 화사하게 빛났다.

두리고를 생각할 때마다 밀려오는 모든 추억 가운데 가장 강렬하고 아름다운 건 다음과 같은 장면이다.

우리는 셋이 취리히의 베르크슈트라세에 있는 쇠크의 독신 아파트에 있다. 함께 저녁 식사를 하고 난 다음이다. 쇠크는 피아노에 앉아 있다. 스물다섯 살가량, 삶의 의욕과 연주의 의욕으로 반짝반짝 빛을 발하며, 입에 시가를 물고 와인 잔을 자기 앞 악보대 옆에 올려놓았다. 두리고는 그랜드피아노 옆에 서 있다. 악보를 같이 읽을 수 있도록 살짝 몸을 숙이고. 쇠크는 우리에게 새 가곡들을 선보인다. 전날 적어내려간 따끈따끈한 곡을. 그는 악보를 펼쳐놓는다. 처음 몇 마디를 친다. 그리고 일로나는 나지막이 흥얼거리며 초견으로 해독하며 새 가곡들 중 하나를 부른다. 오류 없이 거의 막힘없이. 이제 그녀는 그 곡을 반복한다. 더 큰 목소리로, 이미 연주회 무대에 오른 듯한 자세로, 촉촉한 눈으로, 매혹된 채로 또 매혹하면서, 적극적으로 나서는 한편 헌신하며.

그 가곡은 그날 저녁 이후로 그녀 및 다른 많은 사람들에 의해 무수히 많이 불렸다. 하지만 당시보다 더 아름답고 더 생동감 있게 불린 적은 없었다.

(1961년 4월 수신자가 알려지지 않은 편지에서)

너도 진작부터 알고 있지, 나는 살아오면서 거의 매년

수난 주간이면 위대한 오라토리오들 가운데 하나를 들었어. 한때는 교회나 연주회장에서. 지금은 라디오나 레코드로. 이번에도 나는 〈마태수난곡〉 공연 하나를 들을 수 있었다. 그건 황홀했고 심금을 울렸으며 매번 그랬듯 어린 시절까지 거슬러 가며 기억의 홍수를 불러왔지. 그런데 이번에 보다 세게 보다 강렬하게 여운을 남긴 건, 지금껏 한 번도 들어보지 못했고 그 작곡가에 대해서도 아무것도 알았던 바 없던 다른 옛 교회음악 작품이었다. 제목은 '부활의 역사'고, 브라운슈바이크의 칸토어였던 오토 지크프리트 하르니슈가 1621년에 작곡한 곡이야. 그리스도의 빈 무덤에 대하여, 여자들과 엠마오의 제자들 앞 그리스도 출현에 대하여, 보고와 지어낸 이야기 사이를 미묘하고도 흥분되게 부유하는 이 설화를 표현하는 작품이야. 다른 유사한 작품들에서와 같이 주 역할은 복음사가인데, 여기서는 철저히 담백하게 보고자 역할이야. 장식, 콜로라투라, 서정시는 완전히 없다고 해도 될 정도야. 오케스트라도 없고 오르간도 없어. 하다못해 쳄발로도 없어. 아름답고 짧은 합창들, 2성부와 4성부의 찬란한 아리아들이 펼쳐지고. 그리고 이제 예기치 않은 형식으로 인해 첫 순간에는 거북한 마음이 드는데 그러고 나면 경이롭고 행복해지면서 그 방식이 옳은 거라고 느끼게 되었어. 그건 바로 그리스도의 말을 한 솔리스트가 다 부르는

게 아니라, 두 명 내지 네 명의 목소리가 다감하기 그지
없게 만드는 서정시의 형상이야. 속세 아닌 아득히 머나
먼 곳으로부터 유령처럼 울려오면서, 무덤덤한 정신이다
시피 한 나레이터와 대조되면서, 거부할 수 없이 나긋한
위력으로 이 역사 혹은 설화의 정취를 불러내더군. 참으
로 묘하고 굉장히 모순적이며 초현실적인 그 분위기를 말
야. 예수의 말을 한 사람의 예수 목소리가 아니라 여러 명
의 여자들과 제자들 목소리로 부르게 함으로써, 마치 칸
토어가 이 이야기의 은밀한 미심쩍음 바로 그것을 토로하
게 해준 것만 같아. 마치 그가 일부러, 그 환영이란 신앙
있는 이들의 영혼 속에나 존재할 뿐이라고 표현하려고 했
던 것처럼.(하지만 그렇다고 주장하고 싶지는 않아.) 쉬
츠와 위대한 찬송가 작사가들과 동시대인인 이 작곡가는
젊은 나이에 죽었어. 내 참고서로는 그에 대해 자세히 더
알아낼 수 없었어. 하지만 그의 이름이 어쨌든 있었어! 연
주 목록을 읽을 땐 특별해 보이진 않았지. 그의 환상적인
작품을 듣고 난 후 비로소 그 이름 역시 의미를 획득했어.
하르니슈라는 이름이 어떻게 해서 내게 소중하고 중요했
던 건가 깨닫기 전, 나는 잠시 가만히 새겨봐야 했지. 그
리고 이제 난 이 브라운슈바이크의 칸토어를 엘터라인 마
을의 슐트하이스 하르니슈의 조부임을—아니 그보단 증
조부가 맞겠군—알아냈네. 슐트하이스 하르니슈의 아들

인 발트와 불트*는 독일 문학에서 아주 사랑받는 인물들이지…

뉴델리에 사는 누군가가 호의에 대한 감사 표시로 내게 인도 음악을 담은 축음기용 판을 하나 보냈어. 힌두문화 예술가가 연주한 그 곡은 〈라그 수르말라하르〉인데 비가 다가옴에 대한 기쁨을 표현하고 있어. 짐작건대 내 어머니가 백 년 전에 같은 곡을 들으셨을 거고 연주자와 함께 긴 가뭄 뒤에 오는 첫비를 기다리며 설레셨을 거야. 내가 인도와 한평생 애착 관계였고 마찬가지로 요제프 크네히트의 태곳적 직업이 비를 만드는 사람이라는 것을 알았기에 이 선물을 골랐던 게지. 유구한 옛적부터 있던 게 분명한 이 비의 노래 또한 실제로 물기에 대한 희망과 다가오는 우기의 전조에 대한 기쁨을 표출하는 데 그치지 않는 것 같았어. 이 노래는 비를 만드는 마법의 주문이기도 한 것 같았거든. 연주는 모든 원시적 민중 음악의 매혹과 마력을 결정짓는 그 방식으로 이루어졌어. 아이들처럼 경건하게 그리고 순박한 헌신의 자세를 담고 있었다는 말이야. 동시에 하지만 무척 정밀하고 세분되어 있고 비르투오소의 기교도 지녔어. 그 곡을 연주한 그 부는 악기에 대해서는 정확히 모르겠더군. 처음에 나는 그걸 코피리라고

---

* 장 파울의 『개구쟁이 시절』 등장인물들.

생각했지. 하지만 두 번째 들었을 땐 우리 손님으로 온 언덕의 집주인[엘지 보드머]이 옳았다고 인정해야 했네. 그녀는 그것이 일종의 백파이프라는 것을 알아보았거든. 이 악기는 2성부였고 옥타브를 무척 좋아하더군. 음향은 팽창할 때와 포르테에서 상당히 비음을 내. 극동의 많은 음악들이 그렇듯. 나는 그렇게 비음으로 부르는 말레이시아와 일본의 노래들을 들은 적이 있어. 하지만 고음부와 피아노(여리게)에서는 소리가 이런 음색을 잃고 여리디여린 플루트 음이나 팔세토 음이 되었어. 곡은 그 악기 하나만으로 비가 오기를 호소하며 시작했지. 그저 서정적인 단조로운 창법으로 말야. 하지만 계속 그런 식은 아니었어. 고대한 비는 환영받고 찬미되기만 한 게 아니었지. 비는 대뜸 주문으로 불러내어지고 마법처럼 찾아오게도 되었어. 모방해 꾀어내는 방식으로. 한때 비 만드는 사람이 모닥불을 통해 그을리는 연기로 구름을 만들도록 하늘을 북돋고 설득했던 것처럼, 지금은 힌두문화 음악이 하늘에게 비란 무엇인지를 보여주기 시작했지. 처음엔 나지막하고 한 방울 한 방울 똑똑 떨어지듯 북소리가 시작돼. 나무 북 아니면 소가죽 북일 거야. 시작되는 비의 여린 똑똑 소리를 풍부하게 감정을 넣어 모방하더니, 그때부터 끝까지 듣기 좋게 가지런한 소리로 백파이프의 오르락내리락 부풀어오르는 노래에 맞춰 반주하더군. 그리고 내가 유심히 그리고 즐거운 마음으로 귀 기울여 듣는 동안, 내 안의 어딘가에서 영상 하나가 상영되고 있었어. 대부분은 잊힌 지 오래인, 플루트와 북소리에 의해 다시 깨어나고 생생해진 영상들이었어. 재봉대에 앉아 자녀인 우리에게 인도에 대해 이야기를 들려주는 나의 어머니, 수염 기르고 강건한 풍채에 하얀색 열대의 옷을 입고, 황소가 *끄는* 마차를 타고 인도의 땅덩이들을 여러 주 동안 돌아다니는 내 할아버지, 훗날 내가 물려받은 커다란 스코틀랜드식 자잘한 체크무늬 숄을 덮고, 칸나다어 어휘들을 암기하거나 [속기술 고안자] 가벨스베르거식 속기 문자로 비망록에 메모하며 방갈로 베란다에 아파서 누워 있는 내 아버지. 그리고 계속해서 한 영상, 이어 또 한 영상, 마지막에는 드디어 수영하는 코끼리들, 동굴 사원들, 웅장한 한밤의 뇌우가 간직된 나 자신의 인도 여행 영상까지 나왔어.

　(1962년, 「5월의 편지」에서)

　당신이 알려주신 스트라빈스키 책의 문장이 내내 제 머릿속을 맴돕니다.● 그래서 당신께 그것이 어떤 생각을 깨

● 헤세가 마지막으로 읽은 책 중 하나는 인젤 출판사에서 나온 스트라빈스키의 책 『음악 시학』이었다. 그는 이 책을 끝까지 읽지 못했다. 헤세가 말하는 문장은 다음과 같다. "베토벤은 평생 '선율의 재능'을 열망했다. 이는 그가 유일하게 갖지 못했던 것으로…"

워냈는지 전해드리고자 합니다.

스트라빈스키의 명석함과 역량은 의심의 여지가 없어요. 그는 권위 자체입니다. 요컨대 그의 말이 이 부분에서도 맞을 거라는 뜻입니다. 저는 베토벤의 저 결핍을 이토록 직설적인 언설로 의식한 적은 없었습니다. 하지만 베토벤 작품의 두 가지 특징은 일찌감치 알아보았고 갈수록 더 분명히 감지됩니다. 긍정적 특징 하나, 부정적 특징 하나입니다. 강조하건대 제 생각은 스트라빈스키가 한 것 같은 종류의 판단도 아니고 객관적이라는 확신도 없는, 한낱 주관적인 인식이자 취향의 반응입니다. 다만 세월이 흐르며 더 확신하게 되었습니다.

먼저 부정적인 것! 베토벤에게서 유일하게 마음에 안 드는 점은 몇몇 선율의 착상에서 드러나는 진부함입니다. 때때로 그 선율을 강한 집착으로 필사적으로 몰아가는 집요함, 정말이지 악착스러움이라 할 만한 그 방식은 더 마음에 안 들고요. 신성모독을 하는 건지도 모르겠네요. 다만 〈9번 교향곡〉의 마무리 부분 전체, 실러의 시에 붙인 선율이 등장하면서 셈여림을 쓰는 방식은 베토벤의 모든 것이 그렇듯 분명 참 대가답고 비르투오소답긴 하지요. 그러나 그 자체로는 하찮은 선율을 필사적으로 괴롭히는 것은 야만적이라고 느낍니다.

이제 긍정적인 것에 대해서 말해볼게요. 베토벤이 낯선

선율 변주를 한없이 좋아한 것은 선율의 잠재력 부족과 관련이 있는 듯합니다. 제가 보기에 베토벤의 작품 중에는 다양한 변주곡들이 가장 멋져요. 제가 제일 좋아하는 건 〈디아벨리 변주곡〉입니다.

(1962년 7월 말 게르타 그루베에게 보낸 편지에서)

4월 밤에 쓰다

오, 색이 있다니.
파랑, 노랑, 하양, 빨강, 초록!

오, 소리가 있다니.
소프라노, 베이스, 호른, 오보에!

오, 언어가 있다니.
낱말, 시, 운율,
여운의 다정함,
문장 구성의 행진과 춤!

이들을 유희한 자
이들의 마법을 맛본 자
그에게 세상은 활짝 피어나고
그에게 세상은 웃어주고 보여준다.
제 마음을. 제 의미를.

네가 사랑하고 얻고자 했던 것이
네가 꿈꾸고 경험했던 것이
너에겐 여전히 생생해.
그것이 희열이었는지, 고통이었는지?
G♯과 A♭, E♭이나 D♯―
귀가 그 음을 구별할 수 있을까?

(1962년 4월 6/7일)

독일어판 편집자 후기

폴커 미헬스

이 책은 헤르만 헤세의 글 중 음악을 대상으로 하는 가장 중요한 텍스트들을 아우르는 최초의 시도다. 책은 두 부분으로 구성된다. 한 부분은 자율적 작업들을 모은 것으로 이 작업들 안에 헤세는 음악적 체험들을 대개 단상이라든가 중단편 소설들, 회상과 시 등에 담아두었다. 그리고 다른 한 부분은 서신이나 서평, 연구 문헌 등에서 발췌해 연대기순으로 배열한 것으로, 평생에 걸쳐 이루어진 헤세의 음악 탐색을 증빙하고자 하는 시도다.

이 판본의 첫 번째 부분을 이루는 적지 않은 텍스트들이 초시간적 공간에 자리한 듯 보이는 반면, 이어지는 보다 자전적인 부분에서는 직접적인 고백의 예를 통해서 그것이 당시의 어떤 배경을 염두에 두고 쓰였는지 알 수 있다. 몇 안 되는 예외를 제외하면 헤세는 자신의 시문학 작품 속에서 그때그때 상황의 당면한 인상들을 붙들고 직설적으로 그리고 논쟁적으로 씨름하기를 의식적으로 피했기 때문이다. 시문학, 그것은 헤세에게는 깨끗하게 만드는 승화였으며, 대립으로 보이는 것들의 합명제였다. 그의 작품 중 상당수가 주제로 보나 언어 리듬으로 보나 그야말로 대위법적 변증법과 음악성으로 수행된 것이다. 그런데 그곳으로 가는 길, 다듬기 과정은, 어떤 독자들이 보기엔 비약이 있어 보인다. 하지만 이런 독자는 그 길을 헤세의 비판적 글들이나 서평에서, 특히나 그의 서간들 속에서 발견할 수 있다. 우리가 그런 요소들을 모아 '이성과 마법이 하나 되는 곳'이라는 제목 아래 만든 자전적 모자이크가 물론 완전하다고는 할 수 없다. 계속해서 새로운 편지들이, 아직 출판된 적 없는 새 자료들이 열람 가능해지고 있기 때문이다. 그럼에도 우리는 지금까지 찾아낸 증빙 자료들로도 이미 음악과 이루는 헤세의 관계를 그 가장 중요한 윤곽을 잡아낼 수 있다고 믿는다.

음악, 헤세에게 음악은 '순수한 현재, 미적으로 지각 가능하게 된 시간'이었다. 찰나가 과거 및 미래와 이루는 일치였다. 18세기의 대위법적 음악—헤세 자신이 선호했던 음악이며 어려운 시절에는 더욱, 입이 마르게 추천하곤 했던 음악—처럼 그는 그 자신의 시문학 또한 정반대 양상이던 온갖 그 시대 경향에 맞서서 현재의 불협화음에 대한 대안으로서, 갱생을 위한 가능성으로서 기획하였다. 특히 나치 집권 시절 그는 반복해서 고대 중국 여불위의 인식을 상기시켰다. "완전한 음악에는 이유가 있다. 이 음악은 중용에서 생겨난다. 중용은 바름에서 생겨나며, 바름은 천하의 의미에서 생겨난다." 다의적 개념인 "천하의 의미"에 대해서는 오늘날, 더군다나 생물학과 행동 연구에서는 보다 정확한 동의어들이 있다. 생태적 균형의 파괴가 계속되는 것으로 인해 경각심이 일어나, 자연과학자들은 유기체적 삶이 상호 간에 긴밀하게 관계 맺고 있음을 우리에게 점점 더 힘주어 상기시킨다. 자연과학자들은 또한 인간이 자기 스스로 그 일부를 이루는 구조와 전형과 비율 등을 벗어날 수 있다고 믿게 될 경우 인간 자신 및 환경에게 가하게 될 쇠퇴를 환기시킨다.

헤세는 여불위가 제기하는 '중용' 요청이 음악에서는 마지막으로 바로크 작품들에서 실현된 것으로 본다. 그에게는 바로크 음악의 다성부적 균형 잡힘이 일그러지지 않은 사람의 기질(체질)과 유사해 보인다. 최근에 와서 이와 똑같은 음악적 규준들이 심리 치료에 의해서도 확인받고 있으니, 심리 치료는 특히 바로크의 대위법적 음악 덕분에, 한편으로 모차르트의 파토스 없는 풍성한 선율 덕분에 놀라운 치료 성과를 내고 있다.

우리 책의 전체적으로 연대기적인 글 배치 방식은 (시들은 주로 의미 맥락에 따라 배치되어 예외에 속하지만) 독자로 하여금 헤르만 헤세의 음악적 전개 양상을 상당히 정확하게 추적할 수 있게 해준다. 음악적 인상에 대한 감정 위주의 묘사가 주를 이루는 글로 시작해 나이가 들어갈수록 똑같은 인상들이 점점 더 복합적으로 언어화되고 있다. "나는 여러 가지 문제로 버거웠지만, 그 문제를 음악이라는 예술을 통해 인정하고 싶지는 않았다"라고 그는 일차대전 이전의 시절을 돌아보며 회상하고 있다. 심화된 심리를 보이는 훗날의 텍스트들에 비할 때 초기의 사색들(가령 「고음악」과 「음악」)에서 눈에 띄는 기법은, 그가 청각적 지각을 시각적 비교로 묘사하는 것을 선호함으로써 음악적 인상을 눈에 선하게 언어로 옮겨놓는 데 성공한다는 것이다. "헤세는 무엇보다도 시각적인 인간이다." 로맹 롤랑은 1915년 8월 21일 그와 처음으로 직접 만난 뒤 일기에 적었다. "음악을 들을 때 그는 언제나 이미지와 풍경을 본다. (그가 특히 좋아하는 곡인 세자르 프랑크의 특정 프렐류드를 들을 때 그에게는 산악이 보인다.)" 이렇듯 이웃한 예술 분야에 감각적이고 가치 중립적으로 헌신하는 태도에 나이가 들수록 점점 더 윤리적 요청이 합류한다. 문화적 성취를 사회적 정치적 현실과 별개로 다루는 것이 그로서는 점점 더 불가능해진다. 음악에서는 특히 갈수록 육중해지는 오케스트레이션이 그의 신경을 건드린다. 1913년 취리히에서 구스타프 말러의 8번 교향곡(〈천인 교향곡〉) 공연이 있고 난 뒤 그는 어느 화가 친구에게 쓴다. "모차르트와 바흐라면 성악가들을 그 사 분의 일만 동원하고도 훨씬 더 많은 걸 해낼 걸세." 또한 1957년에도 헤세는, 음악가로서의 자신은 자신이 원래 '말하려던' 것보다 훨씬 더 많은 말을 '할 수 있다'고 한 브람스의 말을 참조용으로 환기시키고 있다. 음악에서 내용과 연주자 투입량 사이 불균형은 점점 더해가는데 이는 헤세로 하여금 때때로 기교적 완성도가 증가하는 것과 같은 정도로 본래적 음악성의 감소가 관찰될 수 있다는 추측마저 하게 만들었다.

그는 특히 비르투오소의 역할을, 그리고 지난 200년간 점점 더 강도 높게 전면으로 대두한 개인 숭배를 회의적인 시선으로 대했다. 하지만 몇몇 지휘자들의 스타 숭배에 대해서뿐만 아니라("가장 천재적인 지휘자라 할지라도 자기 자신을 너무 중요하게 여기기 시작하면 이내 해로운 사람이 된다"), "눈물방울과 금화가 비 오듯 쏟아지게 하는 그 지점을 정확히 간지럽힐 줄"아는 특정 독주자들의 계산된 마법에 대해서도 그는 명명백백한 말을 남겼다.

이전에만 해도 초개인적이며 초국가적인 하나의 공통된 이념(기독교적 세계 이해의 이념)에 집중되어 있던 것, 헤세가 보기엔 그것이 늦어도 베토벤 이후로 와해되며 점점 더 저마다의 법칙성을 지닌 채 하나의 고립된 자기 표현으로 그리고 마침내 심지어 도취적인 자기 표현으로 전개되는 양상을 보인다. 헤세의 비판이 특히 겨누는 건 음악이라고 해서 예외가 아닌 원심적 경향이다. 한편으로는 낭만주의 이전 음악의 정확한 작곡 원칙들을 향한, 다른 한편으로는 모차르트의 외견상 가뿐하고도 삶을 긍정하는 선율이 지닌 명료한 음형적 대칭을 향한, 언뜻 보아 매우 주관적이고 청교도적인 헤세의 편애 성향은 여기서 시대 비판적 차원을 획득한다. 그렇게 볼 때 그가 마침 1934년에 수많은 편지들에서, 하지만 그의 노작 『유리알 유희』서문에서도 거듭 여불위와 여불위의 다음의 문장을 환기한 점은 우연이 아니다. "음악이 취하게 할수록 백성들은 더욱 우울해지며 나라는 더욱 위태로워지며 군주는 더욱 깊이 영락한다… 망해가는 나라의 음악은 감상적이며 슬프다. 그리고 그 왕정은 위태롭다." 가령 바그너를 향한 그리고 너무나 독단적인 음악의 격정적인 감각성을 향한 헤세의 이의 제기는 늘 그런 음악이 청중을 조종하는 데 오용될 가능성을 겨누고 있다.

물론 이것이 음악 창작자의 규준들일 수는 없다. 음악 창작자의 작품이야말로 자기 시대와의 씨름의 산물이고 그러니 자기 시대를 부득이 반영할 수밖에 없는 것이다. 그렇지만 헤세 스스로가 거듭하여 항변하듯, 그는 음악학자로서가 아니라 "문외한이며 모럴리스트"로서 판단하고 있다. 바로 이 점이 그의 관찰에 수수함의 매력, 삼가면서 스스럼없음의 매력을 부여한다.

　이 책의 부록을 위해 엘런스버그에 소재한 워싱턴대학교의 독문학자이자 오르가니스트, 작곡가로서 실제로 음악을 수행하는 음악학자인 크리스티안 슈나이더 교수가 헤세 시를 바탕으로 작곡된, 해마다 홍수처럼 불어나는 그 곡들을 비판적으로 선별하는 일을 맡아주었다. 이렇게 선별된 것들은 질적 규준에 의거해 작성된 게 아니었던 1976년의 서지 목록을 대체할 것이며, 관심 있는 독자에게는 이 가곡들 중 가장 매력적인 작품 250곡 이상을 알게 될 기회가 될 것이다. 또한 이 곡들을 듣는 이는 알아볼 것이다. 음악에서 어떤 다양한 수확이 헤르만 헤세의 시문학 작품이 준 자극에 빚지고 있는지를.

음악이 된 헤르만 헤세의 시

크리스티안 I. 슈나이더

들어가며

여기 수록된 선별 목록은 헤세 시를 곡으로 옮긴 수백 편의 작품인데, 이는 원본, 수기 악보 복사본, 출간본의 형태로 마르바흐 독일 문학 아카이브에서 열람할 수 있는 것만 대상으로 삼았다. 여기에서는 다음의 세 그룹만 고려했다. 반주(대개 피아노지만 종종 오르간이나 오케스트라)와 함께하는 독창곡, 악기 반주가 함께 하는 다성부를 위한 곡, 아카펠라 합창곡이다. 악기 반주가 없는 독창 가곡은 여기 목록에 싣지 않았다.

서지상으로 파악된 작품만 해도 어마어마한 양이지만, 헤세의 시에서 자극을 받아 작곡된 곡은 알려지지 않았을 뿐 더 많을 것이다. 이런 사실을 고려해 추론해보건대, 아마 현재 세계에서 가장 많이 읽히는 독일어권 작가일 헤세는 우리 시대를 그리고 독일 문학사를 통틀어 가장 많이 음악화된 가곡 시인 중 하나이기도 할 것이다. 하지만 양과 질이 심심찮게 역함수 관계를 이룬다는 사실은―특히―헤세의 시에 곡이 붙여진 이 많은, 지나치게 많은 작품들에도 해당한다. 이들 중 다수가 음악적으로는 창작력이 왕성한 시절에 쓰인 건 못 되는 형편이니 말이다. 게다가 기묘한 현상이 있으니, 몇몇 작곡가들은 헤세가 쓴 시를 음악으로 옮겼다고 하는데, 헤세의 작품 어디서도 그 시를 찾아볼 수 없었던 경우다. 하지만 실제 헤세의 시를 바탕으로 작곡한 곡(다행히도 대부분은 여기에 해당한다)의 경우에도 선별할 때 주의가 필요했다. 많은 독학 작곡가들 중 적지 않은 수가 음악 기보법의 극히 초보적인 규칙조차 몰랐기 때문이다―형식론, 대위법, 선율과 가사의 조화, 양식 감각 등은 하물며 말할 것도 없다. 이는 물론 우리가 전문 작곡가의 곡만 선별했다는 것을 의미하지는 않는다. 하지만 우리 견해로는 비전문 애호가도, 그리고 이들이야말로 음악을 만드는 데에 필수적인 기본 규칙은 구사할 줄 알아야 한다고 본다. 자신이 헤세의 시로 만든 곡을 아카이브에 용감하게 송부하기 전에 말이다.

다른 문제는 곡을 붙이는 작업의 음악적 특성에 관한 면에 기인한다. 어떤 작곡가든 자기 자신만의 고유의 형상화 의지로서, 따라서 언제나―아마 스스로는 그렇게 생각할 텐데―동시에 개성 또한 있는 형상화 의지로서 자신을 표현한다. 그렇지만 결과를 보면, 헤세 시에 곡을 붙인 작품의 상당수가 상대적으로 비슷비슷하게 주로 낭만적 낭만주의적 음조로 쓰였다. 우리는 악기 편성, 선율 전개, 화성학, 리듬, 구성 등의 면에서 눈에 띄는 각별히 특징적인 작품만을 선정했다. 또한 우리는 무조성 곡들에 아무런 선입견을 갖고 있지 않으며, 다수를 이루는 조성음악이나 다조성 음악(다시 말해 기본 조성이 단 하나가 아니라 여러 개인 곡)과 마찬가지로 무조음악 중에서 흥미로운 것들을 선별해냈다.

선별 목록이라는 특성상 우리는 여기에다 공개된 모든 곡을 언급할 수는 없었다. 이미 출판된 모든 헤세 곡을 모두 언급할 수도 없었다. 많은 경우에 작곡가가 자비출판한 경우건, 명망 있는 음악 출판사에서 출간한 경우건. 가끔 우리는 (아직) 출간되지 않은 곡을 이미 출간된 곡보다 선호하기도 했다. 출간된 곡이 외견상 아무리 기술적으로 아주 능숙하게 (그러다 보니 종종 너무나 틀에 박혀) 보였을지라도 말이다. 곡의 성격을 볼 때 겉만 번지르르 지나친 감상과 밀접해 보이는 예들이야말로 더군다나 언급하지 않았다. 우리는 〈방랑〉("숲에는 팥꽃나무 피어나고"), 〈부탁〉("네 작은 손을 나에게 준다면") 그리고 그 밖의 헤세 시를 왈츠 형식으로—심지어 감상적으로—표현하는 것은 작품에 대한 부당한 처사이며 몰취미한 것이라고 생각한다. 이렇게 그리고 이와 유사하게 시에 곡을 붙이는 것은, 기술적 완성도와는 별개로 적절치 못하다고 본다.

헤세의 시에 붙인 가곡 가운데 건실하면서 특히 대위법적으로 뛰어난 곡들은 악기 반주가 있는 다성부 성악곡, 그리고 무엇보다 아카펠라 합창곡에서 더 많이 보인다. 이 점이 전반적으로 눈에 띈다. 그에 비해 주로 피아노 반주가 함께하는 수많은 독창곡 중 다수는 순전히 '직관적으로' 써내려갔음이 분명한 작곡 방식 및 무형식성이 두드러진다. 이들 중에서는 아마도 소수의 작품만이 공연에 적합할 것이며 역사적인 특이성을 넘어서는 미래를 갖게 될 것이다.

헤세 시에 붙인 곡을 다룬 세 편의 저술 작업은 특별한 관심을 받을 만하다. 우리는 목록 작성 과정에서 다음 세 권의 책에서 거듭 도움을 받았다.

(1) 마리아 멘트겐, 『노래가 된 헤르만 헤세의 시』, 쾰른음악대학교 국가고시 논문, 1954. 특히 150~191쪽 「음악에 대한 헤세의 입장 간략히 살펴보기」, 「가곡 목록」, 「작곡가와 독창곡 및 합창곡 목록」이 중요하다.

(2) 라인홀트 파우, 「헤르만 헤세 시로 만든 노래」, 원고 형태. 곡이 붙여진 헤세의 시 목록을 연구하는 사람, 여전

히 연구가 한참 덜 된 이 분야에서 가능한 한 완결성을 추구하는 사람이라면 앞으로 누구든지 이 대단하지만 단편으로 남은 이 선행 저작에 기댈 수밖에 없을 것이다. 파우는 이 목록을 완성한 1964년까지, 작곡가 300명이 만든 813곡, 그리고 그 바탕이 된 총 273편의 헤세 시와 2편의 산문을 밝혀냈다. 분명한 건 헤세 시에 붙여진 곡이 1964년 이후 계속 늘어났으리라는 점이다. 이들 음악 중 일부는 헤세 아카이브에도 저장되어 있다.

(3) 헤르만 헤세, 『헤르만 헤세, 음악 위에 쓰다』, 폴커 미헬스 편집(프랑크푸르트암마인: 주어캄프, 1976), 233~261쪽. 눈여겨볼 것은 폴커 미헬스의—의도적으로 일반적인—선별 작업이 작곡가를 150명으로 한정했다는 점이다. 라인홀트 파우의 경우 대상이 300명이었다. 그런 까닭에 파우와 미헬스의 작업은 헤세 시로 만든 노래 목록에 관한 이후 모든 연구의 초석을 이루었다. 다만 호르스트 클리만, 헬무트 바이블러, 오토 바레이스 등의 헤세 전기에도 헤세의 시로 만든 노래 목록이 기재되어 있다는 사실 역시 중요하게 언급하고자 한다.

I. 악기 반주가 있는 독창곡

작곡가: 그레너, 파울Graener, Paul
〈봄날〉. 고음 성부 독창과 피아노를 위한 다섯 편의 가곡.

작곡가: 라이헤르트, 에른스트Reichert, Ernst
〈정열적으로 비는 쏟아붓고(=1915년 10월)〉〈비록 그렇다
해도(=전쟁 사 년째)〉〈잠자리에 들며〉〈1915년 봄에〉〈절
망에서 깨어나다〉. 고음 성부 독창과 피아노를 위한 곡.

작곡가: 라콰이, 라인홀트Laquai, Reinhold
〈내 어머니 정원에 서 있는〉〈그리고 매일 밤 똑같은 꿈〉
〈별이 빛나는 밤〉〈흰 구름〉. 중간 성부 독창과 피아노를
위한 곡.

작곡가: 라파엘, 귄터Raphael, Günter
〈기도〉〈혼자〉〈시든 잎사귀〉〈여름의 절정〉〈조용한 구
름〉〈파란 나비〉〈마을의 저녁〉〈교향곡〉. 고음 성부 독창
과 오케스트라를 위한 곡.

작곡가: 랑엔베르크, 귄터Langenberg, Günther
〈방랑 중에〉〈안개 속에서〉〈늦은 밤 거리에서〉〈혼자〉〈밤

을 지새우다〉〈엘리자베트 1〉〈엘리자베트 2〉〈시간〉〈청춘
의 도주〉〈꽃, 나무, 새〉〈때때로〉〈운명〉〈들판 위로〉〈예
술가〉〈목표〉〈밤〉〈고독한 밤〉〈떠돌이의 숙소〉〈격언〉
〈라벤나〉.

작곡가: 로타르, 마르크Lothar, Mark
1. 〈좋은 시간〉〈봄날〉〈황혼의 흰 장미〉. 중간 음역 목소
리와 피아노 반주를 위한 노래.
2. 고독한 이의 음악: 〈플루트 연주〉〈가보트〉〈정원의 바
이올린〉〈천 년 전 한때〉〈여름밤의 초롱〉〈4월 밤에 쓰다〉
〈고독한 밤〉. 중간 성부 독창과 일곱 개의 솔로 악기(플루
트, 클라리넷, 바이올린, 첼로, 하프, 피아노, 드럼)를 위한
곡.

작곡가: 뤼디거, 고트프리트Rüdiger, Gottfried
〈조용한 구름〉.

작곡가: 마티젠, 에밀Mattiesen, Emil
〈흰 구름〉. 고음 성부 독창과 피아노를 위한 곡.

작곡가: 미헬젠, 한스 프리드리히Micheelsen, Hans Friedrich
〈들판 위로〉〈여행의 노래〉〈혼자〉. 중간 성부 독창과 피

아노를 위한 곡.

작곡가: 바블란오피엔스카, 뤼디아Barblan-Opienska, Lydia
〈부탁〉. 중간 성부 독창과 피아노를 위한 곡.

작곡가: 베를리, 베르너Wehrli, Werner
〈유년 시절〉〈정원의 바이올린〉〈죽은 자 1〉〈순례자〉〈죽은 자 2〉. 저음 성부 독창과 바이올린, 피아노를 위한 곡.

작곡가: 베첼, 유스투스 헤르만Wetzel, Justus Hermann
〈아름다움에 부쳐〉〈알프스 고개〉〈잠자리에 들며〉〈여러 성인들이 함께하신다〉〈봄날〉〈얼마나 힘든 날들인지〉〈신음을 토하는 바람처럼〉〈연인에게 가는 길〉〈사멸〉〈좋은 시간〉〈내 형제에게〉〈유년 시절〉〈불꽃〉〈피에솔레〉〈휴식 없는〉. 중간 성부 독창과 피아노를 위한 연가곡.

작곡가: 볼페스, 펠릭스Wolfes, Felix
〈안개 속에서〉〈혼자〉〈방랑 중에〉. 중간 성부 독창과 피아노를 위한 곡.

작곡가: 블라일레, 카를Bleyle, Karl
〈봄날〉. 중간 성부 독창과 피아노를 위한 곡.

작곡가: 브뢰멜, 루돌프Brömel, Rudolf

〈만개한 꽃〉〈방랑 악사〉〈밤에〉〈들판 위로〉〈가을의 시작〉〈수공업 도제의 숙소〉〈내 어머니 정원에 서 있는〉〈카네이션〉〈고독한 밤〉〈여름의 끝〉〈시든 잎사귀〉〈정원의 바이올린〉〈잊지 마〉〈슈바르츠발트〉〈풍향계〉〈봄밤〉〈잠자리에 들며〉〈여름의 고요〉〈아름다움에 부쳐〉〈행복〉〈비단향꽃무와 물푸레나무〉〈오덴발트의 밤〉〈며칠 밤을〉〈왕의 아이〉〈완성〉〈얼마나 힘든 날들인지〉. 중간 성부 성악과 피아노를 위한 곡.

작곡가: 쇠크, 오트마Schoeck, Othmar

1. 〈엘리자베트 1〉〈두 골짜기에서〉〈안내〉〈기념일〉. 중간 성부 독창과 피아노를 위한 곡.

2. 〈너도 아니〉〈뭘 그렇게 웃니〉〈봄 2〉〈휴식 없는〉〈목표를 마주하며〉〈라벤나〉. 중간 성부 독창과 피아노를 위한 곡.

3. 〈유년 시절〉〈성 스테파노 수도원 회랑에서〉. 중간 성부 독창과 피아노를 위한 곡.

4. 〈밤의 감성〉〈색의 마법〉〈시드는 장미〉〈저녁에〉〈9월의 한낮〉〈파란 나비〉〈휘파람〉〈여름밤〉〈니논에게〉〈덧없음〉. 중간 성부 독창과 피아노를 위한 곡.

작곡가: 슈나이더, 이모Schneider, C. Immo
〈저녁 다리에서〉〈잠자리에 들며〉〈어려운 시절〉〈방랑자
가 죽음에게〉〈너도밤나무〉〈조용한 구름〉〈엘레아노어〉
〈저녁의 걸음〉〈농담으로〉〈청춘의 도주〉〈너도 아니〉〈병〉
〈풍경〉〈시골의 묘지〉〈사랑의 노래〉〈색의 마법〉〈마리아
찬가〉〈4월 밤에 쓰다〉〈비〉〈추모〉〈저녁의 파랑〉〈격언〉
〈단계〉〈시드는 장미〉. 중간 성부에서 고음 성부까지 독창
과 피아노를 위한 곡.

작곡가: 슈토크마이어, 에리히Stockmayer, Erich
〈오르골 시계〉. 중간 성부와 피아노를 위한 곡.

작곡가: 슈트라우스, 리하르트Strauss, Richard
〈봄 1〉〈9월〉〈잠자리에 들며〉. 소프라노와 오케스트라를
위한 노래.

작곡가: 아이넴, 고트프리트 폰Einem, Gottfried von
〈안개 속에서〉〈초봄〉〈편지〉〈깨어 있는 밤〉〈슬픔〉〈밤〉.
중간 성부 독창과 피아노를 위한 연가곡.

작곡가: 안드레에, 폴크마Andreae, Volkmar
〈라벤나〉〈선장의 기도〉〈스페치아 근교에서〉〈바카롤〉. 독

창과 피아노 반주를 위한 곡.

작곡가: 예징하우스, 발터Jesinghaus, Walter
〈방랑자가 죽음에게〉〈저녁의 걸음〉. 중간 성부 독창과 피아노를 위한 두 편의 노래.

작곡가: 쾨차우, 요아힘Kötschau, Joachim
〈혼자〉〈엘리자베트 2〉〈전쟁 사 년째〉〈나는 여자들을 사랑한다〉〈저녁의 걸음〉. 바리톤과 피아노 반주를 위한 곡.

작곡가: 크뷜, 힐데가르트Quiel, Hildegard
〈시인〉〈안개 속에서〉〈이른 시간의 빛〉〈저녁의 파랑〉〈보트의 밤〉〈축제가 끝나고〉〈천 년 전 한때〉〈꺾인 가지의 삐걱임〉〈방랑 중에〉〈젊음의 정원〉〈풀밭에〉〈꽃의 가지〉. 중간 성부 독창과 피아노를 위한 곡.

작곡가: 클라스, 율리우스Klaas, Julius
〈사랑〉. 중간 성부 독창과 피아노를 위한 곡.

작곡가: 타우베르트, 카를하인츠Taubert, Karlheinz
〈안개 속에서〉〈격언〉〈나비(=푸른 나비)〉〈시드는 장미〉. 중간 성부 독창과 피아노를 위한 곡.

작곡가: 파스토리, 카지미르 폰Pászthory, Casimir von
〈기쁜 나의 사랑〉〈슬퍼하지 마〉〈편지〉〈부탁〉〈안개 속에서〉〈떠돌이의 숙소〉. 중간 성부 독창과 피아노 반주를 위한 곡.

작곡가: 폴렌바이더, 한스Vollenweider, Hans
〈구세주〉. 알토와 오르간을 위한 수난 칸타타.

작곡가: 프랑켄슈타인, 클레멘스 폰Franckenstein, Clemens von
〈뀐〉. 알토와 피아노를 위한 곡.

작곡가: 프리드, 게자Frid, Géza
여행 중에: 〈낯선 도시〉〈기차역 작품〉〈저녁 다리에서〉〈목표를 마주하며〉. 헤르만 헤세의 텍스트에 의한 연가곡집. 소프라노와 피아노를 위한 곡.

작곡가: 피셔, 에드빈Fischer, Edwin
〈엘리자베트 1〉. 중간 성부 독창과 피아노 반주를 위한 네 편의 노래.

작곡가: 하스, 요제프Haas, Joseph
1. 〈8월〉. 중간 성부 독창과 피아노를 위한 곡.

2. 〈들판 위로〉〈안개 속에서〉〈여행의 기술〉〈혼자〉〈밤 산책〉〈결심〉〈여행의 노래〉. 중간 성부에서 고음 성부까지의 독창과 피아노를 위한 곡.

작곡가: 하세, 카를Hasse, Karl
〈사랑 없이〉〈파도처럼〉〈깨어남〉〈사랑의 노래〉〈어디엔가〉〈플루트 연주〉〈여행의 노래〉. 중간 성부 독창과 피아노를 위한 (헤세의) 시들.

작곡가: 헤스, 빌리Hess, Willy
1. 〈부탁〉〈경의〉. 중간 성부 독창과 피아노를 위한 곡.
2. 〈부드러운 초원〉〈봄 2〉〈꽃의 가지〉. 중간 성부 독창과 피아노를 위한 세 곡의 봄 노래.

II. 악기 반주가 있는 중창곡 및 합창곡

작곡가: 바우스네른, 발데마르 폰Baußnern, Waldemar von
〈순례자〉. 남성 4성부 합창단과 오르간을 위한 곡.

작곡가: 슈테펜, 볼프강Steffen, Wolfgang
〈3성부 음악〉〈산속의 낮〉〈휘파람〉. 혼성 합창, 내레이

터, 클라리넷, 바이올린, 피아노를 위한 곡.

작곡가: 시크, 필리피네Schick, Philippine
〈고독한 이가 신에게〉. 드라마틱 소프라노, 리릭 바리톤, 여성 3성부 합창, 현악 오케스트라 및 피아노를 위한 칸타타.

작곡가: 애슈바허, 발터Aeschbacher, Walther
〈밤〉. 소프라노와 알토 솔로, 여성 합창과 현악 오케스트라를 위한 칸타타.

작곡가: 촐, 파울Zoll, Paul
〈여행의 노래〉. 아코디언 연주 그룹이나 다른 선율 악기와 함께하는 여성 합창 및 청소년 합창을 위한 여름 칸타타.

III. 아카펠라 합창곡

작곡가: 디츄, 프리츠Dietsch, Fritz
〈회생〉〈봄날〉〈여행의 노래〉〈잠자리에 들며〉〈혼자〉. 혼성 4성부 합창을 위한 연가곡.

작곡가: 마르크스, 카를Marx, Karl
〈꽃의 가지〉〈여름밤의 초롱〉〈잎새는 나무에서 나부끼고〉.
여성 합창을 위한 곡.

작곡가: 마우어스베르거, 루돌프Mauersberger, Rudolf
〈휘파람〉. 혼성 4성부 합창단을 위한 곡.

작곡가: 바이스만, 빌헬름Weismann, Wilhelm
1. 〈여행의 노래〉. 여성 3성부 합창을 위한 곡.
2. 〈단계〉. 혼성 4성부 아카펠라.

작곡가: 보너, 게르하르트Bohner, Gerhard
1. 〈가을〉. 혼성 4성부 합창단을 위한 곡.
2. 〈떠돌이의 숙소〉. 혼성 4성부 합창단을 위한 곡.

작곡가: 뵈크만, 알프레트Böckmann, Alfred
1. 〈달돈이〉. 남성 4성부 합창을 위한 곡.
2. 〈5월의 일요일〉. 남성 4성부 합창을 위한 곡.

작곡가: 브레스겐, 세자르Bresgen, Cesar
〈방랑〉. 세 팀의 단성부 합창단을 위한 곡.

작곡가: 브룬, 프리츠Brun, Fritz
〈수공업 도제의 숙소〉. 남성 4성부 합창단을 위한 곡.

작곡가: 쇠크, 오트마Schoeck, Othmar
1. 〈기계 전투〉. 남성 4성부 합창을 위한 곡.
2. 〈부러진 참나무〉. 남성 4성부 합창을 위한 곡.

작곡가: 켈링, 후고Kelling, Hugo
〈고독한 밤〉〈내가 그렇게 자주〉〈저녁〉〈잔향〉. 혼성 4성
부 합창을 위한 연가곡.

작곡가: 피비히, 쿠르트Fiebig, Kurt
〈삶의 부름(=단계들)〉〈헤세의 『유리알 유희』에서〉. 혼성
아카펠라 합창을 위한 곡.

작곡가: 하일러, 안톤Heiller, Anton
〈단계〉. 여성 4성부 합창을 위한 곡.

작곡가: 후버, 파울Huber, Paul
〈여름의 절정〉. 남성 4성부 합창을 위한 곡.

노래가 된 헤세의 시 (첫 행)

ㄱ

가보트 (시든 정원에서 노래한다)

가을 (너희 새들은 덤불에서)

가을의 시작 (가을이 하얀 안개를 흩뿌린다)

격언 (너는 모든 사물에게)

결심 (이제 어둠 속을 더듬지 않으련다)

경의 (아름다운 이여, 사랑하는 이여, 그대는 모든 탄식을)

고독한 밤 (너희 나의 형제들)

고독한 이가 신에게 (나는 고독하게 바람에 휩쓸려)

곤돌라의 노래 (수면은 여기저기 반짝이고)

교향곡 (어두운 파도 부글거림 속)

구세주 (다시 또다시 그는 인간으로 태어난다)

그리고 매일 밤 똑같은 꿈 (꿈, 너는 멀리 조용히 서 있고)

기계 전투 (길에서 그리고 모든 공장에서)

기념일 (뜨거운 옛 광채를 발하며)

기도 (신이여, 나로 하여금 나를 의심하게 하소서)

기쁜 나의 사랑 (기쁜 나의 사랑이 나를 떠났네)

기차역 작품 (여행 중 덥고 지친 채)

깨어남 (고요한 시간이 가만가만 다가왔지)

깨어 있는 밤 (뭔 바람 부는 밤이 창백히 들여다보고)

꺾인 가지의 삐걱임 (쪼개지며 꺾인 가지)

꽃, 나무, 새 (너는 홀로 텅 빈 곳에)

꽃의 가지 (늘 이리저리)

ㄴ

나는 여자들을 사랑한다 (나는 여자들을 사랑한다, 수천 년 전 그들을)

낯선 도시 (이런 일은 얼마나 이상하게도 슬픈지)

내 어머니 정원에 서 있는 (내 어머니 정원에 서 있는)

내 형제에게 (우리가 이제 고향을 다시 본다면)

내가 그렇게 자주 (내가 그렇게 자주 나지막한 고통을 느끼며)

너도 아니 (너도 아니, 때로는)

너도밤나무 (어린 너도밤나무가 서 있었지)

농담으로 (나의 노래는 너의 문 앞에 있다)

늦은 밤 거리에서 (가로등이 반사된다)

니논에게 (네가 내 곁에 머물 수 있다는 것)

ㄷ

단계 (모든 꽃이 지고 모든 젊음이)

달돌이 (어둠 속에서 습기를 머금은 바람이 스친다)

덧없음 (생의 나무에서 떨어진다)

두 골짜기에서 (종이 울리네)

들판 위로 (하늘에는 구름 지나고)

때때로 (때때로 새가 울면)

떠돌이의 숙소 (얼마나 낯설고도 신기한지)

ㄹ

라벤나 (나 역시 라벤나에 가보았다)

ㅁ

마리아 찬가 (원망하지 마라! 나는 기도할 수 없다)

마을의 저녁 (반짝이는 창 앞에서 빛난다)

만개한 꽃 (복숭아나무 꽃이 만발해 있다)

며칠 밤을 (며칠 밤을, 뜨거운 손 이마에 괴고)

목표를 마주하며(=목표) (항상 나는 목적 없이 걸었다)

뭘 그렇게 웃니 (뭘 그렇게 웃니? 날카로운 어조가 날 아프게 하는데)

ㅂ

바카롤 (거울들의 불빛은 자꾸만 깜박이고)

밤 (꽃향기 골짜기에 퍼진다)

밤 (나는 내 초를 껐다)

밤 산책 (어디로? 어디로?)

밤에 (이 생각으로 나는 잠에서 깨곤 했지)

밤을 지새우다 (미지근한 물기 머금은 바람 불어대고)

밤의 감성 (밤의 권능 푸르고 그윽하게)

방랑 (숲에는 팥꽃나무 피어나고)

방랑 악사 (해마다 봄과 여름은 자라나)

방랑 중에 (슬퍼하지 마라, 곧 밤이 오리니)

방랑자가 죽음에게 (내게도 오겠지 너 언젠가는)

별이 빛나는 밤 (나의 영혼아, 너는 기도할 수 없니?)

병病 (나는 너에게 종종 동화를 들려주었지)

보트의 밤 (낮은 끝났다, 저 멀리 벌써 어슬해진다)

봄 1 (침침한 동굴에서 오랫동안 꿈꾸었다)

봄 2 (다시 그는 갈색 오솔길을 걸어서)

봄날 (덤불과 새의 지저귐 속에는 바람이)

봄밤 (밤나무엔 바람이)

부드러운 초원 (부드러운 초원이 달려간다)

부러진 참나무 (나무여, 그들이 너를 어떻게 잘라냈던가)

부탁 (네 작은 손을 나에게 준다면)

불꽃 (네가 보잘것없는 차림으로 춤추러 가든)

비 (미지근한 비, 여름비)

비단향꽃무와 물푸레나무 (탁자 위에는 작은 꽃다발이)

ㅅ

사랑 (기쁜 내 입은 다시 만나고자 한다)

사랑 없이 (깊은 우물 가장자리로 몸을 숙이듯)

사랑의 노래 (내 고향은 어디일까?)

사멸 (아이들이 노는 것을 볼 때)

산속의 낮 (노래하라, 나의 심장이여, 오늘은 너의 날이니!)

색의 마법 (신의 숨결이 반복해서)

선장의 기도 (시간이 빨리 지나간다, 자정이야!)

성 스테파노 수도원 회랑에서 (네모난 벽, 창백하고 바래고 오래된)

수공업 도제의 숙소 (돈은 바닥났고, 병도 비었다)

순례자 (멀리서 천둥이 부른다)

순례자 (나는 항상 순례 중이었다)

슈바르츠발트 (묘하게 아름다운 언덕의 능선)

스페치아 근교에서 (바다는 장대하게 노래하고)

슬퍼하지 마 (슬퍼하지 마, 곧 밤이 올 테니)

슬픔 (어제만 해도 내 눈 앞에서 찬란히 빛나던 것이)

시간 (아직 시간이 있었다)

시골의 묘지 (비스듬히 놓인 십자가 위에는 담쟁이덩쿨 비탈)

시든 잎사귀 (어떤 꽃이든 열매가 되려고 하지)

시드는 장미 (많은 영혼이 이를 이해하기를)

시인 (밤이슬 머금은 정원은 더욱 맑게 숨쉬고)

신음을 토하는 바람처럼 (한밤 신음을 토하는 바람처럼)

ㅇ

아름다움에 부쳐 (너의 부드러운 손을 우리에게 다오!)

안개 속에서 (안개 속을 거니는 것은 기묘해)

안내 (갈색 아이들이 로망어계 나라에서)

알프스 고개 (수많은 골짜기를 지나 나는 방랑해왔다)

어디엔가 (삶의 사막을 뜨겁게 헤맨다)

어려운 시절 (이제 우리는 말이 없다)

얼마나 힘든 날들인지 (얼마나 힘든 날들인지!)

엘레아노어 (가을 저녁이면 그대가 떠오른다)

엘리자베트 1 (한줄기 하얀 구름)

엘리자베트 2 (말해야 한다고)

여러 성인들이 함께하신다 (우리는 달리 할 것이 없다)

여름밤 (뇌우 쏟아져 나무들에서 물방울이 뚝뚝 떨어진다)

여름밤의 초롱 (어두운 정원의 서늘함 속에 따스하게)

여름의 고요 (붉은 해가 있다)

여름의 끝 (단조롭게 조용히 탄식하듯 흘러내린다)

여름의 절정 (먼 곳의 푸르름은 벌써 사라진다)

여행의 기술 (목적 없는 산행은 청춘의 즐거움)

여행의 노래 (태양이여, 내 심장 속까지 비추어라)

연인에게 가는 길 (새날이 상쾌하게 눈뜨고)

예술가 (내가 만든 것은)

오덴발트의 밤 (탑에서 자정을 알렸다)

오르골 시계 (오르골 은시계가 드부아 부인의 집에서 울렸지)

완성 (알아, 먼 훗날 언젠가)

왕의 아이 (모든 이웃이 잠자리에 들면)

운명 (우리는 분노하고, 이해할 수 없다)

유년 시절 (나의 머나먼 골짜기여, 너는)

이른 시간의 빛 (고향, 청년, 삶의 아침 시간)

잊지 마 (그 어떤 날도)

잎새는 나무에서 나부끼고 (잎새는 나무에서 나부끼고)

ㅈ

잔향 (구름이 흘러가고 바람은 혹독하게)

잘 가게, 세상이여 (세상이 산산조각 부서졌구나)

잠자리에 들며 (낮은 나를 피곤하게 만들었다)

저녁 (붉은 해는 놓여 있고)

저녁 다리에서 (저녁이면 나는 다리 위에 서 있어야 한다)

저녁에 (저녁이면 연인들 걸어가고)

저녁의 걸음 (늦은 시간 먼지 낀 길을 나는 걷는다)

저녁의 파랑 (오, 순수하고 멋진 장관)

전쟁 사 년째 (저녁이 차갑고 슬프다 해도)

절망에서 깨어나다 (고통에 취해 있다가)

젊음의 정원 (나의 젊은 시절은 정원이었다)

정원의 바이올린 (저 멀리 그 모든 어두운 골짜기에서)

조용한 구름 (가늘고 하얀)

좋은 시간 (정원에서 딸기가 익어가고)

죽은 자 1 (거리는 온통 고요했다)

죽은 자 2 (이제 너는 듣지 못한다)

ㅊ

천 년 전 한때 (불안 가득하고 여행을 열망하며)

청춘의 도주 (피로한 여름이 고개를 숙이고)

초봄 (뮌 바람은 매일 밤 불고)

추모 (언덕에는 히스가 피어 있고)

축제가 끝나고 (식탁에는 와인이 흐르고)

ㅋ

카네이션 (붉은 카네이션이 정원에 만발해 있다)

ㅍ

파도처럼 (포말로 장식된 파도처럼)

파란 나비 (작고 파란 나비 날갯짓하며)

편지 (서풍이 불어오고)

뷘 (밤마다 뷘이 울부짖고)

풀밭에 (풀밭에 누워서)

풍경 (숲이 서 있네, 호수와 들판이)

풍향계 (멀리 풍향계가 흔들리고)

플루트 연주 (한밤중 어느 집 덤불과 나무 사이)

피에솔레 (내 위로 파란 하늘에 흐르는)

ㅎ

행복 (네가 행복을 찾아다니는 한)

혼자 (지상에는)

황혼의 흰 장미 (너는 슬피 얼굴을 기대고)

회생 (오랫동안 눈이 피곤했다)

휘파람 (피아노와 바이올린, 내가 정말 소중히 여기는 것)

휴식 없는 (영혼이여, 너 불안한 새여)

흰 구름 (오, 보라, 다시 떠간다)

숫자

1915년 10월에 (비가 격정적으로 쏟아붓는다)

1915년 봄에 (때로 나는 우리 시대가 훤히 보인다)

3성부 음악 (밤에, 한 목소리가 노래한다)

4월 밤에 쓰다 (오, 색이 있다니)

5월의 일요일 (오늘은 첫 번째 휴일)

8월 (여름 중 가장 아름다운 날이었다)

9월 (정원이 애도한다)

9월의 한낮 (푸른 날이 이어진다)

헤르만 헤세 연보

1877년	7월 2일 독일 뷔르템베르크의 소도시 칼프에서 태어나다.
1881년	아버지가 바젤 선교사 학교의 교사로 취직하면서 스위스 바젤로 이주하다.
1883년	스위스 국적을 취득하다.
1886년	독일 칼프로 돌아와 실업학교에 다니다.
1890년	괴팅겐의 라틴어 학교에 다니다. 튀빙겐 신학교 입학 시험을 치르기 위해 스위스 국적을 포기하다.
1891년	마울브론 수도원 기숙학교에 입학하다. 7개월 뒤 도망치다.
1892년	신경쇠약 치료를 받다. 이후 칸슈타트 고등학교에 다니다.
1893년	서점 직원으로 일하다 사흘 만에 그만두고 아버지의 일을 돕다.
1894년	칼프의 시계 공장에서 수습 직공으로 일하다.
1895년	튀빙겐의 서점에서 수습 점원으로 일하다.
1898년	첫 시집 『낭만적인 노래들』을 출간하다.
1899년	산문집 『자정이 지난 뒤의 한 시간』을 출간하다. 9월에 바젤로 이주해 서점에서 수습 점원

으로 일하다.

1900년   스위스 일간지 〈알게마이네 슈바이처 차이퉁〉
에 기사와 평론을 쓰다.

1901년   이탈리아를 여행하다. 첫 소설 『헤르만 라우
셔의 유고 산문과 시』를 출간하다.

1902년   어머니 마리 군데르트 헤세가 사망하다.『시』
를 출간하다.

1903년   서점 일을 그만두다. 마리아 베르누이와 약혼
하고 함께 이탈리아를 여행하다.

1904년   소설 『페터 카멘친트』를 출간 후 문학적 성공
을 거두면서 전업 작가가 되다. 전기『보카치
오』와『아시시의 프란체스코』를 출간하다. 마
리아 베르누이와 결혼하다.

1905년   12월 첫아들 브루노 헤세가 태어나다.

1906년   소설 『수레바퀴 아래서』를 출간하다. 정부에
저항하는 잡지 〈메르츠〉의 공동 발행인으로
활동하다.

1907년   단편집 『이편에서』를 출간하다.

1908년   단편집 『이웃들』을 출간하다.

1909년   3월 둘째 아들 하이너 헤세가 태어나다.

1910년   소설 『게르트루트』를 출간하다.

1911년   7월 셋째 아들 마르틴 헤세가 태어나다. 시집

『도중에』를 출간하다. 인도와 동남아시아 지역을 여행하다.

1912년 단편집『돌아가는 길들』을 출간하다. 로맹 롤랑과 교유하다.

1913년 여행기『인도에서』를 출간하다.

1914년 소설『로스할데』를 출간하다. 일차대전이 발발해 입대를 자원했으나 고도 근시로 복무 부적격 판정을 받다.

1915년 베른의 독일포로후원센터에서 일하며 전쟁 포로와 억류자를 위한 글을 발표하다. 애국적인 전쟁문학을 공개적으로 비판하며 많은 이들로부터 비난을 받다. 소설『크눌프』, 단편집『길에서』『청춘은 아름다워라』, 시집『고독한 이의 음악』을 출간하다.

1916년 아버지 요하네스 헤세가 사망하다. 정신분석 치료를 받다.

1917년 시대 비판적 출판 활동을 중단하라는 권유를 받고 에밀 싱클레어라는 필명으로 기고를 시작하다.『데미안』집필을 시작하다.

1919년 정치 팸플릿『차라투스트라의 귀환』을 익명을 출간하다. 체험담과 시를 모은『작은 정원』을 출간하다.『데미안』을 에밀 싱클레어라는 가

명으로 출간하고, 폰타네상을 수상하다.『동화집』을 출간하고, 잡지 〈비보스 보코〉를 창간하다.

1920년 시화집『화가의 시』, 도스토옙스키에 대한 에세이『혼돈을 들여다보다』, 표현주의 단편집『클링조어의 마지막 여름』, 시화집『방랑』을 출간하다. 후고 발과 교유하다.

1921년 『시』와 화집『테신에서 그린 열한 편의 수채화』를 출간하다. 구스타프 융에게 정신분석 치료를 받다.

1922년 소설『싯다르타』를 출간하다.

1923년 소설『싱클레어의 수첩』을 출간하다. 마리아 베르누이와 이혼하다.

1924년 스위스 국적을 재취득하다. 루트 벵거와 재혼하다.

1925년 소설『요양객』을 출간하다.

1926년 『그림책』을 출간하다.

1927년 『뉘른베르크 여행』『황야의 이리』를 출간하다. 헤세의 평전이 출간되다. 루트 벵거와 이혼하다.

1928년 『관찰』『위기. 일기 한 편』을 출간하다.

1929년 시집『밤의 위로』『세계문학 도서관』을 출간하다.

1930년 『나르치스와 골드문트』를 출간하다.

1931년 화가 친구 한스 보드머가 내준 스위스 몬타뇰
라의 집으로 이사하다.

1932년 『동방 순례』를 출간하다. 『유리알 유희』 집필
을 시작하다.

1933년 『작은 세계』를 출간하다.

1934년 나치의 문화 정책을 막기 위해 스위스작가연
합에 가입하다. 시집 『생명의 나무』를 출간하
다.

1935년 『우화집』을 출간하다.

1936년 『정원에서 보내는 시간』을 출간하다.

1937년 『회고록』 『새로운 시』를 출간하다.

1939년 독일에서 『수레바퀴 아래서』 『황야의 이리』
『관찰』 『나르치스와 골드문트』 『세계문학 도
서관』이 불온서적으로 분류되어 유통되지 못
하다. 스위스 취리히에서 헤세의 전집이 출간
되다.

1942년 시 전집을 출간하다.

1943년 스위스 취리히에서 『유리알 유희』를 출간하
다.

1945년 미완성 소설 『베르톨트』, 단편소설과 동화를

모은 『꿈의 여행』을 출간하다.

1946년   정치 평론집 『전쟁과 평화』를 출간하다. 전쟁
        이 끝난 뒤 독일에서 헤세의 작품이 다시 나
        오다. 노벨 문학상, 괴테상을 수상하다.

1947년   스위스 베른대학교에서 명예박사 학위를 받
        다. 독일 칼프시의 명예시민이 되다.

1951년   『후기 산문』『서간집』을 출간하다.

1952년   헤세 선집이 출간되다.

1954년   동화 『픽토어의 변신』, 서간집 『헤르만 헤세
        와 로맹 롤랑이 주고받은 편지』를 출간하다.

1955년   산문집 『마법』을 출간하다. 독일서점협회에서
        수여하는 평화상을 수상하다.

1956년   헤르만 헤세 문학상이 제정되다.

1957년   헤세 전집이 출간되다.

1962년   8월 9일 뇌출혈로 스위스 몬타뇰라에서 사망
        하다.

본문 출처

「고음악」(1913년), 처음 실린 곳: 〈디 라인란데〉(뒤셀도르프, 1914년 14호)

「오르간 연주」(1937년 3월), 처음 실린 곳: 〈코로나〉(뮌헨/베를린/취리히, 1937년 7호)

「음악」(1913년), 처음 실린 곳: 〈포시셰 차이퉁〉(베를린, 1913년 12월 25일)

「3성부 음악」(1934년 4월), 처음 실린 곳: 〈노이에 취리허 차이퉁〉(취리히, 1934년 7월 21일)

「소나타」(1906년), 처음 실린 곳: 〈짐플리치시무스〉(뮌헨, 1907년 3월 4일)

「교향곡」『고독한 자의 음악: 헤르만 헤세의 새로운 시』(하일브론: 오이겐 잘처 출판사, 1915년)

「인생의 2성부 선율」(1923년), 처음 실린 곳: 〈사이콜로지아 발네아리아〉(몬테뇰라, 1924). 이 잡지는 이후 이름을 '쿠어가스트'로 변경한다.

「연주회」(1919년 1월) 처음 실린 곳: 〈디 슈바이츠〉(1919년 23호, 취리히)

「『황야의 이리』에서」(1925~1926년), 처음 실린 곳: 헤르만 헤세, 『황야의 이리』(베를린: 피셔 출판사, 1927년)

「일요일 오후의 〈마술피리〉」, 처음 실린 곳: 헤르만 헤세, 『위

기』(베를린: 피셔 출판사, 1928년)

「비르투오소의 연주회」, 처음 실린 곳: 〈퀼니셰 차이퉁〉(퀼른, 1928년 6월 7일)

「시샘」(1926년 4월), 처음 실린 곳: 〈나치오날 차이퉁〉(바젤, 1927년 7월 3일)

「오트마 쇠크」, 처음 실린 곳: 〈슈바이처리셰 무직차이퉁〉(취리히, 1931년 71호)

「오트마 쇠크와의 추억 중에서」, 처음 실린 곳: 〈노이에 룬트샤우〉(베를린, 1936년 12월)

「우기」(1918년 4월), 처음 실린 곳: 〈노이에 취리허 차이퉁〉(취리히, 1919년 5월 4일)

「모차르트의 오페라들」(1932년 10월 13일), 처음 실린 곳: 1932/33년『취리히 시립극단 프로그램 안내서』, 8호, 14쪽.

「〈마술피리〉 입장권을 들고」(1938년 12월), 처음 실린 곳: 〈나치오날 차이퉁〉(바젤, 1938년 12월 11일)

「슈만의 음악을 들으며」, 처음 실린 곳: 〈노이에 슈바이처 룬트샤우〉 중「음악 노트」(취리히, 1948년 2월)

「화려한 왈츠」(1899년에서 1902년 사이), 처음 실린 곳: 헤르만 헤세,『시』(1942년)

「고전음악 (『유리알 유희』에서)」(1934년 5~6월), 처음 실린 곳: 〈노이에 룬트샤우〉(베를린: 1934년 12월)

「유리알 유희(시)」(1933년 8월 1일), 처음 실린 곳: 〈노이에

슈바이처 룬트샤우〉(취리히, 1934년 45호)

「연주에 대하여」. 첫 번째 글은『유리알 유희』「1장 소명」에서 발췌했다. 처음 실린 곳: 〈코로나〉(뮌헨/베를린/취리히, 1938년 8호) 두 번째 글은 1934년에 기획하고 미완성으로 남은, 이른바「요제프 크네히트의 네 번째 이력서」에서 발췌했다. 이 글은 1965년 니논 헤세가 편집한『유고 산문』을 통해 최초로 공개됐다.

「일로나 두리고를 위하여」, 처음 실린 곳: 헤르만 헤세,『시』(프랑크푸르트암마인, 1977년)

「불면」(1908년 쓴 시의 축약본), 처음 실린 곳: 〈디 노이에 룬트샤우〉(베를린: 1908년 12월)

「어느 여자 성악가에게 쓴 부치지 않은 편지」, 처음 실린 곳: 〈나치오날 차이퉁〉(바젤, 1947년 11월 16일)

「장엄한 저녁 음악」, 처음 실린 곳: 〈뷔르템베르기셰 차이퉁〉의 주말 특집호 〈슈바벤슈피겔〉(슈투트가르트, 1913/14년 7호)

「어느 연주회의 휴식 시간」, 처음 실린 곳: 〈노이에 취리허 차이퉁〉(취리히, 1947년 11월 22일)

「카덴차에 대한 한 문장」, 처음 실린 곳: 〈바슬러 나흐리히텐〉(바젤, 1947년 11월 23일)

「어느 음악가에게」, 처음 실린 곳: 〈노이에 취리허 차이퉁〉(취리히, 1960년 4월 8일)

「모래 위에 쓰인」(1947년 9월), 처음 실린 곳: 〈노이에 취리허
차이퉁〉(취리히, 1947년 9월 27일)

「4월 밤에 쓰다」(1962년 4월), 처음 실린 곳: 〈악첸테〉(뮌헨:
1962년 6월)

인명 찾아보기

옮긴이 김윤미

서울대학교 독어교육과와 동 대학원을 졸업하고 독일 마르부르크대학교에서 독일 문학 연구로 박사 학위를 받았다. 이후 영남대학교에서 강의하며 독일 문학 속의 음악과 관련한 주제로 여러 편의 논문을 발표했다. 『바그너 읽기―트리스탄, 장인가수, 파르지팔』을 썼고, 옮긴 책으로 아르투어 슈니츨러의 『트인 데로 가는 길』, 로베르트 발저의 『타너가의 남매들』 등이 있다.

헤르만 헤세, 음악 위에 쓰다

1판 1쇄 2022년 2월 10일
1판 4쇄 2025년 1월 21일

지은이 헤르만 헤세 | **옮긴이** 김윤미

편집 허정은 허영수
디자인 김진영
마케팅 이보민 양혜림 손아영

펴낸곳 (주)북하우스 퍼블리셔스 | **펴낸이** 김정순
출판등록 1997년 9월 23일 제406-2003-055호

주소 04043 서울시 마포구 양화로 12길 16-9(서교동 북앤빌딩)
전화 02-3144-3123 | **팩스** 02-3144-3121
전자우편 editor@bookhouse.co.kr | **홈페이지** www.bookhouse.co.kr
인스타그램 @bookhouse_official

ISBN 979-11-6405-149-6 03850